Les aventures de David Sarel

par Thierry Le Bras

préface de Jean-Luc Pailler

dix fois champion de France Rallycross

et une fois champion d'Europe

CIRCUIT MORTEL

à Lohéac

Collection

Breizh Noir

Remerciements de l'auteur

Jean-Luc Pailler, auteur de la préface

Denis Vaillant, Stéphane Dréan, Didier Caradec et plus généralement tous les amis qui m'ont acceuilli dans le millieu du Sport Automobile, dont Patrick Germain, Président du Rallycross de Lohéac et ami depuis l'époque de la fac

autres livres de l'auteur

Navigateurs solitaires autour du monde (éditions La Découvrance 1996)
Vendée Globe (éditions De Villiers et La Découvrance 1997)
Vingt ans d'aventures transatlantiques de Saint-Malo à Pointe-à-Pitre (Presses du Midi 2000)
Olivier Panis, passion F1 (Hêtre éditions 2003)

Préface

On n'a que des bons souvenirs en sport automobile, surtout quand on vit de sa passion. ce qui est mon cas depuis mille neuf cent quatre vingt onze.

J'ai fêté mes trente ans de compétition en juillet deux mille cinq. Beaucoup de pilotes accèdent à la course parce qu'ils ont de gros moyens. Ce n'est pas mon cas. Mes parents étaient agriculteurs et j'étais chauffeur de bus. J'ai commencé par le 2 CV Cross parce que ça ne coûtait pas cher. J'ai été deux fois Champion de France dans cette discipline avant de me lancer dans le Rallycross en 1987 avec une modeste BX de cent cinquante chevaux.

Réussir dans le sport automobile quand tu n'as pas beaucoup d'argent, c'est presque impossible sauf si tu es un très bon commercial et que tu fais des résultats. Alors, tu peux convaincre des constructeurs et trouver des sponsors. Les affinités avec des patrons d'entreprises aident à monter des programmes.

J'ai bénéficié de telles circonstances. Citroën d'abord, Peugeot ensuite, et Total depuis le début ont cru en moi. Auguste Génovèze, qui était directeur de l'usine Citroën Ouest quand je suis arrivé en Rallycross, m'a aidé. D'autres chefs d'entreprises furent et restent à la fois de bons copains et de fidèles partenaires. Je pense notamment à Michel Rose (Groupe Rose) et Hervé Knapick (Noyal Poids Lourds), sans oublier Bernard Jégu (SH Imprimeurs) ni Serge Demière (viticulteur en Champagne), ni les autres que je ne peux pas tous citer ici.

Conserver ses partenaires nécessite des résultats Mais la victoire n'est pas le fait du seul pilote. Lorsque je gagne, je n'oublie jamais que la réussite est celle de toute une équipe. Sans Daniel qui me suit depuis dix sept ans, Charly, Pascal,

Bébert et les autres passionnés qui viennent avec moi sur les circuits, je n'aurais pas remporté dix titres de Champion de France de Rallycross et un titre de Champion d'Europe.

La compétition crée des liens entre les équipes. Paradoxalement, les épreuves de Championnat d'Europe se déroulent dans une ambiance plus chaleureuse que les courses françaises malgré la barrière linguistique. Tu peux te chiffonner avec un adversaire sur la piste et faire la fête avec lui le soir.

Circuit mortel à Lohéac traduit parfaitement cette atmosphère. Sur la piste, c'est la guerre. Mais avant et après la course, le respect, l'amitié et l'esprit d'équipe sont omniprésents.

Bien sûr, la perfection n'existe pas plus sur les circuits qu'ailleurs. « Si tu gagnes, tu es un tricheur et l'homme à abattre, pensent certains ; si tu perds, tu es mort. » C'est une vision simpliste qui ne m'a jamais démotivé.

Désormais, la satisfaction de communiquer ma passion s'ajoute à celle de courir. D'une part, comme d'autres pilotes, je suis content de voir un de mes enfants – et peut-être bientôt plusieurs – pratiquer le sport automobile. D'autre part, je mets mon expérience au service de gentlemen drivers à qui je loue des voitures.

Combien de temps comptes-tu courir ? me demande-t-on souvent. Ma réponse est simple. Tant que j'y trouverai du plaisir !

Jean-Luc Pailler

Prologue

- Quatorze heures trois, mince. Je suis en retard et j'ai horreur de ça, s'impatiente David Sarel en garant son coupé Vivia devant le Collège du Querpon à Maure de Bretagne.

Il descend de son coupé Vivia bleu nuit métallisé et se précipite à l'intérieur de l'établissement.

David a pourtant pris toutes les précautions pour arriver à l'heure prévue. Il a quitté son cabinet à Lorient juste après onze heures. Il a déjeuné à La Manivelle à Lohéac en compagnie d'Armand et Gaël, des copains de longue date. Le premier tient une ferme auberge à proximité du village, tandis que le second y a créé une entreprise artisanale spécialisée dans la rénovation immobilière. Six kilomètres seulement séparent Lohéac de Maure. Mais un incident cocasse a dérangé son programme.

- Gagné. Je ne devrais jamais mettre cette chemise quand je déjeune au restaurant, a soupiré David une heure plus tôt, au moment où il dégustait une côte de bœuf avec Armand et Gaël. A chaque fois c'est pareil. Elle attire les tâches.

L'auteur de cette réflexion faisait allusion à la chemise Lacoste jaune clair qu'il portait sous sa veste anthracite. Absorbé par sa discussion, David avait laissé une goutte de sauce au poivre couler sur le tissu.

- Je ne peux pas faire mon animation comme ça, dit-il. Je vais acheter une autre chemise chez Bertrand avant d'y aller.

Après le dessert et le café, David s'est précipité aux Vêtements Paviot à Maure de Bretagne. Bertrand, le propriétaire du magasin est un ami d'Éric Trélor, le parrain de David.

L'amitié d'Éric avec Bertrand Paviot et son frère Philippe est née dans le milieu du sport automobile. Philippe courait, comme Éric. Son frère Bertrand l'accompagnait. Éric a fait la connaissance de la famille à la course de côte de Saint-Germain sur Ille vingt cinq ans plus tôt. Leurs bonnes relations durent depuis cette époque. Bertrand et Philippe ont vu David enfant, à l'époque où il suivait les performances des pilotes avec des yeux pleins d'admiration.

David est arrivé devant la boutique à treize heures cinquante. La porte était close. Bertrand et sa femme Marie finissaient de déjeuner. David les a appelés depuis son portable. Il leur avait promis de passer prendre un café avant de repartir à Lorient. Ils l'attendaient seulement en fin d'après-midi.

- Qu'est-ce qui t'arrive ? demanda Bertrand.

- Je suis devant ta porte, répondit David. J'ai fait une tâche sur ma chemise en déjeunant. Il faut que j'en achète une autre avant d'aller faire mon animation au Collège Querpon.

- J'arrive, répondit Bertrand, toujours prêt à rendre service aux amis.

Cinq minutes plus tard, David choisissait une superbe chemise grise dont la couleur se mariait parfaitement avec sa veste.

Les minutes défilèrent à un rythme infernal. D'abord, le terminal de payement demanda une autorisation, car il avait beaucoup utilisé sa carte de crédit au cours des dernières vingt quatre heures. Puis il lui fallut reprendre sa voiture, démarrer, faire demi-tour, et se garer devant le collège.

- David Sarel, désolé, je suis un peu en retard, un léger contre-temps, s'excuse David en entrant dans le bureau des surveillants.

- Vous venez pour l'animation avec les quatrièmes, demande une jeune fille ? Je vous conduis à leur classe. Ne vous laissez pas faire, ce sont de sacrés chahuteurs.

- Pas de problème, riposte David. J'en ai vu d'autres.

La pionne ne connaît pas David. Elle ignore que l'homme de trente ans à l'allure de jeune cadre dynamique (et accessoirement bronzé) à qui elle s'adresse est un avocat redoutable, qu'il est associé avec son parrain depuis cinq ans, que leur cabinet travaille beaucoup dans les milieux du sport et du spectacle, et qu'il a aussi remporté plusieurs succès dans des procès d'assises retentissants. Il faudrait vraiment plus qu'une bande de gamins chahuteurs pour déstabiliser maître David Sarel.

La jeune fille le fait monter un étage. Elle frappe à la porte de la classe au sein de laquelle David est attendu.

- Entrez, commande une voix ferme.

La surveillante ouvre la porte et s'efface afin de laisser passer David. Ce dernier se dirige vers le bureau du professeur, une femme d'une quarantaine d'années, à qui il tend la main en se présentant.

- Bonjour maître Sarel, répond l'enseignante. Je vous laisse la place et je vais m'installer au fond de la classe.

Ouh, ouh, font quelques voix.

- Silence, commande le professeur.

Les ouh ouh se multiplient. Quelques chuchotements sournois se mêlent aux manifestations bruyantes des élèves les plus culottés.

- Cette dame a l'air d'éprouver quelques difficultés à tenir sa classe, songe David.

Il reste debout. David s'assoit rarement lorsqu'il parle en public. Habitué des prétoires, il a appris qu'un orateur mobile capte mieux son auditoire qu'une personne assise. Il sourit, fait un geste d'apaisement de la main, et balaie la classe du regard au niveau des yeux des élèves. Le silence se fait instantanément.

- Je m'appelle David Sarel, lance l'avocat. Je suis venu vous parler de lecture, car je suis auteur de livres pour la jeunesse. Vous pouvez me poser toutes les questions que vous souhaitez.

- Alors pourquoi faites-vous des livres ? demande une gamine à l'allure impertinente. Vous gagnez beaucoup d'argent ?

- J'aime raconter une histoire, répond David. En fait, j'écris les livres que j'aurais voulu trouver quand j'avais ton âge. Quant à l'argent, tout est relatif.

- Moi, j'préfère les DVD, intervient un petit brun dont le visage rieur et les cheveux en bataille inspirent l'espièglerie. C'est moins fatiguant.

- Aimer le cinéma n'interdit pas de lire, objecte David en riant. Tout à l'heure, je vais raconter le début de mon dernier livre, une aventure fantastique qui est arrivée lors d'un rallye en Auvergne. Je suis sûr qu'après, tu auras envie de lire la suite.

- Boaf, fait le gamin.

- Vos livres se passent toujours dans le cadre de

la course automobile, comme les Michel Vaillant ? demande un rouquin à la mine blagueuse.

- Toujours, en effet, confirme David. C'est un milieu qui me passionne. Pas toi ?

- Ben si, un peu. J'vais au Rallycross à Lohéac avec le père tous les ans. Et vous, vous êtes pilote ?

- Je cours, en effet.

David adore la course automobile depuis son enfance. Son parrain Éric ne fut sans doute pas étranger à cette passion. Il lui a offert tellement de voitures miniatures lorsqu'il était petit que sa mère sa mère prétendait ne plus savoir où les ranger. Et surtout, il a commencé à l'amener sur des circuits dès qu'il a eu cinq ans. Alors, tout naturellement, David a suivi les traces de son parrain. Il est devenu avocat, pilote amateur, et il a éprouvé le besoin de communiquer ses passions en écrivant des livres.

- Il y a des images dans vos bouquins ?

- Moins que dans les Michel Vaillant et les Golden Cup, mais il y quand même quelques illustrations.

- C'est vous qui faites les dessins ?

- Non. Moi, je ne sais pas dessiner. Je confie cette tâche à Nick, un ami d'enfance qui connaît très bien l'automobile lui-aussi. Il travaille comme designer, notamment pour les automobiles Vivia, et suit la course automobile de près. D'ailleurs, c'est lui mon navigateur quand je cours en rallye.

- Vous savez de quoi vous parlez alors, reprend la fille qui a entamé le débat.

- J'espère, oui, plaisante David. C'est essentiel si on veut intéresser le lecteur.

- Oui, mais dans la course automobile, il ne se passe

rien, à part des voitures qui tournent en rond, reproche le petit brun.

- Oh, que si, conteste David. Il est temps que je commence l'histoire du Rallye des Volcans. Elle est pleine de suspense, de dangers, d'événements stupéfiants, d'interventions curieuses commandées par des forces paranormales obscures. Je te préviens. Ne viens pas te plaindre si tu fais des cauchemars cette nuit.

David entame son récit. Trente paires d'yeux se fixent sur lui. Personne ne pense plus à chahuter ni à bavarder avec son voisin. Au début, David compte s'arrêter au milieu de l'histoire afin d'encourager ses auditeurs à acheter le livre. Puis il perçoit la curiosité dans les yeux des enfants. Il se dit que sans doute, certains n'auront pas les moyens d'acquérir l'ouvrage. Il n'a pas le cœur de laisser les gamins dans l'incertitude du dénouement. Il raconte toute l'histoire.

Il s'arrête à seize heures trente. Tous les enfants l'applaudissent.

- T'as d'autres histoires, lui demande le petit brun en oubliant de le vouvoyer.

- Oui, bien sûr, répond David.

Il se rappelle alors une aventure terrifiante, survenue à Lohéac. Tout avait commencé par la découverte d'un corps calciné ici, à Maure de Bretagne. Et les événements qui s'étaient enchaînés avaient démontré que des tueurs cruels et sans pitié sévissaient dans les parages. Des malfaiteurs qui ne reculaient devant rien. Il avait seize ans à l'époque et fut l'un des héros de l'histoire avec Nick, l'ami de toujours, Éric, son parrain, Freddy Vivien, l'ancien pilote de Formule 1. Sans oublier sa tante Ghislaine, l'épouse d'Éric, Daniéla

Merle, la femme de Freddy, ni Armand, ses sœurs Isa et Marine et son ami Gaël.

- Nous n'avons pas le temps, affirme l'enseignante. Encore deux ou trois questions et nous allons conclure la séance.

- Ooh, crient les enfants tous ensemble.

- Navré, conclut David. Il faut respecter votre professeur. C'est elle qui commande au collège.

Un quart d'heure plus tard, David prend congé, certain d'avoir donné à une trentaine de jeunes l'envie de découvrir des livres.

- Cette fameuse histoire de Lohéac, il faudrait que je la raconte, songe-t-il en remontant dans sa voiture. Ce fut tout de même l'un des faits divers les plus marquants survenus dans la région ! Elle ferait un excellent ouvrage, et pourquoi pas un film ? Je vais en parler à Éric Rondel. Les événements sont ancrés en Ille et Vilaine. Or les Éditions Astoure font partie des leaders du secteur de l'édition dans notre région. Et je ne serais pas étonné que Victor Tarin ait consacré quelques papiers à cette affaire…

*

**

Après réflexion, David n'a pas voulu écrire ce scénario lui-même. Il se sentait trop impliqué émotionnellement dans certaines scènes pour se montrer objectif. Il a préféré la raconter à un de ses amis, journaliste, qui a complété son travail d'enquête en interviewant les autres acteurs de l'aventure qui se déroula une semaine d'août, dans la région de Lohéac.

Chapitre 1

- La saison redémarre, déclara Éric au moment où il accélérait en sortant d'une bretelle pour engager son coupé Vivia bleu nuit métallisé sur la route à quatre voies qui relie Lorient à Rennes.

- Non, pas ça, pas trop vite, j'ai peur, supplia Nick, le passager assis à l'arrière, en joignant les mains en signe de supplication.

David, installé à l'avant à côté du chauffeur se retourna.

- Éric voulait dire que les courses reprennent après les vacances d'août, abruti, précisa-t-il en se retournant et en faisant mine de vouloir lui donner un coup de poing.

Les trois occupants de la voiture éclatèrent de rire.

- Non, non, il faut que je m'entraîne avant la course, objecta Éric en reprenant son sérieux. Après les deux semaines que nous venons de passer en mer, j'ai un peu perdu la main.

Ses passagers savaient bien qu'il plaisantait et ils n'éprouvaient aucune crainte à ses côtés, totalement confiants dans ses qualités de conducteur. Mais à seize ans, Nick aimait bien blaguer. Ses cheveux blonds légèrement ondulés dus à ses origines bulgares, ses yeux bleu clair et son visage rieur inspiraient tout de suite la sympathie. Brun, un peu plus petit que son ami, plus mince mais tout aussi sportif, David paraissait plus introverti. Mais son regard dégageait une grande détermination et une loyauté qui donnaient envie de lui faire confiance.

Le conducteur de la Vivia avait quitté l'adolescence depuis plusieurs années, même si il aurait facilement pu passer pour le grand frère de David. Son bronzage aussi sombre que celui de ses jeunes passagers et ses cheveux blonds coupés courts le faisaient paraître plus jeune que son âge réel, trente quatre ans. Éric Trélor était devenu un avocat renommé. Il travaillait énormément dans les milieux du sport et du spectacle et effectuait des déplacements incessants entre ses bureaux installés à Lorient et les principales capitales européennes, sans oublier quelques voyages à Los-Angeles, New York, Moscou et Hong-Kong.

Éric aimait sa profession. Il se passionnait encore davantage pour la compétition automobile. S'il n'envisageait guère d'en faire son métier ni de se lancer dans une carrière en monoplace, il possédait tout de même un beau palmarès et participait régulièrement à des compétitions prestigieuses telles que les 24 Heures du Mans.

C'était justement la perspective de disputer une autre superbe course, les 24 Heures de Lohéac, qui réjouissait Éric en ce mardi après-midi baigné par un soleil propice à une atmosphère de villégiature et de détente.

Car les 24 Heures de Lohéac s'annonçaient comme une grande fête cette année-là.

Les promoteurs de l'épreuve avaient choisi d'organiser leur manifestation le troisième week-end d'août. Ils comptaient ainsi réunir sur leur piste de terre battue des pilotes amateurs et professionnels issus de toutes les disciplines dans une course spectaculaire où les concurrents offriraient un festival de glisse et de dépassements pour la plus grande joie du public.

Les organisateurs ouvraient leur épreuve à trois catégories de voitures : les quatre roues motrices conçues pour la compétition en rallye ou sur piste (GT et anciennes groupe B semblables à celles exposées au musée de Lohéac), les voitures de tourisme améliorées (groupe A), et les véhicules «tout terrain» conçus en vue des épreuves de rallye-raid comme le Paris – Dakar.

Chaque catégorie de voitures disputerait douze manches de vingt minutes entre le samedi à seize heures, et le dimanche à seize heures. Les voitures seraient pilotées par un équipage de deux pilotes, qui se relaieraient obligatoirement entre la huitième et la treizième minute de chaque manche. La formule choisie avait pour finalité de maintenir une activité sur le circuit durant tout le week-end, même la nuit.

De nombreuses animations organisées dès le mercredi précédant la course contribueraient à créer autour de l'épreuve une atmosphère conviviale qui la transformerait en un événement inoubliable.

Le concept proposé souleva un tel enthousiasme que les organisateurs durent limiter le nombre de participants à vingt cinq par catégorie en sélectionnant les équipages selon des critères de notoriété.

Tout le monde connaissait le nom de Frédéric Vivien. Freddy, comme l'appelaient ses amis et ses supporters, comptait alors deux titres de Champion du monde de Formule 1. Cette année-là, il se battait encore pour la conquête du titre suprême. De deux ans plus âgé qu'Éric, Freddy savait qu'il ne courrait plus que trois ou quatre saisons dans la discipline reine. Mais pour l'heure, il se montrait toujours aussi combatif et performant.

Freddy faisait partie de la génération de pilotes qui aimaient sortir de temps en temps de la Formule 1 et participer à d'autres courses. Il avait tout de suite adhéré à l'idée de faire équipe avec Éric lors de ces 24 Heures de Lohéac. En participant à cette course sur une Vivia GT, il contribuait à la promotion d'une marque qu'il avait créée quelques années plus tôt avec des commanditaires et dont il restait l'un des associés. Et surtout, il prenait toujours beaucoup de plaisir à faire équipe avec Éric, son ami depuis l'enfance.

Lorsqu'ils étaient gamins, Éric et Freddy passaient des heures à dessiner une petite voiture de sport qu'ils imaginaient sur les routes du Rallye de Monte-Carlo, du Tour de Corse ou de la Coupe des Alpes. La passion des deux garçons s'était poursuivie sur les pistes. A dix huit ans, Freddy commença à courir au volant d'une NSU TT. Il demanda naturellement à Éric de le naviguer en rallye. Ce dernier n'avait que seize ans, mais dans cette discipline, le co-pilote annonce les notes décrivant les virages à son pilote. Il ne conduit pas lui-même et peut donc participer à des épreuves avant le permis. Éric trouva le premier gros sponsor de Freddy, les montres Time O'Clock – un fournisseur de la bijouterie de ses parents - qui leur restaient toujours fidèles depuis. Une Alfa Roméo 2000 GTV remplaça la NSU. Lorsque Freddy fut engagé en Formule 2, l'antichambre de la Formule 1 ces années-là, il confia l'Alfa à Éric avec le budget de fonctionnement fourni par les sponsors de telle sorte que ce dernier débuta en compétition avant même la fin de ses études.

Dès qu'il accéda à la Formule 1, Freddy décida de

réaliser leur rêve d'enfants. Il allait fabriquer une petite voiture de sport (deux places, 1600 cm3, 680 kg, 150 chevaux, la sportive à l'état pur, auprès de laquelle la Golf GTI série 1 à l'époque ressemblerait à une berline bourgeoise). Il utilisa sa notoriété de pilote de F 1 et fédéra des industriels bretons autour de l'opération. Les automobiles Vivia venaient de naître. Et qui serait l'avocat chargé de mener les opérations ? Son ami Éric bien sûr, qui commençait sa carrière comme avocat stagiaire.

Éric devint tout naturellement le premier pilote à courir sur Vivia dès que les premiers coupés sortirent de l'usine construite à Kervignac dans le Morbihan.

Au fur et à mesure de son ascension dans le monde du sport et des affaires, Freddy se trouva confronté à la jungle des profiteurs de tous horizons qui cherchaient à capter sa notoriété et ses gains à leur seul profit. Éric devint le seul partenaire à qui il accordait toute sa confiance. Lorsqu'il faisait équipe avec lui, Freddy retrouvait l'ambiance amicale de ses débuts en compétition.

Il engageait deux Vivia GT à Lohéac : une pour lui et Éric, et l'autre pour un équipage composé de deux amateurs qui s'illustraient dans d'autres disciplines, le skipper André Lebreton, vainqueur de la dernière Route du Rhum, et le comédien Patrice Caron, vedette du feuilleton télévisé de l'été.

L'équipe Vivia faisait courir une troisième voiture, un coupé aligné dans la catégorie des véhicules de tourisme améliorés, pour Luc Crillon, associé pour l'occasion au sympathique Yannick Glet, très performant lorsque son salon de coiffure situé à Sixt-Sur-aff lui laissait le temps de s'adonner quelques heures au pilotage.

Freddy trouvait un autre motif de satisfaction à cette course. Sa femme, Daniéla Merle, ne venait pas souvent sur les circuits. Comédienne et chanteuse, elle jonglait en permanence avec son timing. Lorsqu'elle disposait d'un peu de temps libre, elle le consacrait à leurs enfants, Pascal et Aurélien. Or, Daniéla les trouvait trop jeunes pour assister à des Grands Prix. L'aîné n'avait que huit ans et la comédienne redoutait toujours qu'un accident frappe Freddy, surtout depuis la course d'Hockenheim mille neuf cent quatre vingt deux. Daniéla était au bord de la piste. Didier Pironi était l'adversaire que Freddy estimait et appréciait le plus. Freddy avait pris la piste quarante secondes après Didier. Lui-aussi attaquait très fort sous la pluie et n'hésitait pas à engager sa monoplace dans de longues dérives des quatre roues. Lorsque la nouvelle d'un accident grave s'était propagée dans les stands, Daniéla s'était sentie défaillir. Son instinct lui soufflait que Freddy ou Didier était blessé. Ni la Ferrari, ni la monoplace de Freddy ne passait plus. Puis la nouvelle était tombée, terrible pour les proches de Didier. Sa voiture s'était envolée sur la Renault d'un Prost progressant au ralenti dans des conditions météorologiques qu'il redoutait et abhorrait. Le monde de la course se montre traditionnellement égoïste. Dans les stands, ceux qui échappent à l'annonce d'un drame éprouvent un véritable soulagement tandis que les amis de l'accidenté sont frappés par la foudre. Ce jour-là, Daniéla avait détesté la course. Car si Freddy échappait au pire, elle pensait à Didier, avec qui Freddy et elle avaient plaisanté en quittant le circuit la veille, et à sa compagne Véronique Jeannot, cueillie en plein bonheur par l'injustice du destin.

Depuis, elle s'était juré de ne pas amener ses fils sur

une piste de F 1 avant qu'ils aient au moins quinze ou seize ans. Ce serait trop affreux s'ils assistaient à un accident de leur père. Elle préférait rester à la maison avec eux les jours de course.

A Lohéac pourtant, Daniéla dérogeait à ses principes. Elle venait sur le circuit. Car il s'agissait d'une compétition de voitures fermées moins dangereuse que les Formule 1 et que ses enfants, comme ceux d'Éric et de Ghislaine, étaient aux Antilles, confiés à Mikaël et Karine, un couple d'amis sûrs. Cet été-là, Daniéla tournait un long métrage sur la côte varoise. Le planning de la production lui laissant quatre jours de repos. Elle arriverait sur le circuit le vendredi matin, pour une fois heureuse d'assister à une course.

David Sarel était sans doute encore plus heureux qu'Éric et Freddy à la perspective de se trouver sur le site de la compétition, bien qu'il ne participât pas aux 24 Heures. A seize ans, David ne pouvait pas encore obtenir de licence de pilote automobile, malgré son amour de la compétition et ses bons résultats en karting. Il faut dire qu'Éric encourageait plus ou moins consciemment cette passion depuis sa plus tendre enfance. David se souvenait encore d'un cadeau de Noël qui l'avait marqué : sa première voiture à pédales, une Matra de Formule 1. Il devait avoir trois ans.

David serait le supporter le plus inconditionnel des pilotes Vivia. Il est vrai que des liens familiaux l'unissaient à Éric. Ce dernier était à la fois le frère de sa mère et son parrain. De plus, David ne voyait pratiquement plus son père depuis le divorce douloureux de ses parents. Éric s'occupait beaucoup de lui. Il l'accueillait pour les week-ends et les vacances, l'amenait sur les circuits lorsqu'il courait et le poussait à faire du kart. David se sentait beaucoup plus proche de son parrain que de ses parents et se projetait dans un avenir calqué sur la vie d' Éric. Il deviendrait, comme lui, avocat et pilote amateur.

Nick aussi aimait l'automobile. Sans doute David, son meilleur ami depuis l'enfance, l'avait-il influencé en ce sens. Nick n'envisageait pas de prendre le volant en course. Il comptait tout de même participer à des rallyes, comme navigateur de David lorsque celui-ci commencerait à piloter. Très doué pour le dessin, il ambitionnait d'entrer à l'école Sbarro et de devenir designer. Il se débrouillait déjà bien comme en témoignait le tableau qu'il avait offert à David le Noël précédent. La toile les représentait tous les deux à côté d'une Vivia futuriste au départ du Rallye de Lohéac. Les lignes de la Vivia imaginaire avaient retenu toute l'attention de Freddy qui ne ménageait pas ses encouragements au jeune artiste.

- Grâce à toi, on a passé un été vraiment formidable, s'enthousiasma Nick en s'adressant à Éric.

- Tant mieux, répondit ce dernier. Mais tu n'as pas à me remercier. Tu as fait ta part de travail sur le bateau.

- Quinze jours sur l'eau en Grèce, ça me change agréablement de Paris, ajouta Nick.

Éric avait en effet loué un voilier au début du mois d'août. Il avait embarqué Ghislaine, sa femme, Arnaud et Fabien ses deux fils âgés respectivement de huit et trois ans, Mikaël, sa compagne Karine, Audrey, la fille de cette dernière, ainsi que David et Nick. L'équipage avait vogué d'île en île pendant deux semaines.

- Tu es toujours le bienvenu, intervint David.

Nick passait quasiment toutes les vacances à Ploemeur. Sa famille y possédait un pied à terre à cent mètres de la longère d'Éric, mais ses parents y venaient assez peu. De fait, Nick logeait toujours chez Éric.

- David a raison, approuva l'avocat. Tu es le bienvenu. Ghislaine est issue d'une famille nombreuse et aime avoir du monde à la maison. Quant à Arnaud et Fab, ils vous considèrent David et toi comme de grands frères. C'est une explosion de joie quand ils apprennent que vous arrivez.

- C'est agréable de se sentir apprécié, soupira Nick.

Il faisait allusion à sa situation de famille, différente de celle de David, mais tout aussi pénible. Les parents de Nick exploitaient une galerie d'art dans le seizième arrondissement et habitaient dans le huitième. Le garçon n'était pas un enfant désiré. Sa mère s'était trouvée enceinte de lui avant le vote de la loi Veil, c'est à dire à une époque où l'avortement constituait un délit pénal sanctionné pas des peines d'amende, voire de prison. Elle avait fait beaucoup d'efforts dans l'espoir de provoquer une fausse couche. En vain. Nick était déjà un garçon costaud. Au plan matériel, le jeune homme ne manquait de rien, d'autant que son père culpabilisait de ne pas l'aimer. Il n'était pas maltraité, mais mis à l'écart. Ainsi vivait-il dans un studio deux étages au-dessus de l'appartement du reste de la famille. Ses parents l'avaient exilé dans cette dépendance à la naissance de sa petite sœur, huit ans plus tôt. Malgré cette situation, Nick paraissait heureux de vivre. Il ne comprenait pas vraiment l'anomalie de sa situation de famille puisqu'il n'en avait pas connue d'autre. Tout au plus ressentait-il parfois de la solitude les week-ends à Paris durant l'année scolaire, tout seul dans ses vingt sept mètres carrés. Comme il aimait lire et travailler, il ne s'ennuyait cependant jamais. Et il se considérait privilégié de passer toutes les vacances à Ploemeur. Il se sentait adopté par le foyer d'Éric.

- Cette année, les vacances ont été formidables, et elles étaient vraiment les bienvenues, reprit David.

- Il est vrai que c'est une année dont je me rappellerai, reconnut Éric.

- Pourquoi ? questionna Nick.

- A cause de dossiers particulièrement difficiles, reprit l'avocat. Depuis le mois de janvier, je suis intervenu dans quelques affaires incroyables. Des coups de fil anonymes à répétition, des menaces de mort, j'aurai eu le droit à tout.

- Comme Daniéla, ajouta David. Avec le maniaque qui la persécute depuis des mois…

- Et Freddy, reprit Éric. Entre certains actionnaires de Vivia qui veulent le forcer à vendre et à délocaliser la production à l'étranger et l'Écurie Madina dont le deuxième pilote ne sert qu'à se faire prendre des tours et essayer de le sortir de la piste à chaque Grand Prix, on ne peut pas dire qu'il vive une période sereine. Loin s'en faut.

Éric freina en voyant un autre automobiliste qui venait en sens inverse faire un appel de phares.

- Fais attention, dit Nick. Pour les juges, rouler à cent quarante sur une quatre voies est bien pire que de violer une petite fille ou de découper une grand-mère en morceaux. Et ce serait dommage de voir un avocat brillant emprisonné dix ans pour excès de vitesse.

Les occupants de la Vivia guettèrent le bord de la route et découvrirent bientôt un Mesta caché derrière le haillon d'un break Peugeot gris anthracite.

- La vie d'un avocat n'est déjà pas de tout repos, reprit Éric en accélérant à nouveau. J'aime autant ne pas devenir un avocat piéton.

Ils continuèrent à bavarder. Une demi-heure plus tard, la Vivia entra dans Redon en longeant la Vilaine.

- Si on mettait une cassette ? suggéra David. Tiens, tu as acheté le dernier album de Sardou ?

- Mets le si tu veux, proposa Éric.

David appuya sur le bouton de la radio avant d'enclencher la cassette dans le lecteur.

« Nuit sanglante en Bretagne, annonçait un journaliste. Que se passe-t-il en Ille et Vilaine depuis hier soir ? Deux cadavres la même nuit, des faits rares, exceptionnels même dans notre région d'habitude fort calme. Sur place, Yves Le Guirec »

« Il était environ une heure ce matin, enchaîna la voix du reporter, lorsque les pompiers de Guer ont été appelés au carrefour de la D 59 et de la D 772 entre Guer et Maure de Bretagne. Un semi-remorque de marque Pegaso et de couleur rouge brûlait sur un terre-plein, à quelques mètres d'un calvaire. Après avoir éteint l'incendie, les pompiers et les gendarmes ont fait une sinistre découverte. Le corps calciné d'un homme était resté dans la cabine. Sans doute celui du chauffeur, bien qu'il soit encore trop tôt pour l'affirmer avec certitude puisqu'à notre connaissance, le cadavre n'a pas encore été identifié.

Que s'est-il passé ? Le véhicule ne semble pas avoir été accidenté. Sa position, capot moteur face à la route, démontre qu'il a manœuvré pour se garer et qu'il ne s'est donc pas arrêté en catastrophe à cause d'un début d'incendie. D'après le patron de la société de transports joint par téléphone en début d'après-midi, le semi transportait une cargaison de caméscopes à destination de Lanester. Il venait de la région parisienne et s'était écarté de sa route normale après, sans doute, un arrêt à Rennes. On pense inévitablement à un trafic de matériel, à un meurtre, et à un incendie volontaire destiné à brouiller les pistes.

Une bien ténébreuse affaire. Nous vous tiendrons au courant de ses développements dans les prochains flashs.

C'était Yves Guirec, de Maure de Bretagne pour France Bleu Armorique. »

Puis le journaliste qui présentait les informations depuis le studio lança le sujet enregistré à Saint-Malo

« *Horreur et stupéfaction dans le quartier de la Découverte ce matin. Il était sept heures lorsqu'un retraité que nous appellerons monsieur Robert est sorti de l'immeuble collectif dans lequel il réside. Monsieur Robert voulait simplement promener son chien, un labrador noir. Il n'a pas fait tout de suite attention à la Renault Super 5 blanche stationnée en face de l'entrée de l'Intermarché. Puis le manège de Titus, le labrador, a inquiété son maître. Titus gémissait à côté de la portière gauche de la Super 5. Il sautait sur la carrosserie. Il n'obéit pas lorsque son maître le siffla.*

Alors, monsieur Robert s'est approché, intrigué. Et là, il a eu du mal à croire ce qu'il voyait. Dans la Super 5, à la place du conducteur, une jeune femme décapitée.

Sous le coût de la frayeur et de la monstruosité du spectacle, notre témoin a vomi le café au lait et le pain d'épice qu'il venait d'avaler avant de s'enfuir à toutes jambes vers son appartement, son chien sur les talons, et d'appeler la police.

Le corps de la victime n'a pas été identifié et n'est peut-être pas près de l'être. Ses doigts ont été brûlés, probablement avec une cigarette incandescente

afin qu'aucune emprunte ne puisse être relevée. Les étiquettes de ses vêtements ont été arrachées. Aucun sac, aucun portefeuille, aucun papier d'identité n'a été trouvé dans la Renault.

La voiture appartient à une étudiante en histoire actuellement en vacances chez ses parents, des commerçants malouins honorablement connus qui habitent une malouinière boulevard Douville. La Super 5 était garée sur la voie publique. Sa propriétaire ne s'était pas encore rendu compte de sa disparition lorsque la police l'a interrogée à son domicile. Elle a été mise hors de cause. Le véhicule avait été dérobé dans la nuit.

Les enquêteurs n'ont pas trouvé beaucoup de sang dans la voiture. Ils en déduisent que la victime a été décapitée ailleurs, et sans doute placée dans la Super 5 plusieurs heures après sa mort.

"La méthode évoque les punitions infligées aux prostituées désobéissantes, nous a confié l'inspecteur Daril. Mais il est trop tôt pour tirer quelque conclusion que ce soit".

Existe-t-il un lien entre le cadavre de Maure de Bretagne et celui de Saint-Malo ? Un sérial killer prépare-t-il un jeu de piste à l'intention de la police ? La découverte des deux cadavres dans le département d'Ille et Vilaine résulte-t-elle d'un simple hasard, d'une stupéfiante coïncidence ? L'émotion est grande dans la cité corsaire. La peur se lit sur les visages des mères de familles, surtout de celles qui ont des filles en âge de sortir le soir.

C'était Erwan Floch, de Saint-Malo, pour France Bleu Armorique. »

« Un bien curieux concours de circonstances en effet »,

reprit le journaliste resté en studio. Nous en manquerons pas de vous tenir informés de ses développements lors de nos prochains bulletins d'information. »

- Maure de Bretagne, c'est tout près de Lohéac, commenta David.

- A six kilomètres exactement, précisa Éric.

- Est-ce que les criminels reviennent vraiment sur les lieux de leurs crimes ? interrogea Nick.

- Ça dépend, répondit Éric. A priori, ces deux affaires ressemblent à des règlements de comptes plus qu'à des crimes rituels. Sont-elles liées ? La coïncidence de date rend l'hypothèse plausible. L'éloignement géographique plaiderait plutôt en faveur d'un hasard quoique les coïncidences soient assez rares en matière de criminologie. C'est très bizarre.

- Notre route va-t-elle croiser celle de dangereux malfaiteurs ? questionna David.

- C'est peu probable, nota Éric. Quels que soient les motifs des tueurs, je ne crois pas qu'ils s'intéressent à la course. Et c'est tant mieux. Comme je le disais tout à l'heure, j'ai eu mon compte de dossiers à problèmes cette année. Je me passerai volontiers de me retrouver au milieu d'une affaire criminelle par dessus le marché !

Chapitre 2

- Dans les problèmes de l'année, on peut aussi compter mon père et sa morue, soupira David. Dire que j'ai plein de copains et de copines dont les parents ont divorcé et qui continuent à voir leur père et leur mère normalement.

- Un couple sur deux divorce, dit Nick.

- Oui, mais la majorité des gens conservent des relations à peu près normales avec leurs enfants. Ce n'est pas le divorce ni le remariage de mon père qui sont la cause de notre mésentente. C'est que ma belle-mère est une vraie garce qui ne pense qu'à lui piquer tout son pognon et que mon père ne vit qu'avec une obsession, lui faire plaisir, quitte à causer n'importe quel dommage autour de lui.

- C'est vrai, reconnut Éric, mais les problèmes avec ton père sont une affaire classée pour l'instant. Il éprouvera peut-être l'envie de te revoir un jour.

- Ce sera trop tard. Tant qu'il reste avec cette salope de Pierret, je préfère ne plus avoir affaire à lui.

Lorsqu'ils évoquaient la seconde épouse de Grégoire Sarel, le père de David, le jeune homme et son parrain ne la désignaient que par « la morue » ou Pierret, son nom de jeune fille, qu'ils prononçaient comme celui d'une accusée devant un tribunal pénal. Ces termes péjoratifs, elle les méritait.

- Elle n'accepte même pas de le tutoyer, s'indigna David.

- C'est incroyable, maugréa Nick.

- Elle lui inflige le vouvoiement comme une punition de sa vie antérieure, expliqua Éric. Elle veut aussi lui faire sentir la différence d'âge qui existe entre eux (elle est quinze ans plus jeune que lui), et sans doute de ne pas correspondre, malgré sa réussite financière, à son idéal « bourgeois doté d'une immense fortune accumulée durant plusieurs générations ». C'est une vraie pute, bête à bouffer du foin en plus, mais elle s'acharne à jouer les grandes bourgeoises.

- Non seulement elle n'a jamais été éprise de lui, mais elle ne le supporte pas, déplora David. Quelques jours avant leur mariage, elle m'a dit en rigolant que « l'affaire était moins bonne qu'elle pensait mais qu'engagée comme elle l'était puisqu'elle avait déjà un enfant de lui, elle y allait. Comme de toute façon elle s'était toujours dit qu'elle épouserait un tonton plein de fric, celui-là ferait l'affaire. Ce qui était dommage, c'était juste qu'il ait été marié avant et qu'il ait fait un gosse à sa première femme ». Je n'ai rien dit à mon père, il ne m'aurait pas cru.

- Les histoires de meurtres te font tout de suite penser à ta belle-mère, observa Nick. Remarque, je te comprends, c'est une telle saleté.

- J'y pense parce qu'elle ne cache pas qu'elle souhaite ma mort, expliqua David.

C'était vrai. La nouvelle madame Sarel n'hésitait pas à se plaindre que l'existence de David lui posait des problèmes.

- C'est dur pour moi que Grégoire ait un fils d'un

premier lit, déclara-t-elle lors d'un déjeuner de famille auquel assistait son beau-fils. Ça nous gêne pour organiser la succession de Grégoire et protéger nos enfants.

Soizick Sarel afficha une mine triste et boudeuse. David regarda son père. Ce dernier détourna les yeux et prit tendrement la main de sa femme. Le jeune homme s'éclipsa aux toilettes pour cacher les larmes qui commençaient à faire briller ses yeux.

Une autre fois, la rage de la Pierret éclata sans raison apparente au moment du café. Sans doute avait-elle trop bu.

- Dès que nos enfants sont majeurs, je leur fais faire un testament en ma faveur, s'emporta-t-elle. Imaginez que vous mouriez, Grégoire, et qu'un des enfants se tue peu de temps après. Je ne voudrais pas risquer que votre David recueille des droits patrimoniaux. Ah non alors, ça, pas question !

- Comme vous voudrez, ma chérie, avait simplement répondu Grégoire. Vous savez bien que tout ce que je possède est à vous.

Éric soupira. Il savait que son filleul n'exagérait pas, au contraire. Il craignait même que « la morue » ne cherche à un moment ou l'autre à faire supprimer David.

Il ne voulait pas raconter à son filleul les détails du différend qui l'avait opposé à son ex beau-frère quelques mois plus tôt, une querelle directement liée à la faiblesse de Grégoire Sarel face à sa nouvelle femme.

Les parents de David avaient divorcé deux ans auparavant. Mireille, sa mère, avait trente sept ans et Grégoire trente huit ans. Leur mésentente ne surprit pas l'avocat. Le couple battait de l'aile depuis très longtemps. Les époux songeaient déjà à se séparer à peine trois mois après la naissance de David. Grégoire Sarel n'était pas le seul responsable de la discorde conjugale. Éric en était parfaitement conscient. Sa sœur Mireille, leur mère et leur grand-mère étaient des femmes certes fidèles et honnêtes, mais particulièrement égoïstes, capricieuses et insupportables.

Éric se souvenait de son adolescence passée à Avranches où ses parents avaient acheté une bijouterie. Ils possédaient auparavant un commerce de même nature au centre de Lorient. La mère d'Éric et Mireille avait voulu le vendre afin de s'éloigner de l'influence de Victor, son père, le grand père d'Éric et Mireille. Éric, alors âgé de douze ans, n'avait pas du tout apprécié ce déménagement qui l'éloignait de son grand père et de ses copains.

Mireille, de cinq ans son aînée, avait quitté l'école à seize ans et travailla avec leurs parents jusqu'à la naissance de David. Elle considérait qu'elle n'avait rien d'intéressant à apprendre des professeurs. Elle savait quand même mieux que Balzac ou Montaigne ce qui était important dans la vie. Leur mère et Mireille étaient très proches, aussi imbues de leurs personnes l'une que l'autre, très axées sur les questions domestiques et quelques détails de la vie quotidienne du commerce, très égocentriques aussi. Le père cédait au gouvernement domestique des femmes qui s'était instauré dans la maison, histoire d'avoir la paix. En vérité, c'était lui qui faisait marcher le commerce, tout en laissant sa femme et sa fille se polariser sur la couleur d'une étagère ou l'heure à laquelle il convenait de passer l'aspirateur dans l'arrière-boutique. Il se rebellait de temps en temps sous l'impulsion d'Éric. Trop rarement.

Lors des repas familiaux, les conversations tournaient autour de ce qui intéressait les deux femmes… Si Éric ou son père avaient le malheur de parler sport, livres, actualité ou vie scolaire, les deux femmes boudaient d'un commun accord ou l'une faisait une réflexion cinglante que l'autre approuvait. Si l'un des hommes répliquait, elles quittaient la table et sortaient de la cuisine en claquant la porte (de la cuisine, pas du séjour car la salle à manger était réservée aux invités qu'elles considéraient alors qu'Éric et son père n'étaient bons qu'à salir la maison et y mettre du désordre).

A dire vrai, cette situation familiale ne traumatisait pas Éric. Il trouvait le salut dans la fuite. Durant les périodes scolaires, il travaillait ou lisait dans sa chambre. Pendant les vacances il s'installait dans un mobil-home que possédait son grand père à Ploemeur, à quelques centaines de mètres de l'Atlantique. Mireille et sa mère, qui passaient leur temps à se plaindre qu'à leur sens, Éric se mettait trop en avant et que ça gâchait la vie familiale, s'accommodaient fort bien de cet accord tacite. Éric obtenait d'excellents résultats scolaires, faisait du tennis, du rallye comme navigateur de Freddy, et s'investissait énormément dans la vie associative de son lycée. Sa mère et sa sœur affirmaient qu'il leur faisait de l'ombre. Au fond, tout le monde était content de la distance que prenait Éric avec les siens, sauf son père qui le voyait s'éloigner sans trouver le courage d'essayer d'arranger les choses en s'opposant à sa femme et sa fille, quitte à taper du poing sur la table de temps en temps comme le lui avait conseillé Victor bien avant Éric.

Victor, le grand père d'Éric du côté maternel, était un homme au tempérament très fort. Mireille et sa mère le détestaient. Sans doute parce qu'il avait forcé son épouse – digne ascendante des deux femmes - à le respecter. Sans violence, mais en ne cédant jamais à ses caprices. Éric l'admirait et l'adorait. Victor avait construit un beau patrimoine en exploitant un atelier de carrosserie et une petite usine qui fabriquait des remorques et des plateaux à Lanester, dans le Morbihan. Après le décès de sa femme, Victor avait vécu avec Régine, une compagne beaucoup plus jeune que lui. Mireille et sa mère ne lui pardonnaient pas cette infidélité posthume à la « reine grand-mère » et ne lui parlaient plus. Éric trouvait la jeune femme charmante. Le fait qu'elle ait fait de la course automobile, sur une Cortina Lotus à l'époque, renforçait leur amitié.

- C'est une aventurière, grondaient en chœur Mireille et sa mère.

- Possible, mais en tous cas elle rend grand-père heureux, elle, objectait Éric, qui constatait l'épanouissement du grand-père Victor à chacun de ses séjours dans le Morbihan.

Victor était mort d'un infarctus à soixante douze ans. Une belle mort après une belle vie. Son décès, survenu l'année des dix-huit ans d'Éric, avait profondément affecté son petit fils. De tous les membres de la famille de Victor, Éric était de loin son préféré. Victor avait aménagé ses dispositions testamentaires dans le souci de partager ses biens entre lui et sa compagne Régine. Volonté facilitée par la décision de Mireille et de sa mère de refuser leurs parts dans la succession de celui qu'elles considéraient comme un vieux démon.

Cet héritage permit à Éric d'acquérir son indépendance financière, de faire ses études de droit sans rien demander à ses parents et de disposer d'un petit capital au moment de s'installer dans la vie. Il conservait des relations amicales avec Régine, ce qui exaspérait sa mère et sa sœur.

- Elle veut sans doute se taper le petit-fils après le grand-père, persifla Mireille le lendemain des obsèques du grand-père.

- Occupe toi de tes fesses, objecta Éric en haussant les épaules sous l'œil attristé de son père, consterné par la méchanceté gratuite et le manque de tact des femmes de la maison.

Mireille se trouva enceinte l'année du bac d'Éric, quelques semaines avant la mort de Victor. Lorsqu'elle proposa à son frère de devenir le parrain de son enfant, il fut très surpris mais accepta, à condition que cet enfant soit un garçon. Il n'aurait pas voulu devenir le parrain d'un fille ressemblant à sa sœur ou à sa mère. Comme la nature donna un fils à Grégoire et Mireille, Éric devint parrain comme prévu. Il imagina d'abord que sa sœur et sa mère souhaitaient se rapprocher de lui et regrettaient le climat familial qu'elles avaient créé. C'était une erreur. Leur décision résultait d'un calcul beaucoup plus pragmatique.

- Grégoire me quittera un jour, répétait Mireille à sa mère. Il me trompe déjà, j'en suis sûre. Il y en aura une autre et je me retrouverai toute seule avec mon enfant.

La scène se déroulait un après-midi de mai, dans le jardin de la maison des parents d'Éric et Mireille. Éric était au lycée, totalement absorbé par la préparation de son bac. Son père tenait la boutique. Les deux femmes se prélassaient au soleil, allongées dans des chaises longues.

- Les hommes sont tous comme ça, grognait la mère. Je ne l'aimais pas ton Grégoire, je t'ai suffisamment mise en garde.

- Je sais, mais je n'y peux rien. Il m'a fait craquer dès que je l'ai vu. Je me suis dit que je le ferais changer et qu'il deviendrait comme je veux.

Cheveux noirs coupés en brosse, physique plutôt mince, pas très grand mais l'air solide, Grégoire Sarel ne correspondait pas à l'image traditionnelle du séducteur. Plutôt réservé, il ne se montrait pas très à l'aise dans les premiers contacts. Un handicap dans les métiers de l'immobilier, son milieu professionnel, comme dans l'approche des femmes. Il le comblait pas un sourire charmeur et mystérieux dont il avait fait une arme redoutable.

- S'il m'arrive quelque chose quand Grégoire sera parti, il chassera son enfant, se lamentait Mireille. Est-ce que tu t'occuperas de lui ?

- Écoute ma fille, j'espère que ce sera toi qui t'occupera de ta vieille mère le moment venu. J'ai élevé deux enfants, ça suffit. Tu avoueras que si je n'ai que des satisfactions avec toi, je ne peux pas en dire autant de ton frère. Toujours à attirer l'attention ou à s'enfermer dans sa chambre, parti dans le Morbihan à la première occasion, on dirait qu'il ne fait plus partie de la maison.

- D'un autre côté, on est mieux toutes les deux, dit Mireille.

- Tu oublies ton père.

- Oh, lui, il ne dit pas grand chose, il n'est pas embêtant.

- C'est vrai, sa pêche, ses tours à vélo, l'apéro au bistro avec ses copains, son fauteuil, son cigare et ses bouquins sur l'histoire de la Bretagne et de la Normandie ou la vie de champions de sport, il ne se met pas en avant et il se tient tranquille. Sauf quand Éric lui monte le bourrichon et qu'il se rebiffe.

- L'an prochain, Éric sera en fac à Rennes, reprit Mireille. Le week-end, il filera à Ploemeur au mobil-home que lui a laissé Victor. On ne le verra plus. Quelque fois, j'aimerais être née avec une cravache dans la main et le dresser.

- Ne te fais pas d'illusions ma fille, des hommes comme ton père ou Grégoire, ça peut se dresser s'ils ne s'enfuient pas, des hommes comme ton grand père Victor ou Éric, personne ne peut les mater.

- Pourquoi ?

- Je ne sais pas. Ils ont le diable dans la peau. Et puis ils pensent trop à leur boulot, à leur réussite, au sport, à je ne sais quoi. Rappelle toi, ma Mireille, la réussite professionnelle et les hobbies d'un homme, ce sont les premiers ennemis de sa famille, plus encore que ses maîtresses. L'énergie qu'un homme met à son travail ou au sport, il ne l'utilise pas aux travaux de la maison ni à choyer sa femme. En plus, s'il trouve du bonheur et des honneurs dehors, il a moins besoin de sa femme. La réussite professionnelle, quelque part, ce n'est pas bien.

- Je comprends, avait approuvé Mireille. Je suis d'accord. Le besoin de se mettre en avant, c'est mal. Regarde les publicités de voitures. Dans la réclame pour une petite voiture populaire, tu vois une famille qui part en vacances ensemble. Quand c'est une auto de grande marque, on te montre un homme avec sa serviette et une belle fille qui n'est pas l'épouse du conducteur. Un vrai appel à tromper sa femme !

- T'as tout compris ma Mireille.

- N'empêche que papa a acheté une Alfa Roméo par

la faute d'Éric, derrière notre dos.

La mère avait hoché les épaules.

- 'Quand ton père nous écoute, il est presque comme je voudrais. Dès qu'Éric s'en mêle, les choses vont de travers. Ton frère est comme ton grand-père. Personne ne peut l'empêcher d'obtenir ce qu'il veut. J'ai fait une scène terrible quand ton père a ramené l'Alfa Roméo. J'ai cassé trois assiettes. Et bien tu sais ce qui s'est passé ?

- Non, tu ne me l'as pas encore raconté.

- Eh bien, ton frère a dit à ton père, papa, tu ne vas pas te laisser marcher dessus toute ta vie. Tu es un homme libre, pas du bétail. Viens, on va manger au restaurant. Ton père l'a écouté. Ils sont partis faire un gueuleton tous les deux chez la Mère Poulard au Mont Saint-Michel ! Et après, il sont allés boire du whisky en boite ! Je préfère ne pas imaginer ce qui a pu se passer avec des filles là-bas.

Au night-club, les choses ne s'étaient pas déroulées comme l'imaginaient les deux femmes. Éric et son père avaient seulement discuté en buvant du whisky. Toutefois, les propos tenus par Éric sur sa mère et sa sœur dépassaient largement en férocité n'importe quelle incitation à l'adultère.

- Regarde comment les dessinateurs humoristiques présentent les femmes qui jouent les chefs de familles, avait-il expliqué. Vois Bonnemine, l'épouse du chef dans le petit village gaulois d'Astérix, Bichette, la femme de Lariflette dans Ouest France, la compagne de Hagar du Nord. Toutes des monstres d'égoïsme et de velléités dictatoriales. Elles ressemblent étrangement à Mireille et à maman. A croire que les auteurs les connaissent. Comme ce n'est pas le cas, ça veut dire qu'elles ont un comportement courant. Des travers fréquents, mais suffisamment caricaturaux et ridicules pour faire rire tout le monde, à part bien sûr ceux qui les subissent. Dans ce domaine-là, les mémés de Faizant ne sont pas mal non plus. Seulement voilà, dans tous ces scénarios élaborés par des artistes qui observent leurs contemporains au quotidien, les mecs qui vivent avec ces bonnes femmes sont complètement écrasés. Leur seul salut, ils le trouvent quand ils se cassent de chez eux. Ne deviens pas comme eux papa, réagis. Ne te laisse plus jamais humilier par maman ni par Mireille. Suis mes conseils…

- Tu es dur avec ta mère et ta sœur, avait constaté le père. En ce moment, Mireille croit que Grégoire la trompe et elle en souffre.

- Non, je ne suis pas dur, je suis tristement réaliste, avait conclu Éric. Le comportement de maman, de Mireille et de toutes les femmes qui se conduisent comme elles relève de la cruauté mentale et de la psychiatrie. Je pense effectivement que Grégoire trompe Mireille. Elle récolte ce qu'elle a semé. C'est bien fait pour elle.

Le père s'était tu. Le médecin de famille lui avait tenu des propos semblables quelques semaines auparavant quant à la santé mentale de sa femme et de sa fille…

Bien qu'ignorant tout de cette conversation, Mireille s'indignait au point de relever quelques secondes le buste de sa chaise longue.

- Tu n'as rien dit ? s'étonna-t-elle d'une voix étranglée par la rage.

- Non, gémit, la mère. Je me suis abaissée, je leur ai écrit un mot d'excuses que j'ai posé sur la table de la cuisine et je suis montée me coucher en pleurant. J'ai trop peur qu'Éric décide ton père à me quitter. A la dernière scène que j'ai faite, je n'ai même pas eu le temps de casser une assiette. Ton frère m'a ordonné de me taire et m'a dit qu'à la place de papa, il m'installerait dans une petite maison à la campagne avec ma voiture, une pension, et interdiction de remettre les pieds à la boutique et à la maison. Je n'ai pas la loi avec lui. Je suis contente qu'il passe son bac dans quelques jours et qu'il parte après. Il a une trop mauvaise influence sur ton père.

- C'est pas juste. Il faudrait faire quelque chose.

- Rien à faire ma pauvre Mireille. Je ne suis pas de taille contre Éric. Tu ne connais pas la dernière. C'est lui qui va avec ton père quand il s'achète des vêtements maintenant. Ton frère a décrété que moi, je lui fais choisir des trucs moches exprès pour qu'il ait l'air con. C'est pour le bien de ton père, pour que les minettes ne lui courent pas après au magasin que je ne voulais pas qu'il soit bien habillé.

- Pourvu que mon enfant ne soit pas comme grand-père Victor et Éric, avait observé Mireille. Je préfèrerais qu'il soit moins intelligent et plus obéissant.

- J'espère pour toi. Alors, tu vois pourquoi je ne m'occuperai jamais d'un autre petit. J'aurais trop peur qu'il ressemble à Victor et à Éric.

Cet espoir serait déçu, le lecteur l'aura compris.

Tout en approuvant sa mère, Mireille comprenait que si Grégoire la quittait comme elle le prévoyait et qu'elle disparaissait, son enfant se retrouverait dans un pensionnat ou un orphelinat.

- J'ai une idée, suggéra la mère. Si tu mettais Éric parrain ?

- Ah, non ! Il se met toujours en avant à nos dépens.

- Regarde un peu plus loin que le bout de ton nez, ma

fille. Éric est comme ça, hélas. J'aurais préféré qu'il soit autrement, tu peux me croire. Qu'il n'ait pas l'idée de faire faire la révolution à ton .père contre nous, de gâcher notre vie de famille ! Tu te rends compte comme on serait heureux tous les quatre s'il s'était contenté d'être ouvrier horloger et de travailler dans l'arrière boutique au lieu de se mettre dans la tête qu'il pouvait devenir avocat, retourner vivre à Lorient, posséder des Alfa Roméo, des BMW… Mais il ressemble à Victor. C'est un fonceur. Rien ne lui fait peur. Quand il aime quelqu'un, il faut lui reconnaître qu'il se montre loyal. Regarde comment il est avec ses amis Freddy et Mickaël, et même avec cette Régine. Rappelle toi comme il défend son père contre moi. Si Grégoire te laisse, il s'occupera des intérêts de ton enfant et il le défendra contre la terre entière. Le tout, c'est qu'il s'attache à lui. Favorise la chose en le mettant parrain.

Le plan avait fonctionné au-delà des espérances. Dans une famille, tout le monde ne s'aime pas forcément. « On choisit ses amis, on subit sa famille », affirme le dicton populaire. Mais une relation fusionnelle s'était tout de suite établie entre Éric et David. Lorsqu'il était bébé, David souriait plus à son parrain qu'à ses parents. Il pleurait lorsque Éric s'en allait alors qu'il ne manifestait rien quand ses parents s'éloignaient.

Mireille et son mari s'étaient installés à Rennes peu de temps après la naissance de leur fils, Grégoire ayant saisi l'opportunité d'acheter une agence immobilière dans la capitale bretonne. Éric, étudiant dans la même ville à cette époque, venait voir David plusieurs fois par semaine et le gardait souvent. Leur relation s'était confortée au fil des années. A partir de l'âge de huit ans, David passait systématiquement les vacances scolaires chez son parrain. Ghislaine, l'épouse d'Éric, l'avait pour ainsi dire adopté dès qu'elle l'avait vu. Elle s'occupait de lui comme d'un fils.

Éric avait fini par comprendre le calcul de sa mère et de sa sœur. Il s'en moquait.

- L'amour d'un enfant, c'est naturel, ça n'a rien de calculé, expliqua-t-il une nuit de fête à ses amis Freddy et Mickaël dans le mobil-home hérité de Victor pendant que David, qui avait alors cinq ans, dormait paisiblement dans une des couchettes. L'enfant n'a pas d'arrière pensée quand il te sourit. Il est juste content de te voir. Dans ma famille, je ne m'étais senti proche que de mon grand-père jusqu'à la naissance de David. Enfin un peu de mon père aussi, mais je ne comprends toujours pas qu'il laisse ma mère le traiter comme elle le fait et quelque part, ça me rend dingue. David m'a ôté une partie de mon cynisme. Il me donne l'espoir de construire un jour une famille qui fonctionnera sur un mode serein, à des années lumière de ce que j'ai connu avec ma mère et ma sœur.

- Bien sûr que tu y arriveras, avait assuré Freddy en avalant une gorgée de Whisky.

- Ton expérience t'a rendu très fort mentalement, avait poursuivi Mickaël, dont le scotch développait la lucidité. Tu y parviendras, c'est sûr.

C'était chose faite aujourd'hui, au-delà des espérances. Car Éric était lui-même surpris de son bonheur avec Ghislaine, leurs fils et bien sûr David.

- Je ne supporterais pas qu'on touche à ma famille, songea l'avocat en se rappelant son récent différend avec Grégoire. Si cette morue de Pierret essaie, je ne sais pas ce que je lui ferai, mais elle paiera au prix fort.

Son regard s'était durci. Il aurait effrayé la deuxième madame Sarel si elle avait pu le voir.

« Nous interrompons nos programmes pour un Flash d'informations spéciales, déclama soudain la voix du speaker de France Bleu Armorique ».

« Erwan Floch, en direct de Saint-Malo, annonça le reporter déjà intervenu sure l'antenne quelques minutes plus tôt. L'horreur continue sur la Côte d'Émeraude malgré la chaleur estivale et le soleil de plomb. La marée montait sur le sable chaud en début d'après-midi. Un temps propice aux baignades .C'est ce que se sont dit deux jeunes couples de touristes parisiens tout à l'heure. Ils avaient posé leurs serviettes de bains sur la plage du Sillon, en face de l'Hôtel Mercure. Les filles étaient montées sur les épaules des garçons. Les jeunes gens plaisantaient et chahutaient. Les filles ont plongé dans les vagues lorsque l'eau est arrivée à la hauteur de l'estomac de leurs compagnons. Elle ne se doutait pas que leur insouciance prendrait fin dans quelques secondes.

Soudain, l'une s'est mise à hurler. Ses amis ont vite compris la cause de son effroi. La marée montante ramenait un cadavre à la côte. Celui d'un homme d'une vingtaine d'années poignardé en plein cœur.

D'après les premiers témoins, le corps n'était pas décomposé, ce qui laisse penser que la mort ne remonte qu'à quelques heures, probablement à la nuit dernière. Ce nouveau crime est-il lié aux autres cadavres découverts ce matin ? Nous ne pouvons pas encore l'affirmer. Nous vous apporterons des précisions complémentaires dans nos prochains flashs. »

- Incroyable, commenta David. La Bretagne devient Chicago au temps de la prohibition.

- On va bientôt nous annoncer qu'Al Capone est ressuscité, plaisanta Nick.

- Il s'est trompé de continent, reprit David. Il confond l'Armorique avec l'Amérique.

Une idée terrifiante traversa soudain l'esprit d'Éric.

Chapitre 3

« Elle n'oserait pas, espéra Éric. Quoique… Elle hait tellement David. Et ce paillasson de Grégoire qui ne voit jamais rien dès qu'il s'agit de sa morue… De toute façon, elle aura toujours raison à ses yeux. Même si elle commandite un meurtre. Avec son passé, rien n'est impossible. »

Éric devenait-il paranoïaque en envisageant l'implication de Soizick Pierret dans les meurtres bretons ? Pas vraiment, car son raisonnement reposait sur un scénario diabolique, inspiré d'épisodes très noirs de l'histoire du crime, de précédents qu'il avait étudiés en cours de criminologie lorsqu'il préparait ses diplômes. Il était arrivé que des serial killers assassinent plusieurs victimes dans un seul but, tuer une personne déterminée en détournant l'attention des enquêteurs. Obnubilés par les méfaits du tueur en série, les policiers focalisent leurs recherches sur le profil type du nouvel ennemi numéro un, lui attribuent tous les meurtres commis à une même période selon un certain rituel, et oublient les autres suspects potentiels. Or, Soizick Pierret ne prenait pas la peine de cacher son désir de voir David disparaître. Et le premier cadavre avait été découvert tout près de Lohéac où le jeune homme s'apprêtait à passer quelques jours. L'avocat savait qu'une somme modeste, cinq mille francs (de nos jours sept cent cinquante euros), parfois moins, suffisent à recruter un tueur sanguinaire. Sans compter une ancienne relation de Soizick Pierret, un homme dangereux dont Éric avait découvert l'existence quelques mois plus tôt à l'occasion d'une enquête privée qu'il avait fait diligenter sur la nouvelle épouse de Grégoire…

- Il existe un aspect troublant au sujet des deux premiers cadavres, murmura Éric.

- J'ai remarqué, intervint David qui lisait déjà des traités de criminologie et adorait les romans policiers. Les corps sont très difficilement identifiables.

- Qu'en conclus-tu ? reprit Éric.

- Soit le tueur est un professionnel du crime qui veut retarder les conclusions de la police, soit c'est un tueur en série qui aime jouer avec le feu, au sens propre.

- Le rite n'est pas identique, compléta l'avocat. Et il n'a rien à voir avec la troisième victime, mais là, on n'est sûrs de rien. Les tueurs en série revendiquent souvent leurs actes. Ceci dit, la police et la presse peuvent décider de différer la divulgation des revendications.

- Le corps trouvé dans le camion est sans doute celui du chauffeur, dit David. alors qu'aucune piste n'amène de manière évident à l'identité de la fille. C'est une différence importante.

- A moins qu'on ait affaire à un tueur en série maladroit au QI d'huître ou à un scénario en cours de rodage, suggéra Nick. Pourquoi pas ?

Cette hypothèse rendit Éric mal à l'aise. Un mécanisme mal rodé, émanant d'une personne diabolique mais inintelligente, cela ressemblait à Pierret, la seconde épouse de Grégoire Sarel.

Son contentieux avec Grégoire Sarel lui avait permis

d'apprécier le potentiel de nuisance de Soizick Pierret.

Grégoire était riche, très riche. Lui-aussi avait reçu un héritage, beaucoup plus important que celui laissé à Éric par Victor. L'origine de sa fortune provenait de Géraldine, une tante décédée d'un cancer sans avoir eu ni mari ni enfant. La tante Géraldine aimait beaucoup Grégoire. Mireille et sa mère supposaient même que la tante et le neveu avaient eu – et entretenu jusqu'au décès de l'aînée - des relations sexuelles. Certaines photos assez osées collées bêtement dans un album de famille de Grégoire laissaient, il est vrai, planer un doute. Coïncidence, Géraldine était morte trois semaines avant Victor, de telle sorte que les deux beaux-frères avaient recueilli un héritage qu'ils n'attendaient pas presque en même temps. Il convient d'ailleurs de préciser qu'ils n'attendaient pas ces legs car ils aimaient sincèrement les parents qui avaient pris des dispositions en leur faveur et ne souhaitaient pas du tout leur disparition.

Amante ou simple membre la famille, Géraldine possédait une ancienne ferme entourée de terrains jouxtant la commune de Granville. Ces terres à l'origine agricoles devinrent constructibles six mois avant sa mort. Une fortune. Droits de succession et frais de notaire payés, il restait vingt cinq millions de francs (correspondant à plus de trois millions huit cent mille euros aujourd'hui) à Grégoire. De quoi acheter son agence immobilière à Rennes, une superbe maison d'habitation rue Sainte Anne, une résidence secondaire à Sarzeau dans le Morbihan, un voilier de quarante pieds et commencer ses premières opérations de promotion immobilière.

Les années qui suivirent, Grégoire se montra plutôt amical avec Éric. Il arrivait même aux deux hommes de plaisanter discrètement des travers de Mireille.

- Elle est pénible, il faut être solide avec elle, confiait Grégoire. Les crises de jalousie, les bouderies... On ne peut jamais discuter de rien. Si ce n'est pas elle qui parle de ses petites histoires, ce n'est pas intéressant.

- Tu ne m'étonnes pas, reconnaissait Éric. Avec Mireille, il faut savoir taper sur la table quand elle exagère. Notre mère est pareille, notre grand-mère était pareille. Elles se ressemblent beaucoup. De belles femmes, élégantes, honnêtes, aimantes, mais épouvantablement capricieuses et égocentriques.

- Je sais qu'elles sont belles, avoua Grégoire. Quand j'ai vu Mireille la première fois, elle plaçait des montres dans la vitrine de la bijouterie. Elle portait une robe verte en soie, un collier de perles et des boucles d'oreilles assorties. Elle souriait en penchant la tête. Ses cheveux étaient longs à l'époque. Je me suis dit, c'est elle que je veux. Je l'ai eue. Je ne sais pas si j'ai bien fait.

Notre grand-père Victor avait trouvé le mode d'emploi des femmes de la lignée, confia Éric.. Il savait dire non. Toutes les femmes de la famille le respectaient, même Mireille, même sa mère.

- Oui, mais en le détestant, soupirait Grégoire.

- Pas sa femme, précisa Éric. Seulement sa fille et sa petite fille. Pense à David. Si tu ne réagis pas aux caprices de Mireille, c'est lui qui paye. J'ai vu comment mon père s'est fait bouffer par ma mère. Ne laisse pas le processus se reproduire. Mireille a bon cœur au fond. Simplement, elle vit dans son univers, nie l'importance du monde extérieur et croit que la terre doit tourner autour d'elle sans qu'elle n'ait rien à faire d'autre que de faire marcher sa maison.

- Si je dis quoi que ce soit, elle fait des crises d'hystérie et c'est David qui paye tout aussi, poursuivait Grégoire. Franchement, heureusement qu'il t'a. Il est bien plus heureux quand il est avec toi que chez nous.

- Je l'adore ce gamin. Je t'assure que je ne me prive pas de dire ce que je pense à Mireille de ses façons de faire quand je me trouve tout seul avec elle.

- Je sais. De temps en temps, elle me rapporte que tu l'as engueulée et qu'elle en a chialé. Elle se calme une semaine et ça repart... L'autre soir, je suis rentré à la maison tout content d'avoir signé le lancement d'une promotion à cent millions de francs (aujourd'hui quinze millions d'euros). Elle m'a coupé la parole pour me parler de la douzaine d'œufs qu'elle avait achetée à la supérette et d'un petit oiseau qui s'était posé sur la rambarde de la fenêtre du salon. Désespérant.

- C'est tout Mireille, égoïste, irritante, grossière tellement elle manque de tact. Comme sa mère. Dis toi bien que parler affaires, dans la petite tête de Mireille, c'est porter attention à autre chose qu'elle, donc la trahir. Je te le répète, tant que tu ne prendras pas le taureau par les cornes en lui signifiant que tu lui racontes la vraie vie et que la moindre des choses, c'est qu'elle te respecte, elle continuera. Sois directif avec elle. Les derniers mois que j'ai passés chez mes parents à Avranches avant d'entrer en fac, j'avais décidé d'imiter Victor, de contrer ma mère et de la forcer à respecter mon père. Je ne lui passais rien. Elle s'écrasait et il revivait. Malheureusement, elle a repris le dessus dès que je suis parti et elle continuera à lui pourrir la vie jusqu'au bout. Je t'ai donné la clé du problème Mireille, utilise la.

Les relations restèrent longtemps cordiales entre Grégoire et Éric. Ce dernier devint même l'avocat du promoteur lorsqu'il commença à exercer.

Grégoire Sarel n'osa toutefois jamais utiliser la clé offerte par son beau-frère. Il se consola à l'extérieur des caprices de sa femme. Si Mireille se doutait de certaines liaisons et en concevait ombrage, elle ferma longtemps les yeux en souhaitant se tromper. Pour sa part, David ne se faisait aucune illusion depuis qu'il avait rencontré par hasard son père à la Maison de la Culture en compagnie d'une jeune femme qu'il embrassait tendrement. Monsieur Sarel, qui ne s'intéressait pas beaucoup aux activités de son fils, n'avait pas prévu qu'il puisse venir au spectacle. Ce fut David qui se sentit gêné. Il tint sa langue, mais son père lui battit froid pendant trois mois.

Grégoire faisait souvent remarquer à son épouse et à son fils qu'il leur offrait tout ce qu'ils pouvaient désirer. Ce fragile équilibre se brisa brutalement lorsqu'il tomba follement amoureux de sa nouvelle standardiste, Soizick Pierret. David avait treize ans.

Les dernières semaines de vie commune dans la maison familiale de la rue Sainte-Anne avaient été si tendues que David avait dû s'interposer à plusieurs reprises entre ses parents. Il reçut plusieurs fois des coups perdus. Un soir une gifle d'une violence dictée par la haine de son père pour sa mère l'atteignit à la tempe et l'envoya à terre, à demi-inconscient. La constitution de David lui aurait permis de répliquer. Il ne le voulait pas, se contentant de séparer ses parents, quoiqu'il pût lui en coûter.

Un autre jour, David arrêta le bras de Mireille qui, armée d'un couteau à viande, s'apprêtait à poignarder Grégoire.

Monsieur Sarel quitta finalement la maison de la rue Sainte-Anne et s'installa à Betton avec sa nouvelle compagne dans une propriété payée par ses soins mais achetée au nom de sa maîtresse.

Soizick Pierret se prétendait catholique pratiquante et s'affirmait traumatisée de vivre dans le péché avec un homme marié.

- Qu'à cela ne tienne, proposa Grégoire. On va aller voir le recteur de la paroisse et lui formuler une requête. Je lui proposerai cent mille francs (actuellement quinze mille euros) s'il nous autorise à vivre ensemble dès maintenant sans que ce soit un péché.

Naturellement, le prêtre refusa. Il suggéra cependant que si Grégoire versait cent mille francs à la paroisse, peut-être Dieu se montrerait-il moins sévère le jour venu.

- Ah, non alors, s'était écriée Soizick Pierret. Si je ne suis pas sûre d'être pardonnée, on ne paye pas.

Elle ne tenait pas beaucoup à ce que Grégoire se déleste d'une somme importante alors qu'elle comptait capter toute sa fortune. Sa conscience catholique lui permit de tomber enceinte avant le divorce de Grégoire. La fille qui naîtrait neuf mois et demi plus tard lui ressemblerait beaucoup, tandis que tout le monde chercherait en vain quelque chose de Grégoire dans son physique. Quelques semaines après la naissance, Grégoire commença à crier sur les toits qu'il s'était fait faire des analyses de sang. David nota qu'il s'affirmait d'un groupe sanguin différent de ce qu'il déclarait auparavant. Pourtant, personne ne change de groupe sanguin… Curieusement aussi, Soizick Sarel ne subit aucun examen médical particulier malgré le prétendu retard de sa date d'accouchement…

La mère de David, humiliée par la liaison de son mari, consentit assez facilement au divorce. Elle ne confia pas ses intérêts à son frère. Ce dernier approuva cette décision. Ayant été l'avocat de Grégoire, il lui aurait été difficile au plan déontologique de l'assigner. En outre, il ne tenait pas à ce que la procédure crée des rancœurs que Grégoire aurait reportées sur David.

Dans un premier temps, la procédure sembla s'engager dans des conditions assez calmes. Monsieur Sarel s'affirma disposé à des concessions à condition que le divorce soit mené tambour battant et que la convention ne précise aucune obligation de visite ni d'hébergement de son fils. Peu à peu, il réduisit ses propositions et accepta un droit de visite et d'hébergement qu'il ne comptait pas exercer. De plus en plus conditionné par sa maîtresse, Grégoire enrageait de devoir verser au profit de son ex-femme et de son fils des sommes qu'il aurait voulu consacrer à Soizick. Et il crut toujours, à tort, qu'Éric avait préparé en sous-main le dossier de sa sœur contre lui.

Deux ans après le prononcé du divorce, Monsieur Sarel et sa nouvelle épouse avaient deux enfants. David n'avait jamais dormi une seule nuit chez eux, ni passé plus de trois minutes en tête à tête avec son père. Il n'avait plus accès au bateau paternel, et n'était jamais parti en week-end ni en vacances avec monsieur et madame Sarel. Il était convié à déjeuner une fois tous les deux ou trois mois, lorsqu'ils avaient d'autres invités. Monsieur Sarel voulait faire croire à ses relations d'affaires que malgré son bonheur actuel, il n'oubliait pas son fils aîné, chair de sa chair.

Lors de ces déjeuners, David ne prononçait plus un mot. Il avait observé que sa belle-mère ou une de ses amies lui coupait la parole dès qu'il ouvrait la bouche. Alors, il se taisait. Parfois, Soizick Pierret se permettait des réflexions odieuses contre sa mère, son parrain, Ghislaine, leurs amis Mickaël, Freddy et Daniéla. Il serrait les dents, comprenant qu'elle cherchait à créer des incidents qui se retourneraient contre lui.

Dès que la nouvelle madame Sarel se trouvait seule avec son beau-fils, elle s'acharnait à le blesser.

- Ton père se demandait l'autre jour combien d'années il faudrait encore payer avant que tu travailles ? lui demanda-t-elle une fois. Il paraît que tu es très bon élève, mais on s'en fout de ça. Si tu partais en apprentissage, ça nous arrangerait bien.

David évoquait rarement ces blessures. Bien que très solide psychologiquement, il souffrait de cette situation dont il parlait à Éric et Nick lorsque le cafard et le sentiment d'injustice devenaient trop forts.

Éric enrageait face à l'attitude de Grégoire Sarel. Il avait proposé à Grégoire et Mireille de prendre David en charge. Il suggérait à Mireille de revendre la boutique de bijoux de fantaisie qu'elle avait achetée à Rennes et de repartir travailler avec leurs parents à Avranches.

- David serait mieux chez nous à Ploemeur, insistait-il. Ghislaine et ses cousins l'adorent. Après la période qu'il vient de traverser, il vivrait dans un milieu stable et plus gai.

Les parents de Mireille et Éric appuyaient cette proposition. Le père, par conscience de l'intérêt de David, la mère pour récupérer sa fille auprès d'elle sans gêneur. Grégoire acceptait à condition de ne plus avoir de pension alimentaire à verser, point sur lequel Éric avait donné son accord. Mais Mireille s'opposait farouchement à cette solution.

- Comme ça, Soizick Sarel va raconter partout que je ne m'occupe pas de mon fils et que ce n'est pas étonnant que mon mari m'ait quittée. Pas question !

Mireille et Grégoire ne pensaient qu'à leurs propres intérêts et se moquaient bien de ce que ressentait David.

- Avoir un gamin aussi attachant et le traiter aussi mal, c'est inadmissible, s'indignait . Éric.

- Tout ça pour une morue qui n'en veut qu'à sa fortune, c'est honteux, approuvait Ghislaine. Ta sœur pourrait y mettre un peu du sien aussi.

Malgré tout, David espéra pendant quelque temps conquérir l'estime, sinon l'affection de son père. En vain. Il perdit toutes ses illusions un mercredi de mars, lorsque monsieur Sarel déclara au dessert qu'il lui interdisait désormais de participer aux courses de karting..

- Mais pourquoi, protesta-t-il ? Les courses ne te coûtent rien. Je suis sponsorisé.

- Parce que tu es mineur et que c'est comme ça, répliqua brutalement son père. De toute façon, je téléphone à tes sponsors demain pour leur faire part de ma décision.

Pierret le regardait, les coudes sur la table, le menton appuyé sur les poings. Elle souriait ironiquement, ravie du mauvais tour qu'elle jouait à son beau-fils.

- C'est encore pour lui faire plaisir à elle, ricana David. Pourtant, s'il pouvait m'arriver quelque chose, ça vous arrangerait bien !

- Excuse toi et sors d'ici, ordonna Grégoire.

David s'était levé, avait dit au plaisir de ne plus vous revoir ni l'un ni l'autre, et était sorti de la maison en claquant la porte. Il était monté sur sa moto et était rentré à l'appartement de sa mère, rue de Fougères, téléphoner à son parrain.

Éric l'avait rassuré.

- Calme toi, avait-il dit. Je prends les choses en main et je te promets que tu vas courir. De toute façon, tu as déjà ta licence. On n'a pas besoin de ton père pour les autorisations de courses. Quant aux sponsors, j'en fais mon affaire.

David savait peu de choses de la conversation sans merci qui avait opposé son parrain et son père le lendemain. Éric avait minimisé l'affrontement afin de cacher à son filleul la haine de son père.

Car monsieur Sarel avait bien contacté les sponsors de David et les avait menacés de poursuites s'ils finançaient son fils. Il avait perdu cette bataille. David était aidé par les montres Time O'Clock, qui soutenaient Freddy et Éric depuis leurs débuts en compétition et les meubles Merle, une entreprise redonnaise dirigée par Philippe Merle, le frère de Daniéla.

Monsieur Sarel ne parvint pas à joindre le président de Time O'Clock qui, prévenu par Éric dès la première heure le jeudi matin d'une difficulté qui trouverait une solution rapidement, fit barrage.

Quant à Philippe Merle, c'était un client et un copain de longue date d'Èric. Outre sa sympathie pour l'avocat, il savait qu'il faisait une bonne affaire en parrainant David. Le filleul d'Éric allait très vite, montait souvent sur les podiums. Éric, Ghislaine, Freddy et Daniéla faisaient toujours quelques apparitions sur les circuits avec lui durant la saison, ce qui associait sa marque à leur notoriété. La situation l'ennuyait. Il ne donna pas satisfaction à monsieur Sarel et le prévint qu'il ferait le point avec son avocat.

- Éric Trélor, que vous connaissez bien je crois, conclut ironiquement le chef d'entreprise qui avait appris par sa sœur Daniéla et son beau-frère Freddy le peu d'intérêt de son interlocuteur vis à vis de David.

L'avocat ne voulait pas laisser le temps à monsieur Sarel d'écrire aux sponsors. Il l'appela au téléphone. Naturellement, la nouvelle madame Sarel qui traînait toujours dans les bureaux, histoire de s'assurer qu'une nouvelle collaboratrice ne réussisse pas à ses dépens un coup de filet identique au sien, tenta de faire barrage. Mais Éric utilisa une arme qu'il tenait en réserve depuis plusieurs mois, bien que la pratique lui répugnât.

Il avait chargé une agence de sécurité et d'enquêtes dirigée par Mario, un copain marseillais, de fouiller le passé de madame Sarel. Avant de conquérir un prince local de l'immobilier, la néo-bourgeoise rennaise travaillait à mi-temps à Caen comme standardiste chez un grossiste en électroménager, un job qui lui donnait l'apparence d'une jeune fille bien sage. Puis le soir venu, Soizick Pierret enfilait une minijupe et un corsage sexy, se mettait du rouge sur les lèvres – beaucoup plus que la journée - et se rendait dans un bar de nuit. Son employeur la payait au bouchon. Pierret n'était pas très belle. Brune, de taille moyenne, un visage épais, une peau grasse, elle n'aurait pas été embauchée par madame Claude et n'aurait pas séduit la clientèle très huppée du Baron à Paris. Mais dans la pénombre, avec le maquillage, en comptant avec l'aide de l'alcool ingurgitée par les clients, elle faisait son boulot. Compte tenu de la manière dont elle avait retourné Grégoire comme une crêpe et dont elle le tenait sous sa coupe, il fallait lui reconnaître un savoir-faire avec les hommes.

Autres informations inquiétantes, Pierret avait été plusieurs mois la maîtresse d'un truand suspecté de braquages de bijouteries dont le dernier s'étaient terminé par une fusillade meurtrière. Deux flics, le bijoutier et sa femme à la morgue, une vendeuse et trois passants à l'hôpital. Le gangster, Jean Python, était en fuite. Pierret avait été entendue puis relâchée, faute de charges contre elle. N'empêche qu'elle disposait des relations nécessaires si elle voulait commanditer un meurtre contre David !

Pierret était aussi capable de violence. A Caen, elle s'était battue sur le parvis de l'église avec la compagne du patron du bar de nuit où elle travaillait. C'était elle qui avait agressé l'autre femme à la sortie de la messe parce qu'elle avait demandé au patron de la virer. Pierret s'était jetée sur son ennemie comme une furie. Malheureusement pour elle, l'autre était professeur de boxe française. C'était d'ailleurs au sein du club de sport qu'elle avait fait la connaissance de son ami, le patron du bar. Trente secondes après ses premières insultes, Pierret gisait à terre, au pied des marches de l'église, les yeux au beurre noir, la lèvre inférieure fendue, et le nez en sang. Un genou en vrac, une bosse sur le front, un coude écorché, un poignet foulé, deux côtes cassées, une douzaine d'hématomes et deux incisives cassées complétaient le diagnostic. Les cloches de l'église sonnaient comme un gong annonçant la fin du round. De toute façon, Soizick Pierret était KO pour le compte.

La morue n'avait pas osé porter plainte. Sa rivale avait juré de la tuer si elle s'y risquait et si elle ne déguerpissait pas fissa.

Pierret avait fui le scandale et la probabilité d'une nouvelle correction. Elle était venue se réfugier chez sa mère à Rennes. La maman de la future madame Sarel voulait que sa fille réussisse financièrement. Elle lui avait conseillé d'arrêter les activités hasardeuses et de se consacrer entièrement à la conquête d'un homme riche. Grégoire Sarel fut le pigeon piégé.

Grégoire ignorait cette période de l'existence de sa chérie. Les noms du bar et du gangster servirent de Sésame lorsque Éric entama sa conversation téléphonique avec Soizick Pierret.

- Je ne tiens naturellement pas à ce que mon cher ex beau-frère apprenne les petits secrets de votre passé normand, car il aurait beaucoup de peine, mais je veux que David continue à courir.

- Je vous le passe, et je vais arranger les choses, bredouilla madame Sarel, déstabilisée.

- Si tu m'appelles pour me faire revenir sur ma décision, tu peux raccrocher tout de suite, grogna Grégoire. Ce petit con ne mettra plus le cul sur un kart. C'est un sport de fils à papa.

- Erreur répliqua sèchement Éric. Mais ce n'est pas le sujet. Je vois que tu aimes toujours autant ton fils. David souffre déjà que tu le rejettes. Il est très important, je dis bien très important, qu'il ne soit pas privé de course par-dessus le marché. Tu aurais vraiment tort de rester sur ta position.

- Tu comptes faire comment pour m'en empêcher ?

- Je voudrais d'abord comprendre pourquoi tu tiens tant à ce qu'il arrête de courir. Ça ne te coûte rien et tu sais bien à quel point il tient au kart.

- Ça lui passera. Ma femme trouve qu'il est trop gâté. Quand elle avait son âge, ses parents ne lui offraient même pas de cadeau à Noël. Tous ses vêtements, ses loisirs, ses sorties, elle les payait en faisant de petits boulots. C'est comme ça qu'elle a appris la vie. Je suis révolté quand je compare sa jeunesse à celle, complètement pourrie, de David.

- Je ne doute pas qu'elle ait su te vendre une enfance pénible, cruelle, triste… J'espère qu'elle sait au moins t'exprimer un peu de reconnaissance pour tous tes bienfaits… Moi, je ne vais pas pleurer, son sort ne m'émeut pas vraiment. Je te fais quand même observer que tu pourrais être fier que David soit un élève brillant, et un pilote de kart très performant, ce qui montre sa détermination et sa force de caractère.

- Je m'en fous. Tout ce qui m'intéresse, c'est qu'il quitte l'école le plus vite possible pour se mettre au boulot. J'ai deux jeunes enfants à élever. Si j'avais claqué moins de pognon pour ta connasse de sœur et ce morveux, j'en aurais plus pour eux. David est grand ; qu'il se démerde. Entre parenthèses, tu ne manques pas d'air pour m'appeler après m'avoir saigné dans la procédure de divorce en faisant plaider le dossier par un de tes confrères. Entre nous, quand j'étais avec Mireille, elle s'est souvent plaint de la façon dont tu les traitais, sa mère et elle. Il paraît que tu les as traumatisées et que tu as détruit la famille. Tu as été le premier à comprendre comment elles étaient et à me conseiller de me rebiffer. Ne joue pas l'étonné.

- Je n'ai rien préparé du tout dans la procédure de divorce. Je ne te blâme pas de ta décision de quitter Mireille. C'est une histoire qui ne me regarde pas. Je t'ai souvent fait part de ma façon de penser quant à la manière de gérer tes relations avec Mireille, c'est tout à fait vrai. Elle a eu ce qu'elle a cherché, j'en conviens. Je n'ai jamais pris de gants avec Mireille ni avec ma mère, je suis toujours d'accord. Ce que je déplore par contre, c'est que David paye le fait que tu laisses une nouvelle compagne qui le déteste s'acharner à lui nuire. Que Mireille ait été une épouse insupportable au point de te pousser dans les bras de la première pétasse venue, je l'ai bien compris. Seulement, si Mireille était une mauvaise épouse, David est un gamin génial. Ni toi ni Mireille n'êtes assez adultes et raisonnables pour vous en rendre compte. Vous êtes aussi égoïstes et inconscients l'un que l'autre. Je me demande si je ne devrais pas intenter une procédure en déchéance de vos droits parentaux !

- J'ai du mal à croire que tu n'ais rien fait dans la procédure de divorce.

- Je peux te dire que si j'avais été l'avocat de Mireille, j'aurais commencé par un constat d'adultère.

- Ça ne sert plus à rien.

- Non, mais ça aurait emmerdé Pierret. La loi du talion. Un prêté pour un rendu par rapport à tout le mal qu'elle fait à David depuis qu'elle est avec toi. L'huissier et le flic à six heures du matin examinant les draps, psychologiquement, il faut l'encaisser. Les nanas le vivent toujours très mal. Ceci dit, essayons de raisonner intelligemment. Tu en veux à David parce que c'est le fils de ta première femme et que ta deuxième épouse ne l'aime pas. Il n'est pas responsable de la gestion de tes problèmes conjugaux, ce pauvre gamin. Laisse le vivre sa vie. Tu vis bien la tienne. Je te rappelle que Ghislaine et moi, on vous a proposé de prendre David après votre divorce. Notre proposition tient toujours, d'ailleurs.

- Je sais bien, avait reconnu Grégoire, ennuyé. Je ne serais pas contre. Mais Mireille n'acceptera jamais. Et moi, je n'arrête pas de me faire reprocher ce qu'il m'a coûté par Soizick, ajouta-t-il en baissant la voix.

- Arrête de ne penser que par Soizick. Je t'ai déjà répété maintes fois qu'il faut savoir dire non si on ne veut pas se faire bouffer. Ta nouvelle femme ne sera pas plus gentille avec toi parce que tu lui cèdes tout. Au contraire. Elle en voudra toujours plus et te traitera comme un jouet insignifiant. Et ne me fais pas le coup du mec saigné pas la pension de son gamin. J'ai été ton avocat, je connais ta fortune. Objectivement, ce que tu verses comme pension alimentaire ne te prive de rien et ne t'empêche pas de gâter ta nouvelle famille. Tant mieux d'ailleurs.

- C'est une question de principe, marmonna Grégoire. Je veux que Soizick soit contente.

- Ça, j'ai compris, avait soupiré Éric. Il paraît qu'une fois à l'hôpital, John Kennedy avait fait coller un poster des fesses et des jambes de mademoiselle Monroe au plafond de sa chambre. Toi, tu pourrais placer une photo du cul de Pierret au mur de ton bureau ! Enfin, ça ne me regarde pas et je m'en fous, mais je te préviens que je vais m'occuper de ton cas si tu t'attaques à David.

- Laissez tomber, prononça une voix blanche derrière le téléphone.

La nouvelle madame Sarel venait d'entrer dans le bureau de son mari. Elle le vouvoyait toujours.

- Il n'a qu'à courir si il veut, ce connard, avait repris la marâtre. On n'en à rien à foutre après tout, poursuivit-elle en retrouvant le vocabulaire de sa jeunesse.

Éric sourit.

- Autre chose. Désolé de te décevoir, ainsi que madame Sarel, mais David ne quittera pas l'école. Tu sais très bien que j'assumerai ses études si tu réussis à lui couper les vivres. Moi-aussi, j'ai les moyens.

Il lui restait une arme, que les Sarel ne connaissaient pas. Une arme terrible, car elle pouvait toucher la cupidité de Soizick Pierret-Sarel.

- J'aimerais recevoir un document écrit et signé de ta part, par lequel tu autorises David à courir, et dans lequel tu préciseras que ton consentement vaut jusqu'à sa majorité.

- Il court s'il veut, il va se tuer sur une piste ou se fracasser la tête à moto, je m'en fous complètement. Après tout s'il crève en faisant ses conneries, il n'aura eu que ce qu'il mérite, la pension s'éteindra et il ne risquera plus de faire du mal à ma famille en réclamant sa part s'il m'arrive quelque chose. Mais je ne vais pas en plus m'emmerder à écrire quelque chose qui le concerne.

L'intervention de sa femme galvanisait Grégoire. Elle détestait David. Et bien si David disparaissait, ce serait tant mieux. Si seulement le meilleur des mondes possibles coïncidait avec les désirs de Soizick, ce serait merveilleux ! Tant pis pour les dommages collatéraux.

- Dommage, asséna Éric. Je serais navré de devoir inciter Louvres Promotion, des clients promoteurs très offensifs dans les grandes villes de l'Ouest comme tu le sais sans doute, à s'intéresser aux terrains que tu convoites à Saint-Grégoire.

- Comment tu sais ça ?

Le hasard se montre parfois le Dieu des avocats, comme celui des enquêteurs et des journalistes. Éric tenait l'information de Gilles Marivani, un copain rennais, pilote amateur comme lui, qui avait évoqué l'opération projetée lors du dîner suivant une remise de prix à Lohéac. Gilles réalisait des promotions, mais il avait calé devant le niveau des investissements nécessaires à Saint-Grégoire. Seuls des opérateurs aussi fortunés que Grégoire Sarel ou Louvres Promotion pouvaient se lancer dans un tel projet.

- Aucune importance, avait répliqué Éric. Je le sais, c'est tout.

- Tu vas l'avoir demain ta lettre. Tu peux aussi dire à ton filleul de ne plus remettre les pieds chez nous. Je ne peux pas faire autre chose que de raquer la pension alimentaire, mais je ne veux plus jamais le revoir.

Éric était resté pensif après avoir raccroché le téléphone. Certes, il avait obtenu ce qu'il voulait. Mais il n'avait jamais mesuré auparavant à quel point Grégoire Sarel devenait capable du pire sous l'influence de l'abominable Soizick Pierret. Il avait toujours cru que son ex beau-frère cédait à sa femme sans se rendre compte du mal qu'il faisait à David. En réalité, Grégoire dépassait ce stade. Il s'attachait à devancer les désirs de sa compagne.

A vingt six ans, Soizick Pierret-Sarel ne manquait ni d'audace ni d'aplomb. Elle avait rappelé Éric une heure plus tard. Elle avait craché toute sa haine d'une voix hystérique.

- Vous avez eu ce que vous vouliez, Trélor, ne vous mettez plus jamais en travers de ma route ! David le paierait très cher. Je le déteste. Il représente tout ce que j'abhorre. J'ai brûlé toutes les photos sur lesquelles il était à la maison. Je voudrais le voir mort, ce petit salaud ! Sans vous, je l'aurais déjà brisé.

- Mais je suis là, avait répliqué Éric d'une voix glaciale. C'est vous que j'anéantirai si vous essayez de nuire à David. Ne touchez pas à un seul de ses cheveux où vous le regretterez.

- C'est une menace ? avait ricané Pierret.

- Disons un avertissement. N'oublie pas qu'il n'y a pas que les putes qui aient certaines relations, pétasse. Les avocats aussi, conclut-il d'une voix sourde.

- J'aime pas qu'on m'tutoie ni qu'on m'insulte. Un claquement de doigts et votre petit protégé disparaît.

- Joue à ça morue et tu ne vis plus. Les traînées venues de nulle part et qui ne savent pas rester à leur place comme toi, ça disparaît plus facilement que les protégés d'un avocat. Ça, c'est une menace.

Éric avait raccroché le combiné. Pierret était restée pétrifiée. Et la morue s'était souvenue que son mari soupçonnait le parrain de David de collusion avec des clients mafieux. Grégoire tenait de sa première femme qu'Éric entretenait des relations amicales et professionnelles avec un certain Mario, un Marseillais qui assurait la sécurité d'hommes d'affaires et de politiciens dans le midi. L'avocat s'occupait aussi des intérêts de promoteurs de boxe, un milieu de types louches. Soizick Pierret avala difficilement sa salive. Quelque moyen qu'elle employât, elle trouverait un ennemi impitoyable en face d'elle. Éric ne craignait pas ses anciennes relations dans le monde de la nuit ni son ex-amant. Il avait mieux à lui opposer.

A l'évidence, des rancœurs terribles existaient au sein de la famille Sarel. Quelque part, David était devenu un gêneur, un obstacle pour son père. Il ne comptait plus du tout depuis que Grégoire élevait d'autres enfants avec sa compagne. Et s'il subsistait un reste de vague sentiment paternel, il était supplanté par une rancœur tenace. Grégoire Sarel avait perdu toute autonomie de pensée. Une seule obsession guidait ses raisonnements comme ses propos, exprimer des prises de positions qui satisfassent sa nouvelle épouse et aillent au-devant de tous ses souhaits.

Éric avait vu des situations familiales incroyables dans l'exercice de son métier d'avocat. Il savait que dans la plupart des foyers, la réalité dépasse la fiction, que la jalousie, la violence, la haine, régentent la vie quotidienne au point de créer les ingrédients d'un fait divers. Rien ne l'étonnait quand il recevait des clients. Ces accidents affectifs n'arrivaient pas qu'aux autres. Il réalisait avec tristesse qu'un tel dérapage touchait son filleul, un garçon qu'il aimait comme ses propres enfants.

Dans le contexte actuel, Grégoire Sarel ne voyait plus David que comme un obstacle à des relations parfaites avec son ancienne standardiste qui lui reprochait son passé.

De quoi cette femme serait-elle capable contre David qu'elle haïssait ? Elle avait vécu à une époque dans le monde de la nuit et fréquenté des individus peu recommandables, dont un dangereux gangster actuellement en fuite. Éric espérait qu'elle aurait peur de ses réactions si elle tentait quelque chose et qu'elle se tiendrait tranquille.

De son côté, Grégoire Sarel fulminait. Il aurait aimé au moins se venger en empêchant David de courir et en l'humiliant à l'occasion. Mais ce salaud d'Éric, insolemment sûr de lui comme tous les maîtres du Barreau, terriblement intelligent et très puissant socialement l'en empêchait et continuerait à protéger son filleul. Car le père de David ne doutait pas qu'Éric mettrait ses menaces à exécution si nécessaire. Comment pourrait-il bien se débarrasser de ce risque ?

Grégoire Sarel se souvint d'une réflexion formulée par Éric lors d'un repas de famille quelques années auparavant.

- Je donnerais ma chemise pour quelqu'un que j'aime, mais je prendrais sans pitié ni remords celle de quelqu'un qui m'a fait une crasse, avait dit l'avocat.

Grégoire Sarel savait son ex beau-frère d'une loyauté à toute épreuve vis à vis de ses proches. Il jugeait par contre Éric Trélor comme un fin manœuvrier capable de devenir un dangereux manipulateur lorsqu'il s'agissait d'atteindre les objectifs qu'il considérait légitimes. Éric estimait que la vie était une jungle dans laquelle on se bat afin de protéger son clan, sans scrupules, avec la férocité nécessaire. Cela signifiait que l'avocat n'hésiterait pas à nuire à la femme que Grégoire adorait. Grégoire Sarel fronça les sourcils. Il pensa soudain que David et Éric présentaient les mêmes traits de caractère. Leurs visages se ressemblaient aussi, si on faisait abstraction de la couleur des cheveux.

- Patrimoine génétique du côté de la famille maternelle, sûrement du fameux grand-père Victor, songea Grégoire Sarel. Sans doute est-ce pour cette raison que ces deux garçons s'entendent si bien. Au fond David aurait dû naître chez Éric plutôt que chez moi. Ça aurait arrangé tout le monde.

Grégoire Sarel s'avoua qu'il n'avait jamais ressenti les mêmes émotions pour David que pour les autres enfants qui portaient son nom, notamment cette fille que Soizick avait conçu avec un autre homme et qu'il adorait pourtant. Ni à sa naissance, ni lorsqu'il avait grandi, David n'avait touché le cœur de son père. Ils n'avaient partagé aucun loisir, aucune passion. Ils ne se ressemblaient peut-être pas assez. Pendant une fraction de seconde, Grégoire Sarel éprouva l'ombre d'un sentiment d'attendrissement et de remord vis à vis de son fils aîné. Puis son expression se durcit à nouveau. David s'identifiait à son parrain. Il deviendrait vraisemblablement avocat. Éric lui apprendrait toutes les ficelles du métier et en ferait une teigne, comme lui. Donc, un jour, David deviendrait dangereux. Qui sait s'il n'aurait pas l'idée de contester les opérations destinées à le déshériter au profit de sa belle-mère et des enfants du second lit ? Même pas pour l'argent, rien que pour se venger de sa petite Soizick chérie ! Cette pensée réveilla sa fureur. Monsieur Sarel se mit à rêver s'un monde où Éric et David n'existeraient plus. Si seulement il pouvait les envoyer au Diable !

Un état d'esprit récent, qui remontait à cinq mois. Tout à fait compatible avec ce que redoutait Éric aujourd'hui, persuadé que Grégoire n'arrêterait pas sa femme quoi qu'elle imaginât contre David.

Chapitre 4

La Vivia roulait maintenant en direction de Rennes sur la N 177.

- C'est étonnant ce village de l'automobile en pleine campagne bretonne, s'étonna Nick.

- C'est grâce à la passion de Michel Hommel, le fondateur du groupe de presse qui porte son nom, expliqua Éric.

- Et au succès du Rallycross en France, intervint David. Car Lohéac doit sa réputation à cette discipline. Au début des années soixante dix, le Rallycross était une formule typiquement anglaise. Des pilotes amateurs se battaient sur des circuits tracés dans les champs au volant de voitures assez peu coûteuses, notamment des Mini Cooper.

- La formule présentait de nombreux avantages, poursuivit Éric. Les circuits ne coûtaient pas très cher à tracer. Les pilotes couraient avec des voitures relativement abordables. Sur le terre, les autos glissent énormément, ce qui amuse les pilotes et fournit un spectacle enthousiasmant.

- Michel Hommel avait déjà créé plusieurs magazines, notamment Échappement et Autohebdo, reprit David, incollable sur l'histoire du sport automobile. Échappement traitait de la course amateur, et Autohebdo couvrait les grandes compétitions nationales et internationales. En mille neuf cent soixante seize, Michel Hommel eut l'idée d'organiser le premier Rallycross en France. Ses magazines lui donnaient la crédibilité pour se lancer dans l'aventure et ses publications assuraient la promotion de l'événement.

Nick était venu soutenir David lors de courses de kart sur le site, mais il ne connaissait pas l'histoire du village.

- Pourquoi a-t-il choisi Lohéac ? interrogea-t-il.

- Parce qu'il avait découvert l'endroit trois ans avant d'y organiser le premier Rallycross disputé dans l'Hexagone, dit Éric. Lohéac lui a rappelé le village lorrain où il était né et où il avait passé son enfance. La commune ne comptait que quatre cents habitants, mais il a été frappé par son accueil chaleureux et la volonté des habitants de faire vivre leur village malgré les difficultés du monde rural. En plus, les maisons construites en pierre sont magnifiques. Et Lohéac peut s'enorgueillir d'une histoire qui remonte à l'empire romain.

- Qui sait si Astérix et Obélix n'y sont pas venus, plaisanta David, à moins qu'Alix et Énak n'y aient séjourné.

- Et Michel Vaillant a sûrement participé au Rallycross, ajouta Nick.

David et Éric éclatèrent de rire. Tous les deux aimaient beaucoup Lohéac. Éric avait remporté trois fois le Rallye organisé sur le site par l'Écurie Bretagne. David s'était imposé en kart lors des courses d'ouverture de la saison.

Éric se montrait sensible au caractère particulier du petit village breton. Venir courir à Lohéac, c'était une fête, l'occasion de retrouver des copains et de fréquenter des établissements typiques.

- Ce soir, on tourne un peu en kart, puis on se fait un resto, proposa-t-il. Pourquoi pas La Manivelle ? Ou un autre, car on ira sûrement à La Manivelle un autre jour avec Freddy.

L'avocat lorientais ne manquait jamais de s'arrêter à La Manivelle, restaurant à thème évoquant la course automobile et la voile, les deux passions du patron, Christian Lefeuvre. Il faut dire qu'Éric et Christian se connaissaient de longue date. Ils se croisaient régulièrement sur les circuits, car Christian pilotait lui-aussi. Il avait participé notamment au Championnat de France de Rallycross et aux rallyes - raids les plus prestigieux comme le Paris - Dakar. Voyant Lohéac évoluer et se développer autour du concept de la course automobile, Christian, qui avait déjà exploité un restaurant-grill à Rennes – établissement qu'Éric fréquentait assidûment lors de ses passages dans la capitale bretonne -, acheta la crêperie du village et trouva sympathique de marier la grillade avec la crêperie.

- Au moment où Christian s'est installé à Lohéac, il n'existait que le circuit de Rallycross et une école de pilotage, commenta Éric. Il fait partie des pionniers du développement du site. Depuis, les choses ont évolué. Le musée a ouvert ses portes, et Christian gère une école de 4 X 4. Il est moins souvent au restaurant, d'ailleurs. C'est Arlette, sa femme, qui tient l'établissement maintenant. Comme elle est aussi sympa que lui, c'est un plaisir d'y aller.

- Il compte toujours autant de célébrités parmi sa clientèle ? demanda son filleul.

- David faisait allusion aux clients les plus prestigieux

de l'établissement. Jean-Pierre Beltoise, Jean-Marie Bigard, Stéphane Collaro, entre autres, faisaient partie des habitués de la maison.

- Je pense, oui, affirma Éric. Ainsi que quantité de pilotes comme Jean-Luc Pailler, Hervé Knapick, Dominique Pigeon, Didier Caradec, Stéphane Dréan et bien d'autres. Sans oublier les animateurs de l'Écurie Bretagne, à commencer par son président, Patrick Germain, son fondateur, Pierre Tollemer, et d'anciens piliers de l'association comme que Pierrot Desilles.

- C'est dommage que David Hallyday, Alexandre Debane, Caroline Barclay, Jean-Marie Bigard, Jean-Pierre Castaldi, Luc Alphand, Carlos, Laurent Bourgnon, Loïck Peyron, Pierre Cosso, Patrice Martin et les autres stars ne courent pas, regretta Nick.

- On les a tous vus à Lohéac, pourtant. Mais à cette époque-ci, beaucoup sont en vacances à Saint-Trop ou en tournée d'été, nota Éric. Dans un sens, c'est tant mieux. Nous serons les seuls à compter de vraies stars dans l'équipe.

Il faisait allusion à l'équipage de la seconde voiture, composé d'un skipper renommé et d'un comédien en vogue, ainsi qu'à la présence de Freddy et de sa femme.

La Vivia atteignait le niveau des sorties vers Pipriac et Guipry.

Plus que quelques minutes, et nous serons arrivés, commenta Éric.

- La région est riche en légendes ? s'enquit Nick.

- Nous nous situons à quelques kilomètres de la Forêt de Brocéliande, affirma David. Qui sait si Merlin et la fée Morgane ne sont pas pour quelque chose dans la création de ce site magique ?

- Je ne savais pas que tu croyais aux histoires de fées, plaisanta son ami.

- Sache que tout bon breton se doit de respecter les légendes et superstitions nées sur sa terre, répondit sérieusement David avant d'éclater de rire.

Nick ne dit rien, mais il consulta discrètement l'hebdomadaire les Infos du pays de Redon qu'Éric avait laissé sur le siège arrière. Il savait que David était natif du cinq octobre, c'est à dire du signe de la Balance.

- Balances, dit-il d'une voix affolée. « Les prochains jours vous promettent des événements imprévisibles. Évitez les déplacements. Surveillez vos arrières. Vous vivrez dans un climat d'affrontements et de danger. Méfiez-vous des mauvaises rencontres. »

- Ça ne me fait ni chaud ni froid, répliqua David, persuadé que son camarade inventait alors qu'il se contentait de lire les prévisions de l'astrologue du journal.

- Moi, ce n'est pas mieux, soupira Nick. « Scorpions : restez à l'écart des affaires des autres si vous voulez éviter de graves ennuis. Contentez-vous d'être vigilant en attendant une période plus favorable. »

- Moi qui suis Balance ascendant Scorpion, je me vois plutôt mal barré, se lamenta Éric en simulant le désespoir. J'espère que les prévisions sont meilleures pour Freddy.

- Quel signe, questionna Nick, toujours plongé dans les prévisions astrales.

Taureau, répondirent en chœur David et Éric.

- « Ne foncez pas tête baissée. L'ambiance sera oppressante, mais vous aurez raison de tous les obstacles si vous réfléchissez avant d'agir. Votre moral grimpera en flèche après quelques vicissitudes. »

- Il nous reste une chance, alors, se réjouit David.

Cette fois, la Vivia quittait la nationale pour entrer dans Lohéac. Éric la gara sur la place, devant le Relais des Arcandiers.

- Nous irons sûrement y manger une fois aussi, dit-il en désignant la façade de l'établissement. Freddy adore leurs papillotes de foie gras et leur pavé de rumsteck mariné à la fleur de selle de Guérande. Pour l'heure, direction le Café du Village. Je ne vous propose pas le Pouilly ni le chablis qui font la réputation de leur cave, mais un Perrier qui va nous réhydrater.

- Ils s'assirent et commandèrent leurs consommations. A cette heure de l'après-midi, la salle dont le cadre rappelait encore l'époque médiévale où la bâtisse servait de lieu de repos aux pèlerins de Saint-Jacques de Compostelle était calme.

- Certains soirs, j'ai connu des ambiances plus chaudes ici, remarqua David.

- David a une raison personnelle de s'intéresser à la région, insinua Nick en riant.

- Tu en as une très proche de la mienne maintenant, s'esclaffa David.

Depuis quelques mois, David sortait avec Isa, lycéenne comme lui au lycée Chateaubriand à Rennes. Les parents d'Isa, habitaient Lohéac. Ils y tenaient une exploitation agricole dont ils avaient transformé un corps de bâtiments en ferme auberge. La douceur de la jeune fille correspondait à ce que David attendait d'un fille. En juillet, David et Nick avaient été invités pour huit jours de vacances à La Baule, où l'oncle d'Isa possédait une villa. Nick avait fait la connaissance de Marine, la sœur cadette d'Isa. David et Nick dormaient sous une tente dans le jardin, l'oncle ne voulant pas devenir trop ostensiblement complice du rapprochement des garçons avec ses nièces. Il se montrait toutefois d'une discrétion bienveillante et amusée, fermant les yeux sur bien des choses. Les quatre jeunes gens avaient passé des moments fort agréables.

David et Nick étaient contents de retrouver les deux jeunes filles, d'autant qu'ils venaient à Lohéac dans un contexte valorisant. Ils n'arrivaient pas en simples spectateurs. Ils accompagnaient un des équipages vedettes de la manifestation et se promèneraient sur le circuit avec des laisser-passer officiels. Ils apparaissaient comme les amis de Freddy Vivien, Champion du monde de Formule 1 et Daniéla Merle, comédienne renommée. Freddy viendrait avec eux déjeuner au moins une fois à la ferme auberge, ce qui montrerait à leurs amies les relations privilégiées qu'ils entretenaient avec lui. Ils se tutoyaient, et Freddy, qui les connaissait depuis leur enfance les traitait avec beaucoup de sympathie. En réalité, le pilote ne faisait pas de différence entre eux et les fils d'Éric.

- Comment s'organise-t-on ? interrogea Nick.

- Je suggère que nous déchargions nos affaires dans le motor-home, proposa Éric. Ensuite, nous nous entraînons sur la piste de kart, nous prenons l'apéro à la ferme auberge, et je vous amène dîner avec vos copines où vous voulez. Demain matin, on visitera le musée et je vous ferai faire le tour des artisans du village.

- Isa et Marine ne pourront malheureusement pas manger avec nous, regretta David. Elles aident leurs parents pour les services, et ces jours-ci, entre les touristes et la course, ils sont complets tous les jours.

La Vivia prit la route du circuit juste derrière deux

semi-remorques jaunes, aux couleurs de l'Écurie Darcy-Cars.

- Tu les connais ? demanda David à son parrain.

- Non, mais entre les trois catégories de voitures admises, il y aura soixante quinze équipages, sans compter que certaines écuries utilisent des véhicules de transport prêtés ou loués.

La route très étroite ne permettait pas à la Vivia de doubler les poids lourds. Éric les suivit jusqu'au circuit. Il tourna à droite, juste avant le musée, afin rejoindre l'espace réservé aux concurrents le long du circuit. Les camions continuèrent tout droit.

Le passager du poids lourd que suivait la Vivia observait la voiture dans le rétroviseur.

- Ils sont déjà là, pensa-t-il. J'aurais préféré qu'ils arrivent plus tard. Pourvu qu'ils ne comprennent pas trop vite. Il est malin, maître Trélor.

- Leur équipe a sans doute réservé une maison quelque part et ils ne prendront place le long du circuit qu'au tout dernier moment, suggéra David.

- Ils ont tort. Les meilleurs emplacements seront pris, nota Éric.

Expérimentée et prévoyante, l'équipe Vivia avait déjà garé ses véhicules au bord du circuit, à cinquante mètres de l'espace de mise des voitures en pré-grille avant les départs. Outre les deux camions qui avaient amené les voitures et le matériel, Michel, l'ingénieur chargé de l'assistance, avait acheminé lui-même le motor-home de Freddy. Il s'agissait en fait d'un car aménagé en appartement, que le pilote utilisait lors des Grands-Prix européens de Formule 1. Freddy adoptait ce mode d'hébergement plutôt que l'hôtel. Rester dans le paddock et éviter de voir des personnes étrangères à la course facilitait son processus de concentration. L'auvent installé devant le véhicule doublait la surface utilisable et servait à la fois de cuisine, de salon, et de salle à manger.

L'équipe Vivia disposait aussi d'un chapiteau dressé dans un champ derrière la ligne droite précédant le esse d'arrivée. Cette infrastructure accueillerait les invités des biscuiteries Ker Etel – un des sponsors du Team Vivia - le dimanche midi. En attendant, il servirait de salle à manger aux mécaniciens et aux techniciens ainsi qu'à un cocktail offert par l'équipe le jeudi soir.

Les trois garçons déposèrent leurs sacs de voyage dans le motor-home et discutèrent quelques minutes avec Michel et les mécaniciens. Puis ils remontèrent dans le coupé Vivia pour se rendre à la piste de kart.

« Du nouveau dans l'affaire de Maure de Bretagne, commentait un des journalistes de France Bleu Armorique. Les premières constatations du légiste confirment que l'homme retrouvé dans la cabine du camion calciné a bien été assassiné d'une balle en pleine tête, tirée à quelques centimètres de sa boite crânienne.

Naturellement, les enquêteurs ont suivi la piste du chauffeur du véhicule, Jeff Bernard. Les empruntes dentaires ont confirmé qu'il s'agit de la victime. Jeff Bernard habitait à Trappes dans les Yvelines. Il laisse un veuve et deux filles âgées de quatre et trois ans. Selon un de ses collègues, dont nous ne révélerons pas l'identité, Jeff Bernard, qui effectuait souvent des transports de cargaisons en Bretagne pour le compte de employeur, avait une maîtresse attitrée à Rennes. Cette femme résiderait rue de Vern et serait mariée à un VRP. Jeff lui rendait visite aussi souvent que possible, profitant des fréquentes absences du mari. Des voisins affirment que le Pegaso rouge a été vu hier soir vers vingt heures rue Marcel Colomb. Que s'est-il passé ensuite ?

L'épouse du routier a été interrogée. Elle était en vacances chez sa sœur à Poitiers. Elle n'a pas été placée en garde à vue. Plusieurs témoignages, sur place, écartent toute éventualité de culpabilité de sa part.

La police recherche actuellement l'époux de la maîtresse du chauffeur. S'agit-il d'un crime passionnel ? Ou Jeff Bernard qui, rappelons le, s'était éloigné du trajet normal qui devait l'amener à Lanester, lieu de livraison des caméscopes, était-il mêlé à un trafic quelconque qui aurait mal tourné ? Nous en saurons plus dans les prochaines heures.

C'était Yves Guirec, de Rennes pour France Bleu Armorique. »

- Nous sommes tout près des lieux d'un meurtre, constata Nick. Est-ce qu'on joue au Club des Cinq et qu'on se met à la recherche des coupables ?

- Certainement pas, objecta Éric. Chercher les criminels, c'est l'affaire de la police. Cette enquête ne nous regarde pas.

- Enfin, j'espère, se dit-il intérieurement. J'aimerais en être vraiment sûr…

- Crois-tu que c'est un crime passionnel ou un trafic ? intervint David.

- A ton avis ?

- Un trafic et un truc qui a mal tourné. Dans un crime passionnel, soit le mari jaloux aurait perdu tout sang froid et flingué le chauffeur en le trouvant avec sa femme ou en le voyant sortir de chez lui, soit il aurait monté froidement un meurtre très loin de Rennes, carrément à Trappes ou sur le lieu de livraison des caméscopes. Enfin, je pense.

- Je partage tes conclusions, Sherlock. Je ne crois pas au crime passionnel a priori. On laisse les flics s'occuper de ça et on va faire du kart comme prévu.

Plusieurs animations périphériques étaient prévues durant cette semaine des 24 Heures de Lohéac. Parmi elles figurait une course de karting disputée sur la piste réservée à la location. L'épreuve se déroulerait le lendemain, mercredi. Les pilotes courraient par équipes de deux. David était engagé avec Éric et se réjouissait à l'avance de la perspective de participer à cette course. Plus aguerri que lui au kart, il tenait à préparer son aîné à l'épreuve afin d'optimiser leurs chances de victoire.

Éric se montra un élève doué, ce qui n'était guère étonnant pour un pilote de son niveau.

- Je suis fier de toi, plaisanta David. Tu as mérité ton apéro à la ferme auberge.

Isa et Marine accueillirent chaleureusement leurs amis et Éric. Les deux sœurs se ressemblaient beaucoup. Brunes, pas très grandes, un air doux, le teint mat, des visages aimables, des yeux marrons malicieux, des corps épanouis. David et Nick n'étaient sûrement pas les seuls garçons à les remarquer. Isa se doutait que leurs liaisons avec les deux garçons ne durerait pas toujours. Ils n'avaient que seize ans – Marine quinze seulement -, même si les filles paraissaient au moins dix-huit ans … En outre, si elle aimait sincèrement David, elle souffrait en silence d'un manque de réciprocité dans leur relation. A sa connaissance, David ne sortait pas avec d'autres filles. Il était gentil, lui offrait des cadeaux et l'invitait souvent au restaurant, et pas que dans des pizzerias. Ces présents la vexaient quelquefois car David lui achetait toujours des vêtements et des accessoires de mode ce qui, au second degré, lui laissait penser qu'il souhaitait qu'elle fasse des efforts de présentation quand ils s'affichaient ensemble. Elle aurait bien passé tout son temps avec David. Or, lui n'était pas souvent disponible. Entre le travail scolaire, ses week-ends et ses vacances chez son parrain, les courses de kart, les virées sur les circuits automobiles, elle le voyait trop peu à son goût. La situation semblait le satisfaire. Elle ne lui refusait rien, faisait l'amour à chaque fois qu'il le demandait tout en se disant que les hommes sont égoïstes. Elle espérait que les choses changent avec le temps, sans trop y croire. Isa savait aussi que le couple que formaient Nick et Marine n'avait aucune chance. Quand se verraient-ils ? Une semaine ou deux par an, au mieux. David et Nick n'étaient de toute façon pas prêts à s'engager. Les garçons sont moins mûrs que les filles à ce niveau-là.

- D'autant que David et Nick ne viennent pas de familles modèles, déplorait Isa. Se marier jeunes, avoir des enfants de bonne heure, ça ne fait sûrement pas partie des idéaux de ces deux-là. Quelles chances pour qu'ils nous choisissent le jour venu, quand ils se sentiront mûrs ? Dix pour cent, cinq pour cent, trois pour cent ? Nulles dirait le prof de maths si c'était un exercice de probabilités.

D'un tempérament plutôt heureux de vivre, elle se consolait en profitant du moment présent.

- Au moins, on passe de super moments quand on arrive à être un peu ensemble. David s'intéresse à des tas de choses. Il m'a appris à aimer la littérature, le théâtre, la photo, le sport... Je suis devenu une bien meilleure élève depuis qu'on sort ensemble. Il m'ouvre des horizons auxquels je ne pensais pas. Il me donne confiance en moi. Je devrais me montrer heureuse de ce que j'ai. Les autres couples de notre âge n'ont pas plus de chances de vieillir ensemble que nous au fond. Et il est généreux. Je crois qu'Éric lui donne pas mal d'argent.

Isa n'était pas une fille intéressée. Si David n'avait jamais eu un sou en poche, elle serait quand même sortie avec lui. Consciente cependant de l'importance des conditions matérielles dans la vie, elle appréciait les avantages que lui procurait sa relation avec David.

Raymond, le père d'Isa et Marine, ainsi qu'Armand, leur frère, se joignirent à eux. Leur mère les salua, puis les quitta très vite pour s'occuper de la préparation du service du soir.

Le groupe évoqua inévitablement ce qu'il convenait désormais d'appeler le meurtre de Maure.

- J'espère que ça ne va pas faire fuir les touristes, s'inquiéta Armand.

- Sûrement pas, le rassura son père. Au contraire. Les gens adorent les faits divers. Ils vont s'agglutiner sur les lieux du crime comme des mouches sur un tas de fumier . je suis sûr qu'il y déjà un attroupement auprès du calvaire, là où le camion a cramé.

C'était malheureusement exact.

- J'ai appris un truc tout à l'heure en allant boire une bière au Bar du Centre, précisa Armand. Il paraît qu'une dame a vu quelque chose hier soir. Une petite vieille qui surveille tout le monde sous prétexte de promener son chien. Un semi-remorque rouge était arrêté sur le parking rue Campel, en face du Trésor Public. Une grosse voiture était garée à côté. Elle ne sait pas quelle marque c'était, elle n'y connaît rien. Il y avait deux hommes et une femme qui discutaient avec le chauffeur. Un des hommes n'avait pas l'air content. Elle n'a pas entendu ce qu'ils disaient, elle est un peu dure de la feuille. Ils ont redémarré ensemble.

- A-t-elle témoigné ? demanda Éric.

- Elle a tout raconté aux flics, à ce qu'il paraît.

- Vous qui êtes avocat, vous devez voir plein d'affaires louches. Un truc comme ça, vous en pensez quoi ? reprit Armand.

- Franchement, à un trafic, répondit Éric. Le chauffeur est impliqué dans un truc louche. Il a rendez-vous à Maure avec des complices. Quelque chose tourne mal. Ils le suppriment. Un autre cadavre est découvert au petit matin à Saint-Malo, qui n'est pas la capitale du crime non plus. Les deux histoires pourraient très bien être liées.

- Un trafic de caméscopes ?

- Pas forcément. Peut-être bien pire, une histoire de drogue, d'acheminement de travailleurs clandestins, je ne sais pas. Une chose est certaine, il s'agit de gens très, très dangereux.

A cet instant, Éric qui éprouvait un sentiment de malaise depuis qu'il avait appris les meurtres, songea à demander à Mario de lui envoyer une équipe qui assure leur protection sur le site. Habitué à s'occuper de la sécurité de politiciens, d'hommes d'affaires et de stars, Mario saurait comment réagir si ils étaient victimes d'un sale coup. Il avait déjà protégé Éric et sa famille au moment de procès médiatiques et délicats. L'avocat se ravisa.

- Les risques que ma théorie de la série de meurtres préparant une agression de la morue contre David se révèlent justes sont quand même minces, pensa-t-il silencieusement. Heureusement d'ailleurs. Il faut attendre encore un peu avant de prendre une décision.

- Les filles, vous ne mettez plus les pieds en dehors de la maison qu'avec vos amis ou votre frère, intervint le père. Je ne tiens pas ce qu'il vous arrive malheur.

Isa et Marine ne protestèrent pas. Travaillant en août à la ferme auberge, elles n'auraient le temps de sortir que pour passer quelques heures avec David et Nick. L'injonction paternelle ne les gênait pas. Le meurtre de la nuit précédente à six kilomètres de leur maison les impressionnait.

- Tu n'as pas besoin de t'inquiéter papa. On ne mettra pas le nez à l'extérieur toutes seules, bafouilla Marine, remuée par leur conversation sur les faits de la nuit précédente.

Armand remarqua le trouble de sa sœur et changea de sujet de conversation. Il parla de la course de karting prévue le lendemain.

- Moi, je ne pourrais pas faire de kart, avoua-t-il. Avec mon mètre quatre vingt cinq et mes cent vingt kilos, je ne rentrerais pas dans le baquet.

- Tu as trouvé le moyen de gagner des coupes ailleurs, lança David.

- Armand est champion de lutte bretonne, glissa David à l'oreille d'Éric. Heureusement pour Nick et moi qu'il n'est pas susceptible comme un Corse et qu'il ne massacre pas ceux qui s'approchent de ses sœurs !

Éric sourit. Il observa qu'Armand et Raymond semblaient apprécier David et Nick.

- Tout le monde aime David songea-t-il, sauf malheureusement son propre père.

- Vous venez déjeuner jeudi comme convenu, demanda Raymond au moment où les trois garçons prenaient congé.

- Bien sûr, répondit Éric.

- On se voit demain à la course, conclut David, après avoir embrassé Isa.

Où dîne-t-on ? demanda Éric en remontant dans la Vivia. Je vous amène où vous voulez.

- A Pile ou face, suggéra Nick, qui se souvenait de cette crêperie où il avait mangé avec David, Isa et Marine pour fêter la victoire de son ami à la course d'ouverture de la saison de kart.

- Pourquoi pas au Vieux Fox, dit David, qui conservait un excellent souvenir d'un repas avec Éric le week-end du Rallye de Lohéac.

- Je vous mets d'accord, nous allons à La Gibecière, trancha Éric.

- Tu nous as dit où on voulait, protesta David.

- Oui, mais vous n'êtes pas d'accord. Pour ne vexer ni l'un ni l'autre, je choisis une troisième alternative.

- Avoue que tu avais déjà choisi et que tu jouais sur un calcul de probabilités pour qu'on te donne des réponses différentes.

- Peut-être bien.

David râlait pour la forme. Il était fou de joie d'être là, quel que soit le restaurant où Éric les amenait. Il appréciait aussi La Gibecière, le restaurant de Rolande, une institution du village.

A table, Éric évoqua le souvenir de ses premiers rallyes comme navigateur de Freddy, puis le moment où, arrivé aux portes de la F 1, Freddy lui avait confié l'Alfa GTV et le budget de Time O'Clock pour des saisons de courses de côte et de rallyes. Tout était allé très vite ensuite. Freddy avait remporté les 24 Heures du Mans, ses premiers Grands-Prix, et la marque Vivia était née de la fédération de quelques industriels bretons autour de leur idée de fabrication d'une petite voiture de grand tourisme ultra sportive. Éric avait abandonné l'Alfa pour piloter des Vivia. Très simples au départ, les Vivia étaient montées en gamme au fil des années. Le coupé concurrençait désormais les BMW les plus sportives, tandis que la GT jouait dans la cour des Porsche et des Ferrari.

Bientôt, le défi de construire une voiture de sport à la fois simple et performante serait relevé par Michel Hommel, à Lohéac bien sûr.

Les trois compagnons rentrèrent au motor-home où Michel, qui suivait Éric et Freddy depuis leurs débuts, raconta à son tour quantité d'anecdotes sur une époque où Freddy n'était pas encore professionnel, où ils campaient tous sous la tente les week-ends de courses.

- On s'amusait bien quand même, déclara Éric, un brin nostalgique.

Ils se décidèrent enfin à se coucher. David et Nick partageaient une petite cabine à lits superposés. Le filleul de David régla son radio-réveil et laissa l'appareil fonctionner quelques minutes.

« Minuit, les informations, annonça le présentateur. »

« La vague de crimes bretons se poursuit, commença Erwan Floch.

Macabre découverte en fin de soirée dans le coffre d'une voiture volée. Il était vingt et un heures lorsque des gendarmes postés au rond point de la Pointe du Grouin ont vu arriver une BMW 730 noire qui venait de la direction de Saint-Malo et roulait à une vitesse visiblement excessive en empiétant sur la ligne médiane. L'un d'eux s'est avancé sur la chaussée et a commandé d'un geste non équivoque au conducteur de s'arrêter. Le chauffeur a sans doute paniqué. Il a peut-être pensé forcer le barrage, puis s'est résigné à stopper, trop tard hélas.

''Je suis persuadé qu'il ne voulait pas rouler sur moi, a expliqué le gendarme. Il a eu peur ; il a paniqué.'' Le chauffeur a en effet donné un coup de volant brutal à droite tout en écrasant la pédale de frein. Résultat, la BMW est allée s'encastrer dans le Renault Trafic des gendarmes rangé sur le bas-côté. Le deuxième représentant des forces de l'ordre n'a eu que le temps de prendre ses jambes à son coup pour ne pas être heurté par le Trafic qui a été projeté de son stationnement initial par la berline allemande en perdition. Inutile de préciser que le représentant des forces de l'ordre n'a même pas songé à profiter de la magnifique vue qui s'offre à cet endroit sur l'anse de Port Mer. Le Trafic est parti en tonneaux sur le terre-plein central dans un vacarme de tôles froissées et de verre brisé alors que la BMW s'immobilisait en travers du carrefour, radiateur fumant.

Les gendarmes n'étaient pas au bout de leurs émotions. Quatre jeunes gens étaient à bord de la BMW, deux frères, mineurs, et deux jeunes filles, un peu plus âgées. D'après nos informations, les garçons sont les fils d'un joaillier parisien qui possède une propriété donnant sur la mer à la pointe du Moulinet à Dinard. Les deux filles travaillent comme esthéticiennes pour la saison dans un centre de thalassothérapie.

Lorsque l'adjudant Gourden, furieux, a ouvert le coffre de la BM, il a trouvé un gros sac en plastique noir qui lui réservait une macabre découverte. A l'intérieur en effet, un homme auquel on avait coupé les pieds, les jambes et la tête. Le cadavre présentait en outre une brûlure sur l'épaule gauche, comme si on avait voulu faire disparaître un tatouage. L'homme était jeune, musclé, sans doute sportif, brun, d'une taille probablement proche du mètre quatre vingt cinq.

Le mode opératoire rappelle celui employé par les meurtriers de la femme retrouvée ce matin sur le parking de la Découverte. Un cadavre sans tête, des brûlures destinées à empêcher l'identification.

Les plaques de la BMW sont fausses. Il s'agit d'une voiture volée. Mais les jeunes gens étaient bien en possession de la clé de contact.

Nous avons réussi à obtenir des informations précises sur les déclarations des deux garçons. Ils se promenaient à pied boulevard du Président Wilson lorsque les deux filles, qu'ils ne connaissaient pas, les ont abordés. ''Deux blondes sexy en minijupes très courtes avec des gros seins et des lèvres pulpeuses'', a affirmé le plus jeune. Elles ont prétendu qu'elles disposaient de la voiture de leur père pour la soirée mais qu'elles avaient un peu bu et qu'elles n'osaient pas conduire. ''Elles ont dit qu'elles nous trouvaient mignons et qu'on ne le regretterait pas si on voulait bien les amener faire un tour." Les deux filles avaient bien les clés de contact de la BMW qui était garée devant le casino. ''Une fois dans la voiture, mon frère est parti prudemment. Il n'a pas encore son permis. Les filles n'ont pas arrêté de l'exciter pour qu'il accélère. Arrivés au niveau de la plage Le Guesclin, l'une a sorti une bouteille de vodka de son sac et en a bu au goulot. Elles nous ont proposé des joints. On a refusé. Elles s'en sont allumé un. On regrettait de s'être embarqués avec elles. Mon frère m'a dit en douce. On ne s'arrête pas. On va jusqu'à Cancale, après on prend par La Gouesnière, Chateauneuf, Plouer, Pleurtuit et retour Dinard. On les largue place du marché avec leur caisse. Ce sont des pièges à emmerdes, ces nanas. Elles ne sont pas nettes. On est en train de faire une belle connerie."

Les filles ont avoué aux enquêteurs en pleurant qu'elles avaient bien entraîné les garçons dans cette escapade. Elles avaient remarqué que la BMW était garée depuis plusieurs heures à la même place, clés sur le contact. Elles avaient déjà bu une demi-bouteille de vodka et n'osaient pas la conduire toutes seules. De plus, elles avaient envie de faire l'amour au bord de la mer dans une voiture de luxe. Les petites esthéticiennes ont donc décidé de draguer des garçons qui les amèneraient faire un tour dans la BMW, avec l'idée de la ramener dans le quartier quelques heures plus tard. Tout au mois est-ce ce qu'elles affirment.

Les enquêteurs procèdent actuellement à des vérifications. La thèse des jeunes gens leur semble plausible. Ils ne les croient pas mêlés au meurtre. Les quatre jeunes restent pour le moment en garde à vue à la gendarmerie de Cancale. Ils pourraient être relâchés dans la matinée.

Du nouveau aussi sur le cadavre trouvé à Saint-Malo, plage du Sillon cet après-midi. Nous vous l'annoncions dans notre flash de vingt deux heures, l'homme a été identifié. Il s'agit d'une personne bien connue des services de police et plusieurs fois condamnée pour trafics de stupéfiants. Un suspect est actuellement entendu à l'hôtel de police, place des Frères Lamennais. Aucune information n'a filtré quand à un lien éventuel avec les autres meurtres des derniers jours. »

- Comme quoi, il ne faut jamais faire confiance aux

gens qu'on ne connaît pas, ironisa David Les deux gars seraient tranquillement rentrés chez eux à l'heure qu'il est s'ils ne s'étaient pas laissés draguer par ces poufiasses. Au lieu de ça, ils sont dans les ennuis jusqu'au cou.

- Exact, approuva Nick. On n'est jamais trop prudent dans le choix de ses relations.

Ils allèrent frapper à la porte de la cabine d'Éric. Celui-ci leur répondit d'entrer. Il était en T-shirt et caleçon, allongé sur son lit, absorbé dans la lecture d'Auto passion, un des magazines du groupe Hommel. Ils lui répétèrent ce qu'ils venaient d'entendre à la radio.

- Ça tendrait à confirmer notre hypothèse, commenta l'avocat. Un trafic quelconque et un gangster qui supprime sans pitié des complices gênants au cours d'une nuit sanglante. Quant au cadavre retrouvé sur la plage, soit il n'a rien à voir avec les autres, soit il s'agit d'un comparse sans intérêt qu'on jette en pâture aux flics histoire de troubler les pistes. Les pauvres gamins, ils vont regretter leur virée. Ils se laissent piéger par des pétasses et ils se retrouvent impliqués dans une affaire de meurtre sans même avoir eu le temps de les sauter. Sans compter les ennuis qu'ils vont se payer après avoir conduit sans permis et démoli une voiture de gendarmerie…

Éric s'étira en souriant lorsqu'il se retrouva seul dans sa chambre.

- Je ne vois pas cette morue de Pierret s'embarquer dans une histoire pareille. C'est trop lourd. Trois ou quatre cadavres, un camion attaqué, deux voitures volées, il lui aurait fallu une armée de mercenaires. Elle n'est pas trop futée et très radine. Elle n'y est pour rien. Je me suis fait du mauvais sang à tort. Tant mieux. Que les gangsters se flinguent entre eux, ça les regarde. J'en aurai peut-être un qui me demandera de le défendre s'ils se font pincer. Ou une famille de victime, on ne sait jamais…

Éric posa son magazine et éteignit la lumière. Il se retourna plusieurs fois avant de trouver le sommeil. Malgré la logique de son raisonnement, il n'arrivait pas à chasser ce sentiment de malaise qui persistait.

Chapitre 5

David et Nick plongèrent immédiatement dans les bras de Morphée. Insouciance de la jeunesse !

A deux heures du matin, David se réveilla en sursaut. Il croyait avoir entendu un bruit de choc, comme un coup de masse. Il s'aperçut qu'il était en nage et que son cœur battait à un rythme accéléré. Il alluma le plafonnier et décida de sortir voir si rien d'anormal ne s'était produit dehors. La lumière réveilla Nick.

- Qu'est-ce qu'il y a ?

- J'sais pas. J'ai entendu un bruit bizarre. Quand je me suis réveillé, j'ai eu l'impression de voir un poignard devant moi. C'est idiot, je sais. je vais quand même voir dehors.

- Je viens avec toi.

Les deux garçons sortirent en silence et firent le tour de l'espace Vivia avec des ruses de sioux, comme s'ils s'attendaient à trouver un vampire à chaque pas. Un hou hou retentissant les fit se plaquer contre le motor-home. Ce n'était que le hululement d'une chouette. Ils achevèrent leur inspection sans rien remarquer d'anormal.

- Tu as dû faire un mauvais rêve, affirma Nick.

- Sans doute, approuva David, d'un ton dubitatif.

Une idée étrange traversa soudain l'esprit de Nick :

- Simple cauchemar ou prémonition ?

- Mais pourquoi je pense à des choses comme ça ? se dit-il ; On ne risque rien ici.

Le radio-revéil se mit en route à huit heures.

« Il fera encore beau et chaud sur la Bretagne aujourd'hui. Des températures légèrement au-dessus des normales saisonnières. Un temps qui devrait durer au moins jusqu'à vendredi soir. Maintenant, place aux informations.

Merci Benoït Verniot. Nous vous l'annoncions cette nuit, un nouveau cadavre a été découvert hier soir dans le coffre d'une BMW volée... »

Le journaliste répéta l'histoire déjà diffusée quelques heures plus tôt.

« Comme nous le pressentions, les quatre jeunes gens qui étaient à bord du véhicule ont été mis hors de cause dans le meurtre du cadavre trouvé à bord de la BMW 730. Le conducteur sera poursuivi pour conduite sans permis et dégradation de biens publics mais le vol ne sera sans doute pas retenu dans la mesure où il croyait de bonne foi que la voiture lui était prêtée. Il aura dix-huit ans dans une semaine. A notre connaissance, il n'était pas connu des services de police. Avec un bon avocat, il devrait éviter la prison ferme. »

Cette dernière phrase arracha un sourire à David. Il aimait qu'on reconnaisse les mérites des avocats.

« Les deux garçons seront apparemment libérés dans les heures qui viennent.

Les jeunes filles devraient par contre se voir signifier une inculpation pour vol. A l'inverse des garçons qu'elles ont piégés, elles savaient parfaitement que la BMW appartenait à un tiers. Elles seraient déjà connues des services de police. Il n'est pas certain qu'elles soient remises en liberté, d'autant que du cannabis a été découvert dans leurs sacs à main.

La police recherche toujours le mari de la maîtresse du camionneur. Il avait indiqué à sa femme qu'il passerait la semaine à Bordeaux. Aucun de ses clients girondins ne l'a vu. Il n'a pas réservé dans l'hôtel où il descend habituellement. Le téléphone installé dans sa voiture serait en panne. Quant à son employeur, actuellement en vacances à Quiberon, il croyait son représentant en villégiature et ne l'attendait pas au bureau avant le premier septembre. Il pense cependant possible que son employé ait changé son programme et recommencé ses tournées plus tôt que prévu. ''C'est un excellent commercial, nous a-t-il confié. Il dispose d'une grande autonomie d'organisation de son travail. Il a pu modifier son planning avec l'intention de m'en informer à mon retour. En tout état de cause, je serais prêt à me porter garant de son innocence dans l'affaire du meurtre de l'amant de sa femme... »

- Meurtrier, travailleur appliqué, ou en vacances de son côté à l'insu de madame ? questionna Nick.

- Je pencherais en faveur de la troisième solution, répondit David. Il ne travaille pas, sinon je ne vois pas pourquoi il aurait menti à sa femme. Je ne crois pas plus au crime passionnel qu'hier. Il n'est pas impliqué dans le meurtre du chauffeur. A moins qu'il soit diabolique et qu'il fasse partie de l'organisation criminelle qui magouillait avec le routier.

- Tu n'as pas refait de cauchemars au moins ? s'inquiéta Nick.

- Non, j'ai dormi comme une brute.

David trouva ses craintes de la nuit ridicules. Il le dit à Nick qui se força à rire avec lui, mais conservait une impression désagréable, comme si l'inquiétude qu'il avait éprouvée au moment de se recoucher annonçait un danger imminent.

Mis au courant de leurs exploits nocturnes, Éric et Michel leur assurèrent qu'ils n'avaient rien entendu.

- David aura fait un cauchemar, déclara le premier.

- A moins qu'il n'ait fait un rêve prémonitoire, articula le second, le visage anxieux.

Éric hocha les épaules. Il appréciait beaucoup Michel, mais sa propension à relier n'importe quel incident avec une superstition, voire un événement paranormal, l'énervait souvent. Et surtout, il avait assez de mal à se convaincre que David en risquait rien sans que Michel vienne rajouter son grain de sel !

Freddy les rejoignit vers dix heures. Il paraissait détendu, heureux de venir s'amuser quelques jours à Lohéac avec ses proches.

- Nous pensions faire un tour au musée ce matin, proposa Éric. Est-ce que ça te dit ?

- Avec plaisir, s'enthousiasma le pilote de Formule 1. Il est sympa ce musée. J'ai hâte de voir si Hommel y expose de nouvelles voitures.

L'entrée du Manoir de l'Automobile se situant tout près du circuit, ils s'y rendirent à pied. Un autre visiteur entra au même moment qu'eux et suivit la visite à leur rythme.

Il était à cinq mètres d'eux dans l'espace réservé aux anciennes voitures du Groupe B, monstrueuses reines des rallyes jusqu'à ce la fédération internationale ne les juge trop dangereuses et les interdise sur les routes du championnat du monde. Il se trouvait encore sur leurs talons dans la Chapelle des moteurs et dans les pièces réservées aux trois mille modèles réduits que comptait le musée.

Il laissa un peu d'espace au moment où ils s'arrêtèrent devant les Ferrari.

- Voici quelques voitures parmi les plus chères du monde, commenta Freddy. Regardez la F 40, la dernière Ferrari conçue du vivant d'Enzo, le créateur de la marque au Cavalino. Elle n'a même pas de prix sur le marché de la collection. Pareil pour la GTO 1962 à côté. En plus, je crois que c'est un modèle qui a fait Le Mans. Et la Daytona Groupe 4, une merveille, la plus belle des Ferrari à mon sens.

- Moi, je préfère la Lamborghini Miura, s'exclama Nick. Au plan design, c'est un bijou, surtout quand on pense qu'elle a été conçue en mille neuf cent soixante dix. C'était une voiture futuriste à l'époque.

- Quant à moi, j'ai un faible pour la Maserati Mistral, confia Éric. C'est lié à un souvenir d'enfance. Mon grand-père Victor m'en a offert une au un quarante troisième quand j'avais dix ans. J'ai toujours été amoureux de cette voiture.

- Je me contenterais bien d'une Lotus Elan, conclut David. Tu m'en as offert des reproductions en modèle réduit, Éric, rappela-t-il. Je trouve que c'est une voiture absolument superbe, et elle a acquis un beau palmarès sur les circuits dans les années soixante.

- Le carrosse de Monsieur est avancé, plaisanta Nick en s'inclinant dans la position d'un valet qui invite son maître à avancer vers son véhicule.

Ils poursuivirent leur visite jusqu'à l'espace Formule 1. L'étrange visiteur les suivait toujours à quelques mètres, restant assez près d'eux pour entendre les conversations.

- C'est fou ce que les gens ont l'instinct grégaire, s'indigna David. Le musée couvre quatorze mille mètres carrés. Ça fait tout de même assez d'espace ; les visiteurs qui ne sont pas ensemble pourraient ne pas se marcher sur les pieds.

David avait parlé assez fort pour que l'autre l'entende. Il ne changea pas d'attitude pour autant et leur emboîta le pas lorsqu'ils avancèrent.

Freddy commenta à ses amis l'évolution des monoplaces depuis les années soixante. Il parla de leur finition, des options aérodynamiques, de la largeur des pneus, de l'emplacement du pilote dans la voiture. Il s'attarda à côté de l'Alfa Roméo qu'il avait pilotée au début de sa carrière en F 1 et de la Ligier avec laquelle son ami Didier Pironi avait remporté son premier Grand Prix en Belgique.

- C'est vrai qu'il a une drôle de tête , ce type qui nous suit, murmura Nick à l'oreille de David. On dirait qu'il s'est laissé pousser la barbe, la moustache et les cheveux pour masquer son visage. Sans compter ses grosses lunettes qui cachent complètement ses yeux.

- Il ne me paraît pas catholique non plus, lui glissa David. Mais il est dans un lieu public ; on ne peut pas l'empêcher d'être là. Ce n'est sans doute qu'un curieux tout fier d'approcher Freddy. Il va peut-être lui demander un autographe ou sortir un appareil et le photographier. En plus, nous attirons l'attention avec nos uniformes Vivia.

Contrairement à la veille où ils avaient conservé des tenues « civiles », les quatre garçons arboraient des vêtements siglés Vivia. Éric avait choisi une chemisette, Freddy un polo, David et Nick des T-shirts. Les hauts étaient tous de couleur bleu clair. Éric et

Freddy portaient des pantalons beiges, les jeunes des bermudas de même couleur. La marque Vivia, d'une taille discrète, apparaissait sur les poches, côté gauche, et sur les ceintures.

Ils traversèrent les halls d'exposition, toujours suivis par l'étrange visiteur.

- Il commençait à m'énerver celui-là, leur avoua Freddy lorsqu'ils revinrent au motor-home.

- C'est bizarre, j'ai l'impression que quelqu'un nous épie, confia Nick quelques minutes plus tard.

- Je devrais sans doute dire que tu es paranoïaque, souffla David. Mais je ressens la même chose, et ça ne me plait pas trop.

- Presque midi, observa Nick, on va écouter les infos. Il amena le radio-réveil sous l'auvent du motor-home.

« Les enquêteurs piétinent. On les sent nerveux. Ils ne parviennent pas à dénouer le fil de l'étrange affaire qui sème des cadavres en Ille et Vilaine depuis la nuit de lundi à mardi dernier.

Rien de nouveau en cette fin de matinée à part la libération des quatre jeunes gens arrêtés hier soir à bord de la BMW où fut retrouvé le cadavre d'un homme sans tête, ni mains, ni pieds. Le procureur n'a finalement demandé aucune mise en détention, pas même celle des incitatrices de l'emprunt de la voiture et qui, rappelons le, furent trouvées en possession de cannabis. Monsieur le procureur a d'autres chats à fouetter, il est vrai.

Un suspect est toujours entendu dans les locaux de la police à Saint-Malo Intra-muros. A notre connaissance, il ne serait soupçonné que d'un seul des quatre meurtres, celui de l'homme retrouvé sur la plage du Sillon hier après-midi.

Une inquiétude ici. Les commerçants craignent

que cette série de faits divers macabres ne fasse fuir les touristes. La fin des vacances approche. Passé le quinze août, chaque week-end voit son lot de vacanciers repartir vers les grandes métropoles. Dans un contexte que les commerçants qualifient de morose compte tenu du pouvoir d'achat à la baisse de la clientèle estivale, perdre la fin de la saison à cause de la peur des meurtriers serait considéré comme une catastrophe. Un éventualité que tous prennent au sérieux. Je suis allé boire un café à la terrasse de la Brasserie des Voyageurs, place Chateaubriand tout à l'heure. Tout le monde ne parlait que des meurtres. Même chose à l'Alambic, rue Boyer, et au Galion, passage de la Grande Hermine, tandis qu'à la Maison de la Presse, les quotidiens s'arrachent comme les lendemains d'élection ou d'événements à la Cour d'Angleterre.

Les faits divers attirent la foule, dit-on. Oui, en principe, une fois que tout est terminé, lorsque les curieux ne risquent plus rien. Aujourd'hui l'assassin court toujours. Il a sans doute des complices. Ne va-t-il pas frapper à nouveau ? Où, quand, qui, comment, pourquoi ? Des questions qui sont sur toutes les lèvres et ne reçoivent qu'une réponse, la peur !

Erwan Floch de Saint-Malo, pour France Bleu Armorique. »

- Vraiment étrange, commenta David. Quatre cadavres en quelques heures dont deux méconnaissables. Un seul suspect pour l'instant, et d'un seul meurtre. Un autre suspect potentiel qui se balade dans la nature et que personne ne trouve, le mari de la maîtresse du routier. Quel est donc le lien entre tout ça.

- Et si le mari cocu était mort, lui-aussi, suggéra Nick ? Si c'était le cadavre de la BMW ?

- Qu'il soit mort, peut-être, intervint Éric. Mais je suis prêt à parier que ce n'est pas le cadavre mutilé de la BM. Les flics ont dû y penser. Les enquêteurs ne sont pas cons. Ils ont sûrement comparé sa constitution, sa taille, sa couleur de poils avec les spécificités du commercial disparu. S'il y avait une chance pour que ça corresponde, on le saurait déjà.

- Dis-donc Freddy, qu'est ce que tu faisais la nuit de lundi à mardi ? demanda Nick en se grattant le menton et en s'efforçant de mettre dans son regard une lueur inquisitrice.

Il reçut un coup de poing sur l'épaule en guise de réponse.

- Je savais bien que tu n'avais pas d'alibi, plaisanta Nick.

- Une affaire peu banale, soupira Éric. Les règlements de comptes entre truands, ce sont des histoires de Marseillais et à limite de Parisiens. Ici, c'est quand même rare.

- Tu penses à quelque chose ? demanda Freddy, intrigué par la mine contrariée de son ami.

Ils se préparaient à, partir déjeuner aux Arcandiers, un des restaurants du village de Lohéac. Éric attendit que les deux jeunes s'éloignent vers le coupé Vivia avant de répondre.

- Oui, un truc tellement incroyable que je n'y crois pas trop. Enfin, j'espère que je me fais un film. Je t'en parlerai plus tard. Évite d'aborder la question devant David. Je ne tiens pas à ce qu'il s'inquiète.

Planqué derrière un J 9 Peugeot stationné en face du motor-home, le mystérieux visiteur du musée les surveillait toujours. La conversation des deux hommes lui arracha une moue de mécontentement.

Le déjeuner aux Arcandiers puis la proximité de la course de kart dissipèrent provisoirement les inquiétudes. Les essais commençaient à dix sept heures, la compétition à dix neuf heures.

Vingt équipages y étaient engagés. Certains étaient des concurrents qui participaient à l'épreuve automobile du week-end, d'autres de simples amateurs de karting venus se frotter aux pilotes automobiles. Comme tous les concurrents engagés aux 24 Heures de Lohéac n'étaient pas encore arrivés, plusieurs places étaient attribuées à des kartmen.

Freddy n'avait pas souhaité disputer cette épreuve. Il se faisait suffisamment plaisir sur les circuits toute l'année et avait deviné l'envie de David de faire équipe avec Éric.

David portait la même combinaison que son parrain, et un casque quasiment identique. Freddy et Éric avaient choisi la même décoration de casque, c'est à dire un fond bleu métal foncé, avec un chrono argent dessiné au sommet. Ils avaient adopté ces couleurs au moment où Freddy commençait et où Éric, un peu plus jeune et encore lycéen, lui servait de navigateur en rallye. Le bleu était leur couleur préférée, et le chrono représentait Time O'Clock, le sponsor qui les soutenait depuis leurs débuts. La seule différence entre les casques de Freddy et d'Éric résidait dans la couleur du liseré dessiné autour de la visière : rouge pour Freddy, blanc pour Éric.

David avait repris les couleurs de Freddy et d'Éric, en adoptant un liseré orange.

Aux essais, le mercredi après-midi, David réussit le meilleur temps devant Alan Crétois.

A vingt deux ans, Alan Crétois était quasiment un professionnel du kart. Il comptait plusieurs titres régionaux, un titre de vice-champion de France, et avait même participé à des championnats du monde.

David partirait donc en pole, avec Alan Crétois à ses côtés.

Rien d'étonnant à ce que des jeunes kartmen aient devancé des pointures du monde de la course automobile comme Éric Trélor, Didier Caradec, Stéphane Dréan ou Jean-Luc Pailler. D'une part, ces engins de location peu puissants avantagent les pilotes légers. D'autre part, le kart nécessite un mode d'emploi un peu différent de l'automobile. Au ras du sol, sans suspension, muni d'une direction très directe, le kart constitue une excellente école de pilotage mais surprend les conducteurs passés directement à l'automobile.

La première manche commença mal.

David partit un peu moins bien qu'Alan. Il était à l'intérieur de la piste. Au premier freinage, au moment d'aborder une chicane, Alan le tassa. Il perdit deux mètres. Au virage suivant, David tenta de s'infiltrer à l'intérieur. Il se plaça au niveau d'Alan. Au bord de la piste, Nick, Isa et Marine exultaient. Éric avait le regard rivé sur son jeune équipier, et se félicita de son tempérament combatif et rageur. Freddy serrait le poing, regrettant que David ne puisse pas le voir. Car son encouragement signifiait « passe, impose toi, sois le patron sur la piste. »

Freddy avait la réputation d'un pilote régulier.

- Tu dois être aussi loyal qu'on peut l'être sur un circuit, avait expliqué le champion de F 1 à David au moment où il commençait à courir en kart. Mais sur une piste, n'oublie jamais qu'il faut te faire respecter, quitte à taper dans les roues des autres si nécessaire, à pousser un peu au freinage s'ils te bloquent. La course n'est pas le terrain de jeu du Club des cinq entre deux aventures. »

David avait retenu la leçon. Il la mettait en application aujourd'hui.

Mais Alan, son rival, avait du métier. Entré un peu trop fort et à l'intérieur du virage, David se déporta à la sortie. Il s'y attendait en portant son attaque, mais il avait compté entraîner Alan avec lui sur l'extérieur et conserver l'avantage.

Alan ne l'entendait pas de cette oreille. Il leva le pied, laissa passer David, et toucha légèrement la roue intérieure arrière de son kart. David partit en tête à queue et s'immobilisa dans un bac à graviers. Impossible de redémarrer sans assistance extérieure. Pour les commissaires de piste, c'était un incident de course. Alan ne serait pas sanctionné car personne ne pourrait prouver le caractère intentionnel de sa manœuvre. David fulminait, fou de s'être fait posséder par Alan Crétois.

Par chance, six autres karts s'accrochèrent dans la chicane, obstruant totalement la piste. Les commissaires arrêtèrent la course.

- Je me suis fait avoir comme un bleu, soupira David, revenu auprès de ses amis, en s'adressant à Éric d'une voix dépitée.

- Ce n'est pas grave, répondit Éric d'un ton réconfortant. Quand on veut vraiment gagner, on va forcément à la faute de temps en temps. De toute façon, on n'a rien perdu. Le directeur de course donne un nouveau départ.

- N'oublie pas que Crétois est un peu vicieux, intervint Freddy.

David s'apprêta à quitter le groupe pour regagner

la ligne de départ. Un clin d'œil complice d'Éric, une tape amicale de Nick, un geste du poing adressé par Freddy pour l'encourager à se bagarrer, un baiser sur la joue donné par Isa, lui rappelèrent qu'il était entouré et soutenu.

Les deux rivaux, David et Alan, se retrouvèrent sur la piste, debout à côté de leurs engins respectifs. Alan arborait un sourire ironique. David l'ignora.

Puis ils mirent les casques et se calèrent dans leurs baquets. Alan fixa David. Ce dernier ne se laissa pas impressionner et soutint le regard de son adversaire.

Alan ne détestait pas encore ce jeune bagarreur qui venait le défier et n'hésitait pas à le piquer au freinage. Il l'avait déjà vu en compétition et reconnaissait son talent de pilote. Mais il était venu pour gagner. Il comptait que David, plus jeune, se laisse déstabiliser et parte à la faute. Après tout, la guerre psychologique faisait partie du jeu.

Le deuxième départ vit le même scénario se répéter.

Mais cette fois, David ne se laissa pas piéger. Il resta trois tours dans le sillage d'Alan, fit mine de vouloir déboîter à droite, puis à gauche, toucha légèrement le kart de son adversaire lors de chaque freinage afin de lui montrer, ou de lui faire croire, qu'il était plus rapide. Cette attitude énerva Alan. Il enrageait de ne pas parvenir à se débarrasser de cette sangsue collée à ses roues arrière. Ce fut lui qui commença à commettre de petites fautes, à glisser un peu trop.

Au bout de six minutes, les deux hommes de tête prirent un tour à un groupe de trois attardés en bagarre entre eux. Alan s'engagea à leur gauche ; il leva le pied pour éviter l'accrochage avec un des attardés qui hésitait sur la trajectoire à adopter. David plongea à droite sans lever le pied. C'était le bon choix. Il déboîta devant Alan. Les deux pilotes menaient largement la course. C'était au tour d'Alan de mettre la pression sur David.

Durant cinq tours, David attaqua et tenta de faire le trou.

Au bord de la piste, ses supporters retenaient leur souffle. Les yeux d'Éric ne le quittaient pas. Il était avec son filleul sur le kart, vibrait à chaque freinage, ressentait chaque amorce de dérapage, chaque contre-braquage.

Nick suivait aussi la prestation de son ami avec enthousiasme. Il avait toujours éprouvé une confiance absolue en David, tant au plan personnel que sportif. Il n'imaginait même pas qu'il puisse perdre et serait encore plus déçu que lui s'il devait s'incliner devant Alan Crétois.

Marine lui prit la main.

Quant à Isa, elle considérait son ami comme un héros, tout en tremblant pour lui.

En connaisseur, Freddy apprécia la maîtrise du jeune pilote, qui tenait tête sans complexe à un concurrent chevronné.

Sentant qu'il n'arriverait pas à se débarrasser de son rival, David changea de tactique. Inutile de continuer à piloter à la limite au risque de sortir et de s'éliminer tout seul. Il ralentit très légèrement, et se contenta d'empêcher Alan de se placer à sa hauteur.

- Qu'est-ce qui lui arrive, s'inquiéta Nick qui, chronomètre en main, s'aperçut que son ami ralentissait.

- Il le fait exprès, commenta Freddy. Il contrôle Crétois sans prendre de risques. Ton pote a assimilé ce qu'est une stratégie de course et il a un mental solide.

De fait, les positions ne changèrent pas jusqu'à l'arrivée de cette première manche. David et Alan laissaient le troisième à vingt quatre secondes.

Éric prit à son tour le volant du kart. Il se classa deuxième de sa manche, à trois secondes du premier, Jean-Luc Pailler, mais dix secondes devant l'équipier d'Alan

Le départ de la troisième manche fut très chaud entre David et Alan. Les deux garçons virèrent côte à côte dans le premier virage et entrèrent ensemble dans la chicane. Alan provoqua le contact entre les deux karts et tenta de tasser David. Placé à l'intérieur, ce dernier ne céda pas. Alan se retrouva immobilisé dans les bottes de paille. Son moteur cala.

- Bien fait, hurla Nick !

- Salaud, lança un copain d'Alan.

Le temps que les commissaires le dégagent et le poussent pour démarrer son moteur, David avait pris deux tours à Crétois, qui voyait ses espoirs de victoire s'envoler.

L'équipier d'Alan se rua vers le directeur de course, et lui demanda de disqualifier David.

- Il a sorti mon équipier, c'est inadmissible ! rugit-il.

Éric jugea nécessaire d'intervenir dans la discussion.

- David était à l'intérieur du virage ; il n'avait pas à s'écarter, plaida-t-il, calmement mais fermement.

- Il pilote comme un voyou, vociféra l'autre.

- Certainement pas, c'est ton équipier qui le cherche et qui est tombé dans son propre piège, reprit Éric, toujours aussi ferme.

- C'est un incident de course, trancha le responsable. Il n'y a pas lieu à sanction.

Au bord de la piste, la discussion tournait au vinaigre entre les supporters des deux pilotes.

- S'il n'était pas soutenu par un pilote de F 1, ce mec serait suspendu et perdrait sa licence, persifla un des amis d'Alan en bousculant Nick. Ce dernier se serait fait tuer pour David, Éric ou Freddy. Il serra les poings et se mit en garde. Sentant que la situation dégénérait, Freddy s'interposa entre les deux garçons. Nick desserra les poings aussitôt, tout en restant prêt à bondir si l'autre touchait à Freddy. L'agresseur comprit qu'il valait mieux laisser tomber.

Le clan d'Alan s'éloigna en proférant des insanités sur la probité et de prétendues préférences sexuelles de David, affirmations dont Isa aurait pu témoigner qu'elles étaient mensongères.

David remporta la manche haut la main. Il leva les bras en descendant de son kart, enleva son casque, et échangea quelques mots avec Éric, qui venait à son tour sur l'aire de départ. Il posa son casque, puis il se dirigea vers Isa, Marine, Nick et Freddy,

Au moment où il les rejoignait, il se sentit tiré en arrière. Il eut le réflexe de se dégager avant de se retourner, et il se trouva face à un Alan écumant de rage qui cherchait à le bousculer. David avait pratiqué le judo pendant cinq ans. Son adversaire mesurait cinq centimètres de plus que lui, mais ce n'était pas un handicap, au contraire, pour certaines prises. Il recula d'un pas, incitant Alan à avancer sur lui, lui agrippa le bras droit, se tourna en faisant passer son épaule sous celle de son adversaire, et le fit voler au-dessus de lui. Surpris, Alan se reçut lourdement. Il n'eut pas le temps de se ressaisir, car David l'immobilisa, les deux genoux sur ses épaules. Un de ses compagnons tenta d'intervenir, mais il n'en eu pas le temps, car Nick le repoussa furieusement.

Une nouvelle fois, Freddy intervint. Mais il éprouva plus de difficultés à calmer le jeu cette fois. Le garçon qui avait bousculé Nick voulut se mesurer à lui. Mal lui en prit. Les cheveux châtain clairs coiffés à la mode du début des années quatre vingt – c'est à dire plus longs que les coiffures actuelles - , le visage un peu rond, très élégant dans ses vêtements griffés Vivia, Freddy paraissait toujours calme, presque lymphatique. Mais une volonté de fer et un tempérament de feu se cachaient derrière cette apparence tranquille et bourgeoise. Lorsque l'imprudent lui saisit les bras, Freddy accepta la confrontation. Il appuya vers le sol. L'autre fléchit le buste, puis les genoux, et se retrouva par terre, vaincu et vexé. Il n'avait pas songé que les pilotes de Formule 1 pratiquent assidûment la musculation et développent notamment la force de leurs bras.

Pendant ce temps, Nick faisait face à un nouvel intervenant qui ressemblait fort à l'homme que Freddy immobilisait.

- Sans doute son jeune frère, songea-t-il une fraction de seconde avant d'envoyer l'individu à terre d'un direct à la mâchoire.

Le clan d'Alan s'éloigna, humilié, plein de rancœur et certainement d'idées de vengeance.

- C'est dingue, s'exclama Isa, impressionnée par ce déchaînement de violence.

- C'est la première fois que je me trouve impliqué dans une bagarre sur un circuit, témoigna David. Mais malheureusement, les débordements ne sont pas exceptionnels dans notre sport. Les bagarres sont chaudes sur la piste, et j'ai souvent vu des pilotes en venir aux mains après des accrochages. Désolé de t'infliger ce spectacle.

- Tu as été formidable, murmura Isa.

David rougit et ne dit rien. Satisfait d'avoir impressionné Isa, il ne se sentait pourtant pas très fier d'avoir eu à se battre ni d'avoir entraîné Freddy et Nick à faire de même pour l'aider. La violence n'était pas son truc, même si son caractère bien trempé et son physique plutôt costaud lui permettaient de se sortir à son avantage de telles situations.

- Désolé, dit-il à Freddy.

- Ne t'excuse pas. Tu n'as rien fait d'anormal sur la piste, et tu ne pouvais rien faire d'autre quand il a cherché la bagarre, le réconforta Freddy. Le kart est un sport génial, mais il reste malheureusement des abrutis sur les pistes.

- Mais on est là si ça tourne mal, intervint Nick, nullement effrayé à l'idée de faire le coup de poing à nouveau si c'était nécessaire pour aider ses amis.

- Je sais, merci, répondit David avec un sourire reconnaissant.

Concentré sur son pilotage, Éric n'avait rien vu de la scène. Il termina la quatrième manche à la troisième place, derrière Didier Caradec et Stéphane Dréan mais juste devant Jean-Luc Pailler. Son classement confortait la place de leader de l'équipe car l'équipier d'Alan s'était loupé et finissait seulement treizième. Il échangea quelques mots avec David.

- Le châssis devient de plus en plus survireur, prévint-il. C'est sans doute parce que les pneus chauffent et se dégradent.

Déjà, David mettait son casque et s'installait dans le baquet. Éric fut surpris de voir Freddy se diriger vers Alan. Freddy ne semblait pas content. Il accompagnait ses paroles de gestes impératifs de l'index. Éric attendit son ami pour quitter l'aire de départ.

- Tu passes à la concurrence, maintenant ? plaisanta-t-il.

- Le jour où je soutiendrai tes adversaires n'est pas près d'arriver, répondit Freddy. Non, je prévenais Crétois qu'il n'avait pas intérêt à faire un sale coup à David, poursuivit-il avant de rapporter à Éric les incidents survenus pendant qu'il était sur la piste.

- Pas possible, dit Éric, à la foi consterné par l'incident, mais assez content au fond d'apprendre que son filleul ne s'était pas laissé faire.

Éric eut une pensée pour grand-père Victor. S'il pouvait voir son arrière petit-fils de là-haut, il devait être fier. Victor, dont le petit frère s'était engagé dans RAF et s'était fait abattre par des chasseurs allemands quatre jours avant le débarquement, Victor qui faisait partie du réseau *Les Thoniers* durant la seconde guerre mondiale, Victor qui avait sauvé des dizaines de juifs de la déportation en exposant mille fois sa propre vie, Victor qui avait buté seize soldats SS après la mort de son petit frère (dont un égorgé à l'arme blanche en hurlant, « ça c'est pour la mort de mon frangin, crève salopard »), Victor avait enseigné à Éric que la vie reposait sur deux principes : faire preuve d'une loyauté indéfectible avec ceux qu'on aime et ne jamais se laisser faire par personne. Une philosophie qu'Éric s'efforçait de transmettre à David.

Sur la piste, David et Alan n'échangèrent pas un regard au cours des secondes qui précédèrent le départ.

David se sentait sûr de lui. Il n'avait pas peur d'Alan sur l'asphalte, ni d'ailleurs en dehors. Il ne restait plus que deux manches. Compte tenu de ses performances et de celles d'Éric, il suffisait de jouer placé sans prendre de risques inutiles. Pas question de s'endormir toutefois, car un pilote devient vulnérable s'il assure trop et qu'il perd sa concentration.

- Je dois surtout me méfier de Crétois songea-t-il. Il ne faut pas que je lui laisse l'occasion de me sortir.

Les battements cardiaques des pilotes s'accélèrent très sensiblement au moment du départ. De nombreux médecins et scientifiques ont analysé ce phénomène. Mais aucun ne s'est intéressé au stress de leurs proches. Isa se rongeait les ongles, renouant avec une mauvaise habitude qu'elle avait perdue depuis cinq ans. Marine serra si fort la main de Nick qu'elle lui griffa la peau. Éric fronçait légèrement les sourcils, laissant percevoir une légère inquiétude. Quant à Freddy, il serrait la mâchoire, complètement captivé par cette course pourtant sans enjeu. Dans le climat d'énervement qui régnait, tout pouvait arriver. Et si David se montrait capable de lutter en performance pure avec son adversaire, serait-il assez aguerri pour déjouer les coups bas de ce briscard bien plus expérimenté que lui ?

Plus que dix secondes avant que le drapeau à damier ne s'abaisse. Puis cinq, quatre, trois, deux, une. Les pilotes accélèrent à la même fraction de seconde, cherchant à se placer au mieux pour le premier virage.

David s'élança en tête, tandis que Crétois rata complètement sa mise en action et se retrouva englué en milieu de peloton. Sans doute s'était-il laissé perturber par l'ambiance des dernières minutes. David remportait la guerre des nerfs.

- Pourvu que Crétois ne l'attende pas pour le sortir, murmura Freddy

Freddy connaissait bien cette technique. Il la subissait

régulièrement de la part du deuxième pilote de l'écurie Madina. A Silverstone le mois précédent, cet « équipier modèle » l'avait balancé en tête à queue dans le bac au graviers au moment où il lui prenait un deuxième tour. Un incident d'autant plus révoltant que Freddy menait la course avec quinze secondes d'avance sur le second à douze tours de l'arrivée.

David utilisait toutes les astuces qui permettent de gagner quelques dixièmes de seconde. Dans les lignes droites, il baissait la tête et courbait légèrement le dos pour améliorer son coefficient de pénétration dans l'air et augmenter sa vitesse de pointe.

Il creusa rapidement un écart sur ses adversaires et battit le record du tour, sans prendre de risques excessifs. Il considérait au contraire qu'il se montrait prudent en se mettant à l'abri d'un retour de Crétois.

Derrière, son rival cravachait. Alan se défit un à un de tous ses adversaires. Il avait bien pensé se laisser prendre un tour et sortir David lorsqu'il le rattraperait, mais il craignait une suspension de licence s'il agissait ainsi. Il préféra donc se lancer à la poursuite du jeune présomptueux qui le mettait en difficulté. Il allait le rattraper, le doubler, le tasser dans une pile de pneus ou dans un bac à graviers, l'humilier devant tout le monde.

Après quatre tours de piste, Alan conquit la seconde place. Il ne restait plus aucun adversaire entre David et lui. L'écart atteignait six secondes. Alan attaqua encore plus. Les roues amorçaient des blocages au freinage. Le pilote éprouvait des difficultés à maintenir sa machine en ligne. L'écart ne se réduisait pas. Au contraire, lorsqu'Alan apercevait le kart de David quelques virages devant lui, il constatait qu'il perdait un peu de terrain à chaque tour.

Un événement inattendu vint aider Crétois. Soudain, dans une portion de ligne droite, David sentit un choc sur sa visière. Il ne comprit pas ce qui s'était passé. Le tour suivant, il reçut une pluie de projectiles, sur le casque, sur le bras, sur la main. Il poussa un cri de douleur. Une pierre venait de lui faire très mal au poignet.

- On me canarde à coups de pierres, s'indigna-t-il. Sans doute un coup des enfoirés qui accompagnent Crétois.

Les projectiles venaient de la direction d'un petit monticule à quelques mètres de la piste.

Ses amis virent la scène. Tandis que le commissaire de piste agitait un drapeau jaune pour faire ralentir les concurrents dans la ligne droite désormais pleine de cailloux, Freddy, Nick, et Éric se précipitèrent vers le monticule, tout de suite suivis par Didier Caradec, Jean-Luc Pailler, Jo Busnel et d'autres pilotes, scandalisés par le hooliganisme des lanceurs de cailloux. Quatre silhouettes prirent la fuite et en les voyant se mettre en mouvement, le clan de David réalisa qu'ils avaient trop d'avance pour que les poursuivants puissent espérer les rattraper.

- Impossible de les identifier à cette distance, regretta Freddy.

- Il n'y a pas besoin de chercher bien loin pour découvrir à quelle équipe ils appartiennent, s'exclama Nick.

- Mais on ne peut pas les accuser sans preuve, intervint Éric, retrouvant ses réflexes d'avocat.

Sur la piste, David avait perdu du terrain. Il ne comptait plus qu'une seconde d'avance sur Alan Crétois. Les jets de pierres l'avaient gêné et déconcentré. Son poignet gauche, touché par une pierre de belle taille, le faisait souffrir. En outre, il avait ralenti davantage que son adversaire en voyant un commissaire agiter les drapeaux jaunes.

Il restait trois tours. Crétois s'imagina fondre son jeune rival et n'en faire qu'une bouchée. Il ne connaissait pas le tempérament de David. Le jeune homme se reprit, fixa toute son attention sur ses trajectoires, ses repères de freinage, et jeta toutes les forces qui lui restaient dans la bataille. Il ne sentait plus son poignet. Il ne faisait plus qu'un avec sa machine, tendu vers l'efficacité optimale. L'écart recommença à augmenter.

Crétois fulminait intérieurement. Ce gamin allait décidément très vite. Il tenta d'accélérer lui-aussi. Trop nerveux, il manqua un freinage et partit en tête à queue dans un bac à sable.

Trente secondes plus tard, David remportait la manche, acclamé par l'ensemble du public. Les spectateurs, scandalisés par l'agression dont il avait été victime, lui témoignaient leur sympathie.

Alan regagna la ligne de départ sous les sifflets.

David et Éric échangèrent quelques mots sur l'évolution du comportement du kart et sur la course.

Nick et Isa allaient se précipiter sur leur ami dès qu'il stoppa sa machine, mais Freddy les retint.

- Laissez le d'abord arrêter la stratégie avec Éric pour la dernière manche, signifia-t-il.

- Tu as raison, convint Nick. D'autant que c'est très important pour David cette course.

Ils s'éloignèrent tous de quelques pas. Nick observa qu'Alan Crétois discutait avec son équipier. Il n'entendait pas ce que les deux hommes se disaient, mais percevait des éclats de voix. Jacques Derrier, le pilote de Rallycross qui faisait équipe avec Crétois paraissait furieux. Soudain, il tourna les talons et quitta l'aire de départ, alors que c'était lui qui devait participer à la dernière manche. Crétois, rouge de fureur, jeta son casque par-terre. Il disparut à son tour sans même ramasser son matériel.

L'équipage quittait la compétition.

- Le gars qui court avec lui n'a sans doute pas apprécié les jets de pierres de ses petits copains, lança Nick à l'attention de Freddy, Isa et Marine.

- Normal, il y a moins de voyous que de gars normalement réglos sur les pistes, répondit Freddy.

David les rejoignit à cet instant.

Nick remarqua le premier que son casque portait les marques des chocs avec les pierres.

- Tu n'as pas eu mal ? lui demanda-t-il, inquiet.

- Si, au poignet, avoua David.

- Montre, commanda Freddy.

David enleva ses gants et remonta la manche de sa combinaison. Isa et Marine pâlirent en découvrant le tissu tâché de sang. La pierre avait arraché la peau sur dix centimètres et provoqué un bel hématome. Par contre, David pouvait bouger le poignet sans trop souffrir.

- Ce n'est pas grave, mais il faut quand même désinfecter ça tout de suite, dit Freddy. Les filles, restez ici ajouta-t-il pour dédramatiser la scène. Nick, prends les clefs de ma voiture. Tu y vas avec David. Il y a une trousse de secours dans le coffre. Désinfecte la plaie et mets lui un bandage.

- On s'est fait quelques ennemis de plus, soupira David en sursautant lorsque Nick appuya un coton imbibé d'alcool à quatre vingt dix degrés sur sa plaie.

Les deux garçons revinrent au bord de la piste pour voir Éric sortir deuxième du dernier virage de l'ultime manche derrière Stéphane Dréan, au terme d'un tour de folie où lui-même, Stéphane, Jean-Luc et Philippe Busnel s'étaient succédé au commandement.

David, fou de joie, rejoignit son parrain dès qu'il stoppa son kart. Les deux garçons se congratulèrent et se dirigèrent vers le podium pour recevoir la coupe des vainqueurs.

Le correspondant d'un quotidien régional les photographia.

L'équipe fêta la victoire dignement sous son chapiteau au bord du circuit. Ce soir, Isa et Marine avaient quartier libre jusqu'à deux heures du matin, à la grande satisfaction de leurs amis.

Personne ne remarqua pas que l'individu qui les avait suivis au musée les observait toujours, tapi cette fois dans une petite montée tout près de l'espace réceptif de l'équipe.

Freddy raccompagna les filles à la ferme auberge à l'heure dite.

L'individu louche ne partit se coucher qu'après que le pilote de Formule 1 soit rentré dans le motor-home.

Chapitre 6

« Un ciel sans nuages sur la Bretagne aujourd'hui jeudi, annonça le haut-parleur du radio-réveil. Le beau temps va durer jusqu'à demain soir. Des orages pourraient éclater dans la nuit de vendredi à samedi avant que le soleil s'installe à nouveau ce week-end. Maintenant, place aux informations de huit heures.

Merci Benoït Verniot.

Trois des cadavres d'Ille et Vilaine conservent toujours leurs mystères ce matin. Le tueur du quatrième a avoué son crime. Le mort de la plage du Sillon était un dealer qui a été poignardé par un de ses clients. C'est ce qu'a révélé hier soir, à vingt trois heures, le procureur de Saint-Malo. Le meurtrier était bien l'homme entendu dans les locaux de la police de Saint-Malo. Il s'agit d'un touriste qui campait à la Cité d'Alet. D'autres campeurs qui rentraient de boite de nuit l'ont vu tituber devant sa tente, probablement sous les effets combinés de l'alcool et de la drogue. Il portait un blouson plein de sang et criait, ''qu'est-ce que j'ai fait, qu'est-ce que j'ai fait'' .Ils n'y ont pas accordé d'attention particulière sur l'instant. Mais lorsqu'ils ont appris la découverte d'un corps poignardé sur la plage du Sillon, ils ont prévenu la police.

L'homme, un barman de vingt sept ans qui habite à Meaux, dans le banlieue parisienne, a d'abord opposé un mutisme total aux enquêteurs. Il a finalement reconnu s'être violemment querellé avec un autre homme au début de la nuit de lundi à mardi. Les deux hommes se connaissaient peu. La victime, un petit dealer travaillant certainement pour le compte de trafiquants, fournissait diverses drogues aux touristes. L'auteur du crime faisait partie de ses clients. Lundi soir, ils ont commencé à sympathiser, bu une bouteille de gin ensemble et absorbé des produits stupéfiants. Ils étaient dehors, à la pointe d'Alet. La dispute est née brusquement, d'une simple divergence sur le football. L'un était supporter du PSG, l'autre ne jurait que par Marseille. Ce différend, qui n'aurait donné lieu qu'à d'aimables plaisanteries dans d'autres circonstances, a tourné au drame. Ils ont commencé à se battre. Le dealer, dominé physiquement par son adversaire, a sorti un couteau. Ils ont continué à lutter. Le barman ne se rappelle plus très bien ce qui s'est passé. Il croit qu'ils sont tombés tous les deux et que le couteau s'est planté par accident dans le corps de son adversaire.

Pris de panique, le tueur a balancé le corps de son adversaire à la mer. Les courants l'auront amené à la plage du Sillon une quinzaine d'heures plus tard.

Voilà comment deux hommes, qui auraient pu devenir des copains, ont gâché leurs vies en quelques secondes. L'un est décédé. L'autre, rongé par les remords, va purger une lourde peine de prison. Terribles méfaits de la drogue et de l'alcool !

Il semblerait donc que ce crime n'ait rien à voir avec les trois autres. Le tueur d'Alet nie toute implication dans les autres crimes. Ses dénégations paraissent plausibles. C'est ce que pensent en tous cas les enquêteurs.

Concernant les trois autres meurtres d'Ille et Vilaine justement, nous vous l'annoncions hier soir, le médecin légiste a porté ses premières constations à la connaissance de la police judiciaire. La femme trouvée dans la Super Cinq à la Découverte et l'homme dont le cadavre a été découvert dans le coffre de la BMW accidentée à la Pointe du Groin sont morts entre minuit et trois heures du matin mardi dernier. Des heures de décès très voisines, proches aussi de celle où le chauffeur du Pegaso incendié entre Maure de Bretagne et Guer a été assassiné. Un élément troublant.

De source proche de l'enquête, l'hypothèse selon laquelle ces morts sont liées à un règlement de comptes à Maure de Bretagne serait désormais privilégiée.

Toujours pas de nouvelles du mari de la maîtresse du chauffeur. Fait-il partie d'une bande organisée. Vit-il encore ? »

- Tout s'est passé dans les parages, souligna Nick qui se glissait de sa couchette en se frottant les yeux.

Le jeune homme éprouvait traditionnellement des difficultés à se réveiller le matin. Pour une fois, la gravité de l'information le tirait du lit sans que David ait besoin de le secouer.

- Il va y avoir du flic dans le coin, observa David.

- Quand je te dis qu'on va jouer au Club des cinq, je plaisante à peine, reprit Nick. C'est comme un pressentiment. Tu sais que ça m'arrive de temps en temps.

David ne dit rien. Les prémonitions de Nick le troublaient. Plus d'une fois, son ami lui avait téléphoné à des moments où quelque chose d'important allait se produire. Par exemple le jour où il s'était accroché avec son père au sujet de la course en kart. Au début de l'été, Nick avait encore ressenti une impression néfaste avant une sortie en catamaran. Les prévisions météo étaient favorables, le vent soufflait à force quatre, rien ne laissait prévoir une catastrophe. Jusqu'à ce qu'un estivant distrait percute leur Hobie Cat avec son puissant scooter des mers au large de la plage de Kerpape. L'homme traînait un copain qui faisait du ski nautique. Il regardait derrière et était rentré à pleins gaz dans le flotteur bâbord du cata qui se trouvait sous le vent. David, qui barrait, n'avait rien pu faire. Le bateau s'était retourné en brisant son mât. Projeté par la violence du choc. Nick s'était ouvert le cuir chevelu et assommé sur le scooter des mers, chaviré lui-aussi. David était parvenu à le hisser sur le trampoline du catamaran retourné avec l'aide du conducteur du scooter en attendant les secours. Nick avait repris connaissance rapidement et, cinq jours plus tard, les deux compères naviguaient à nouveau avec un mât neuf payé par l'assureur du conducteur maladroit. N'empêche qu'ils avaient connu une belle frayeur et que Nick avait éprouvé ce sentiment annonciateur d'un événement désagréable avant l'accident.

- On verra bien, concéda-t-il après un long moment de réflexion.

Trois quarts d'heure plus tard, Éric et David se rendirent au village afin d'acheter du pain pour toute l'équipe à la boulangerie Lelièvre.

Ils sortirent de la boutique les bras chargés de baguettes fraîches et de sacs en papier contenant des croissants, des brioches et des pains au chocolat plus appétissants les uns que les autres.

- Ça sent bon le pain chaud, observa David.

- On remarque mieux les petits bonheurs de l'existence lorsqu'on se trouve dans une ambiance conviviale, commenta Éric, tandis qu'il transférait son chargement dans les bras de David pour chercher ses clefs de voiture dans la poche de son jean.

- Dépêche- toi, les sacs glissent, s'impatienta David. Ils ne vont pas tarder à se casser la figure.

Éric ouvrit enfin son coffre et débarrassa son filleul.

- Pas trop tôt, reprocha David. J'ai les bras tout engourdis.

- Mauviette, répliqua Éric. Plains-toi. Si tu faisais du cyclisme sur piste, il faudrait que tu résistes à des séances de sur-place de plusieurs minutes. Je ne vais pas te plaindre pour trente secondes d'immobilité.

Les deux garçons rirent de bon coeur et s'apprêtèrent à monter dans la Vivia. Ils découvrirent soudain un vieillard vêtu de noir, arrêté devant le capot. L'homme s'appuyait sur un vieux vélo noir. Il les fixa longuement. Son attitude les étonna ; ils restèrent silencieux. Par respect pour son âge et son droit de prendre son temps, Éric ne lui demanda pas de s'écarter. Il s'attendait de toute façon à ce que l'individu engageât la conversation, ce qu'il ne tarda pas à faire en les désignant l'un après l'autre d'un index tremblant.

- Je vois le malheur arriver sur vous, prédit-il, le visage fermé. Quittez la région avant qu'il ne soit trop tard.

- Ne vous inquiétez pas pour nous, rétorqua Éric en s'efforçant de sourire. On en a vu d'autres.

Le vieillard s'écarta. La Vivia démarra et reprit le chemin du circuit.

- Un peu fêlé ce type, s'exclama David en s'efforçant de dissimuler son angoisse.

- Sûrement, oui. C'est probablement un vieil original qui n'aime pas l'automobile et déteste ce que Michel Hommel fait du village. S'il croit traumatiser les pilotes, il se trompe lourdement.

Les deux garçons n'échangèrent plus une parole jusqu'à leur retour sous l'auvent du motor-home. L'un et l'autre pensaient secrètement que les mauvais présages s'accumulaient sur cette semaine qu'ils attendaient comme une vraie fête.

Alors qu'ils terminaient le petit déjeuner, ils reçurent une visite inattendue.

- Je ne dérange pas, je peux entrer ? demanda un homme de taille moyenne sobrement vêtu qui devait avoir à peu près l'âge d'Éric.

L'avocat se retourna.

- Tiens Luc, entre, viens boire un café avec nous.

Le visiteur était l'inspecteur Jaffret, affecté depuis quelques mois au SRPJ de Rennes.

Luc Jaffret avait fait ses études de droit à Rennes à la même époque qu'Éric, avec une année de décalage. N'ayant pas suivi les mêmes cours, les deux hommes ne se connaissaient pas très bien. Ils partageaient cependant l'a priori positif qui distingue les personnes liées par une appartenance commune. Anciens élèves de la même fac, habitués alors à se croiser et à échanger quelques mots dans les couloirs, la bibliothèque universitaire, la cafétéria et le self, ils se tutoyaient et entretenaient encore des relations cordiales quoique peu suivies.

- J'enquête sur les meurtres d'Ille et Vilaine, expliqua l'inspecteur. On pense que tout a démarré à Maure quand le semi Pegaso s'est arrêté sur la place. On retourne là-bas essayer de trouver de nouveaux témoignages ou des indices. Comme j'ai vu sur le journal que tu courais ce week-end, je me suis arrêté te dire un petit bonjour au passage. Mes collègues admirent les voitures dans le parc fermé.

- Tu as bien fait, ça me plaisir de te voir. Et Chantal, comment va-t-elle ?

Les deux hommes échangèrent des nouvelles de leurs épouses et de leurs enfants respectifs, évoquèrent d'anciens copains de fac, constatèrent que le temps défilait à une vitesse incroyable, se promirent de se téléphoner et de s'organiser un week-end avec leurs familles…

- Au fait, tu n'as rien remarqué de bizarre dans le coin ? demanda Luc. Tu sais qu'un tout petit indice pourrait nous aider à comprendre ce qui s'est passé.

- Non. Nous sommes arrivés mardi après-midi, après le crime, ou je devrais dire les crimes si tout s'est passé à Maure. Tu sais, les gens qui sont ici sont venus pour la course. Les enquêtes criminelles, ce n'est pas leur truc.

- Je m'en doute, convint Luc. Bon, ben je vais te laisser. Merci pour le café. Il faut que je récupère mes collègues et qu'on reparte au boulot.

- Je te montre notre voiture avant que tu partes.

Éric conduisit Luc sous la tente où se trouvaient les Vivia de course. Il lui fit admirer celle qu'il piloterait avec Freddy et lui proposa des entrées pour le dimanche.

- Je ne pourrai pas venir, regretta Luc. En principe, on rejoint les parents aux Sables d'Or. A moins que je sois de service ce qui, avec l'affaire des trois cadavres, risque fort d'arriver.

Éric fit quelques pas vers le parking avec son camarade.

- Il faudra que je te parle d'un truc qui m'inquiète, dit-il.

L'avocat pensait aux conséquences possibles de la haine de Soizick Pierret (hélas désormais épouse Sarel) contre David. Mettre Luc au courant du passé de cette femme et des propos qu'elle tenait inciterait peut-être la police rennaise à la tenir à l'œil. Il n'osa cependant pas évoquer le lien qu'il redoutait entre elle et les crimes d'Ille et Vilaine. Luc ne le prendrait pas au sérieux. Lui-même ne croyait plus à cette hypothèse malgré l'anxiété dont il ne parvenait pas à se débarrasser.

- Tu m'appelles quand tu veux. Tu as mon numéro à la PJ et chez moi. N'hésite pas.

- Je le ferai, Luc. A bientôt.

Les deux garçons se quittèrent en échangeant une solide poignée de mains.

Un homme qui les surveillait discrètement soupira rageusement.

- Pote avec un flic en plus. Il veut lui parler. De quoi ? De plus en plus ennuyeux ! Il faut absolument qu'on en sache plus…

Le flash d'informations de onze heures apporta de nouvelles précisions.

« Le mari de la maîtresse du camionneur est hors de cause. Par discrétion, nous ne le désignerons que par son prénom, Jean-Christophe. Il s'est présenté de lui—même tout à l'heure à la gendarmerie des Sables d'Olonne.

Et bien Jean-Christophe n'est pas décédé, heureusement pour lui. Il est tout simplement en vacances avec une amie dans un camping de Vendée. Le couple a loué un bungalow pour la semaine. Il n'écoutait pas la radio et avait débranché le téléphone mobile installé dans la XM du VRP. C'est en feuilletant Ouest-France ce matin que Jean-Christophe a appris qu'il était recherché.

Les témoignages de son amie, du gérant du camping et d'autres vacanciers apportent la preuve irréfutable qu'il n'est pas mêlé à l'affaire. Jean-Christophe a tout simplement une maîtresse avec laquelle il passe une semaine de vacances. Notre correspondant sur place l'a interviewé à sa sortie des locaux de la gendarmerie.

''Je ne suis pour rien dans cette affaire. Je savais que ma femme avait une liaison avec un camionneur mais ça ne me gênait pas. Je m'apprêtais à demander le divorce et à m'installer avec mon amie, ici présente. Alors, que ma femme ait un amant, ça m'arrangeait au contraire. Comme ça, le divorce n'aurait pas fait d'histoires. Je ne leur en voulais pas. Qu'ils soient heureux ensemble, c'était tant mieux, j'étais content moi.''

Gérard Bertin, des Sables d'Olonne, pour France Bleu Vendée.

- Une belle procédure de divorce en perspective, commenta Éric. Madame trompe monsieur. Monsieur trompe madame. Tout le monde était content. Du Vaudeville qui risque de se passer moins bien que prévu maintenant que l'amant de madame s'est fait flinguer et carboniser.

- Un divorce qui ne se serait pas bien passé de toute façon, précisa David, car la femme du routier n'avait peut-être pas envie de rentrer dans le jeu des autres. Elle n'a pas forcément d'amant qui l'attend, elle.

Le midi, Éric, Freddy, David et Nick déjeunèrent à la ferme auberge des parents d'Isa et Marine. Raymond, le père des jeunes filles, et Armand, leur frère aîné, s'attablèrent avec eux. Malheureusement, les deux soeurs aidaient leur mère au service.

Éric interrogea Raymond et Armand sur l'évolution de leur métier.

- Nous conservons l'exploitation agricole et nous cherchons à l'agrandir en achetant d'autres terres, expliqua Raymond. Armand aime l'agriculture. Il prendra la suite. Parallèlement, nous avons observé que tout ce que lance Michel Hommel marche. Le village et ses alentours connaissent un essor incroyable ; il y a de plus en plus de passage. Le week-end du Rallycross, cinquante mille spectateurs viennent à Lohéac. Le musée, l'école de pilotage, l'école 4X4 attirent du monde toute l'année. Nous nous sommes donc dit qu'en plus des hôtels du bourg, qui sont très accueillants, il y avait de la place pour un accueil à la ferme. Nous avons aménagé un corps de bâtiments en vue d'exercer cette activité. Avec ses murs de pierre, son toit en chaume, les poutres apparentes dans toutes les pièces, une déco basée sur les meubles et les objets de tradition bretonne, je crois que l'ensemble a de la gueule. L'intérieur est chaleureux. On a écrit une devise sur un panneau de bois vernis à l'entrée : celui qui entre ici pour la première fois est un ami que nous ne connaissions pas encore. Elle est rappelée dans chaque chambre par un parchemin accroché au mur. On crée une atmosphère conviviale. Les gens doivent se sentir chez eux lorsqu'ils nous font l'honneur de s'arrêter chez nous. Nous ne regrettons pas de nous être lancés dans ce pari. Qui sait si les filles ou la future femme d'Armand n'en feront pas leur métier dans quelques années ?

Ce site est une réussite fabuleuse, s'enthousiasma Freddy. J'ai vu le premier Rallycross. Personne n'aurait imaginé la suite.

- Surtout pas les gens du coin, approuva Raymond. Michel Hommel avait réussi à convaincre Yves Plantard, le président du comité des fêtes dont la femme tenait l'épicerie et le bar du bout du village. Ils attendaient mille cinq cents spectateurs et ils en ont reçu dix mille. Après, tout est allé très vite. Autant dire qu'Hommel est un dieu vivant ici. Tout ce qu'il entreprend profite à ses concitoyens. Moi-même, je n'aurais jamais cru voir un pilote de Formule 1 sous mon toit.

- On a quand même trouvé un mécontent, se souvint Éric.

Il rapporta la rencontre du vieillard et ses propos alarmistes.

Raymond fronça les sourcils. La description d'Éric lui permit immédiatement de reconnaître l'oracle.

- Vous avez vu le « Vieil Anicet ». C'est une sorte de sorcier, un peu guérisseur, un peu voyant. Il habite une ferme rénovée entre Lohéac et Maure. Sa salle d'attente ne désemplit pas. Des gens viennent le voir de très loin. Il consulte plus que la majorité des médecins du coin. Il se trompe rarement. Il ne faut pas prendre ce qu'il dit à la légère.

Une pensée traversa l'esprit de Nick. Et si c'était vrai ? Après tout, les incidents se succédaient depuis leur arrivée. La présence du curieux personnage qui les suivait au musée, la bagarre lors de la course de kart, l'impression d'être épiés, le cauchemar de David, son sentiment de malaise ! Tout cela n'annonçait-il pas quelque chose d'inquiétant ? Nick observa David. Son ami échangeait discrètement un regard entendu avec Éric. Visiblement, l'avertissement de Raymond troublait ses amis.

La suite du repas se déroula dans une ambiance chaleureuse. Raymond et les siens voulaient faire plaisir à leur hôtes. Ils se régalèrent tous avec le foie gras provenant de chez Christophe Lelièvre à Maure, dégustèrent la pintade aux pommes cuite au four et terminèrent par un délicieux soufflé au Grand-Marnier, le dessert préféré d'Éric. Une indiscrétion de David, qui avait évoqué avec Isa les goûts culinaires de Freddy et d'Éric valait ce plaisir à l'avocat.

Touché par cet accueil chaleureux, Freddy invita toute la famille de Raymond à se rendre avec quelques amis au cocktail que l'Écurie Vivia offrait le soir même aux autres concurrents, aux journalistes et à quelques amis.

Les quatre garçons étaient venus dans la voiture d'Éric. Le modèle GT de Freddy n'offrait que deux vraies places, alors que le coupé permettait de loger normalement deux personnes à l'arrière. Un chat noir avait pris place sur le capot avant de la Vivia. Confortablement allongé sur le flanc, il leva nonchalamment la tête, mais ne daigna pas se déplacer lorsqu'Éric ouvrit sa portière.

- Raymond conseilla au conducteur d'attendre qu'il parte de lui-même avant de démarrer.

- David sourit, et voulut prendre le félin dans ses bras. Il s'entendait généralement très bien avec les animaux. Il préférait les chiens, mais aimait tout de même s'amuser avec des chats. L'animal cracha, hérissa le poil et tenta de lui donner un coup de griffe. Son attitude surprit Isa, qui assura que son chat se montrait d'habitude très civilisé.

Freddy avoua qu'il n'aimait pas beaucoup voir des chats noirs devant sa voiture. Sa remarque irrita David. Le jeune homme connaissait ce trait du comportement de Freddy, mais il ne comprenait pas qu'un sportif aussi rationnel et intelligent se laisse impressionner par des croyances dénuées de fondement scientifique. Il lui avait d'ailleurs fait part de son sentiment à ce sujet, sans parvenir bien sûr à modifier l'appréciation de son aîné. Les pilotes, comme toutes les personnes qui pratiquent des activités comportant des risques, se montrent souvent superstitieux.

Les yeux de Nick exprimèrent une lueur d'inquiétude. Il hésita à confier son malaise à ses amis.

De retour au motor-home, Éric et Freddy tinrent une réunion technique avec Michel et les mécaniciens.

Mikaël Pailler, le fils de Jean-Luc, le favori de la catégorie des deux roues motrices, jouait au foot avec trois copains dans un champ à côté du circuit. Il héla David.

Les deux garçons se dirigèrent vers les gamins, qui devaient avoir une dizaine d'années à cette époque-là.

- Je voulais te prévenir qu'il y a quelqu'un qui vous surveille, annonça Mikaël. Un mec louche qui à l'air de se cacher. Il a suivi Éric en se planquant quand il raccompagnait quelqu'un vers le parking ce matin. Hier soir, il rodait autour de votre motor-home. Sûrement un paparazzi qui veut faire des photos de Freddy et de sa femme en douce.

- Sûrement, approuva David. On va le tenir à l'œil et essayer de le coincer. Merci Mikaël.

- De rien. Je te fais signe si le revois. Vous jouez avec nous ? proposa-t-il à David et Nick. Vous connaissez Jérôme Tanguy et Yoann Hervé. L'autre, c'est Jody, le fils de Fernand Lannoye qui court sur une Golf GTI 16 S. Son père l'a appelé Jody parce que c'est un fan de Jody Scheckter, l'ancien pilote de Formule 1. Il est flamand. Il ne comprend pas un mot de français mais il joue bien au foot.

David et Nick se joignirent aux quatre enfants, bientôt rejoints pas les frères Busnel, les fils de Jo, un des membres incontournables de l'Écurie Bretagne.

Il faisait chaud. En jouant à huit, ils livraient des efforts intenses. Au bout d'une demi-heure, David et Nick en eurent assez et revinrent à l'ombre du motor-home. Nick ne put pas s'empêcher de parler du chat noir.

La conversation dévia sur les croyances et les superstitions.

David n'y croyait pas beaucoup.

Nick lui fit remarquer qu'il était superstitieux puisqu'il montait toujours du même côté dans son kart.

David grommela quelque chose d'incompréhensible. Les deux garçons se bagarrèrent pour rire. Nick était un peu plus fort que son ami, mais David maîtrisait mieux quelques techniques de sports de combat, de telle sorte que leurs luttes amicales étaient généralement équilibrées. Ce jour-là, David, handicapé par son poignet blessé, s'en tirait plus difficilement

- Aïe, laissa-t-il échapper au moment où la douleur devint trop forte.

Nick le lâcha aussitôt en s'excusant, et ils reprirent calmement leur discussion.

David énuméra les principales superstitions qu'il connaissait dans le monde du sport automobile. La présence d'un chat noir devant une voiture terrifiait certains conducteurs. A part Yves Courage, aucun pilote ne voulait rouler avec le numéro 13.

- A défaut de superstitions recensées, tout le monde a des manies, reprit Nick. Marie-Claude Beaumont refusait de monter dans une voiture verte. La plupart des pilotes de monoplaces montent toujours dans leur voiture par le même côté. Beaucoup reconnaissent posséder une combinaison ou un casque fétiche, voire placer dans l'habitacle ou leurs poches un gri-gri quelconque destiné à les protéger.

- C'est vrai admit David. On se crée surtout des réflexes conditionnés. Monter dans son baquet du même côté relève de ce phénomène.

- Pas seulement, contesta Nick. Admets que la course comporte une marge d'inconnu et de danger. Or, tout être humain éprouve le besoin naturel de se rassurer face à l'inconnu. Freddy, par exemple, s'avoue superstitieux à mort. Il enfile toujours la manche droite de sa combinaison avant la gauche, fait coulisser deux fois la fermeture éclair, lace puis relace ses bottines, sans parler des manies d'un jour, comme garer sa voiture de tourisme à une place précise dans le parking tout un week-end parce qu'il a réalisé la position de pointe après l'avoir rangée à cette fameuse place. Tout ça parce que les pilotes guettent un signe rassurant qui leur annonce la victoire et leur garantit qu'ils ne vont pas se planter.

- Senna a cru un jour que Dieu était dans la voiture avec lui, ajouta David. Il pilotait si vite qu'il ressentait l'impression de devenir spectateur de son propre exploit. Je me demande si ça m'arrivera un jour. Ce doit être terriblement impressionnant. Tu t'échappes de ton corps, presque comme si tu allais mourir.

- Arrête, on va finir par se foutre les jetons, l'interrompit Nick

Michel, l'ingénieur de l'équipe, passa à côté d'eux. Mis au courant de l'épisode du chat noir, il leur demanda ce qu'ils avaient fait.

- On l'a chassé, exposa David. On n'allait pas attendre tout l'après-midi que sa Seigneurie Grosso Minetto se décide à aller faire sa sieste ailleurs pour récupérer la voiture !

- Malheureux, reprocha Michel ! Il fallait attendre qu'il veuille bien partir.

- Je te répète qu'on n'avait pas le temps.

- j'ai connu des histoires terrifiantes à ce sujet, reprit Michel. Un champion italien des années cinquante vit un soir un chat noir traverser la route devant lui alors qu'il regagnait son domicile au volant d'une voiture de tourisme. Il est mort le week-end suivant. Sa monoplace est sortie de la piste et a pris feu.

- Tu plaisantes ou tu y crois vraiment ? demanda Nick.

- j'y crois et je ne plaisante pas. Il faut vraiment se méfier de tout ça, confirma Michel. Un week-end qui commence avec un chat noir, c'est un mauvais week-end.

Il prit un air renfrogné et inquiet qui surprit ses interlocuteurs.

- Au Dakar, j'ai fait une année l'assistance de Mark Slice, le fils du politicien américain candidat à la Maison Blanche, poursuivit-il. Il a chassé un chat noir de son capot le jour du départ, place de la Concorde à Paris. Résultat, il s'est perdu trois jours dans le désert de Lybie. On les a retrouvés déshydratés, lui et son équipier, inconscients et à deux doigts de la mort... Leur peau était atrocement brûlée. Ils sont restés à l'hôpital plusieurs semaines.

- Rien ne prouve que tous ces malheurs aient été la conséquence de l'intervention d'un chat noir, rétorqua David. Malheureusement, des pilotes se sont tués sans qu'on ait aperçu un chat noir à proximité.

- Tu peux toujours jouer les esprits forts, ricana Michel. N'empêche que tous les pilotes craignent ces animaux. Ils savent que le Diable vient roder autour d'eux quand ils les voient. En sachant ça, je vais être d'autant plus vigilent sur la voiture et le travail des mécanos.

Michel s'éloigna, laissant les deux adolescents un peu surpris et désemparés.

- Il plaisante peut-être pour nous faire peur, suggéra Nick. C'est impensable qu'un ingénieur comme lui croie au surnaturel.

- Non, je ne crois pas qu'il blague, répondit David. Il y croit, mais il peut se tromper. J'espère en tout cas, ajouta-t-il. L'angoisse le saisissait à la gorge.

Le jeudi soir, la réception organisée sous le chapiteau par l'équipe Vivia fit oublier les mauvais présages, au moins provisoirement.

De nombreux pilotes répondirent favorablement à l'invitation lancée par le Team Vivia. Didier Caradec, Jean-Luc Pailler, Hervé Knapick, Stéphane Dréan, le Belge Fernand Lannoye, Raymond Touroul, engagé sur une Porsche silhouette conditionnée pour le Rallye-Raid, Jo et Philippe Busnel, Pierre-Yves Prié (qui retrouvait le volant d'une Ford Sierra Cosworth quatre roues motrices pour l'occasion), Yannick Glet (pilote Vivia à Lohéac il est vrai), Philippe Paviot (qui reprenait le volant d'un 4 X 4 après quelques années d'interruption), Christian Lefeuvre, Dominique Pigeon, Sylvain Poulard, Dominique Gourden, Michel Danjou, Dédé Segolen, Yvan Hamon, pour ne citer qu'eux, vinrent tous passer un moment à l'espace réceptif Vivia et trinquèrent avec Freddy et Éric.

Sur la piste, ce serait la guerre à partir des essais du

lendemain. Mais avant et après la course, le milieu du Rallycross restait soudé et amical.

Certains avaient amené des cadeaux qui complétaient les toasts, les pizzas miniatures, les salades, les plateaux de charcuterie, les assiettes de viande froide et les petits fours préparés par le cuisinier de l'équipe. Ainsi, Denis Vaillant arriva avec une vingtaine de plateaux d'huîtres. Le PDG de la société Hervieux à Malestroit, entreprise leader dans le secteur de la couverture, de l'étanchéité et du bardage était un passionné de Rallycross. Il sponsorisait plusieurs pilotes et avait monté une structure qui faisait courir le très rapide Stéphane Dréan. Ici, son poulain serait associé à Didier Caradec. Les deux pilotes se partageraient le volant d'une Porsche 911 quatre roues motrices engagée dans la même catégorie que la Vivia GT de Freddy et Éric. C'était d'ailleurs l'autre équipage favori de la course. Denis Vaillant, également connu dans les paddocks comme la plus belle Moustache de l'Ouest, manageait Stéphane et Didier. Denis Toumelin, spécialiste des mécaniques Porsche, leur prêtait main forte sur les circuits ; il vint aussi à la soirée.

Jean-Claude et Marie-Claude Joyeux, qui exploitaient à ce moment-là des poissonneries à Allaire, à Malansac et dans les environs, avaient amené des plateaux de crevettes, de langoustines et des terrines de poissons. Jean-Claude était un ancien pilote. Il courait encore de temps en temps et prévoyait de disputer prochainement le Rallye de Côtes d'Ivoire comme navigateur de Didier Caradec. Jean-Claude se surnommait lui-même « J.C. Happy ». Sa joie de vivre et son enthousiasme communicatifs créaient des souvenirs inoubliables à tous les pilotes qui le connaissaient. D'autant que la gentillesse, la générosité et le sens de l'accueil de Jean-Claude et de son épouse Marie-Claude ne s'arrêtaient pas au sport automobile. A Allaire où ils habitaient, la maison était toujours ouverte aux amis.

Isa, Marine et leurs parents ne firent qu'un brève apparition à cause du service du soir à la ferme auberge. Armand vint avec des amis. Ils restèrent plus longtemps et bénéficièrent de l'opportunité de discuter quelques minutes avec Freddy, ainsi qu'avec le comédien Patrice Caron et le skipper André Lebreton. Tous se prêtèrent de bon cœur à la traditionnelle séance de signature d'autographes. Nul doute qu'à la rentrée, David serait une vedette au lycée.

Beaucoup de copains du milieu des sports mécaniques vinrent à l'espace réceptif Vivia. Le président de l'Écurie Bretagne, Patrick Germain, le président fondateur, Pierre Tollemer, son fils Philippe, Pierre Desilles qui s'illustra longtemps au volant d'Alpine Renault et d'autres montures, les frères Hervé et Michel Mouraud, grands supporters du team Vivia, Jocelyne Guillemois accompagnée de Marcel et Renée Louvel ainsi que de Jean-Bernard, un ancien pilote de moto en circuit, tous les quatre amis et supporters de la première heure d'Éric, Bruno Le Bedel, pièce maîtresse de l'organisation du Rallye du Pays vannetais, Jean-François Godin, qui parcourait les routes d'Europe pour assister à des courses dans toutes les disciplines, Dédé Garel qui, caméra au poing, enregistrait des images que tout le monde serait heureux de visionner par la suite, Jean-Claude Lorendel, le garagiste de Maison Blanche à côté de Rennes, Gilbert Huet, ancien pilote de Rallye 3, son copain Gilles Mosconi ancien pilote d'Alpine et de R 12 Gordini, Patrick David, qui avait brillé sur sa Rallye 2 en courses de côtes, Robert Manach, longtemps navigateur de l'excellent Christian Rio en rallye, Jacques Le Tertre et Philippe Nauleau, qu'Éric avait côtoyés sur les épreuves de l'Ouest, Bernard Tanguy et son fils Jérôme, Thierry Grimaud et Daniel Lecomte, des proches de Didier Caradec et du couple Joyeux, le sympathique Bernard Hainry, qui s'occupait des pilotes de Citroën Ouest, Gérard et Maïté Poussin, les animateurs de l'École de pilotage, Guénaël Le Saux, le Lanestérien qui montait quantité de kits de voitures miniatures pour les pilotes, Marie et Bertrand Paviot, et bien d'autres encore.

Les journalistes profitaient de ce moment privilégié pour poser aux pilotes les questions qui leur brûlaient les lèvres.

Le Champagne, la sangria, le Ricard, le Martini, le Whisky, le Muscadet et le Gamay coulèrent à flot durant cette réception sponsorisée par la biscuiterie Ker Etel. Plus que l'eau minérale et les jus de fruits. Stéphane Paulin, le PDG de la société Ker Etel et son épouse Marianne avaient bien fait les choses. Chaque invité repartit avec un petit sac en papiers contenant une boite de galettes Ker Etel, une invitation à visiter l'usine, prémices du tourisme industriel, ainsi qu'un dépliant sur les produits Ker Etel et l'entreprise qui les fabriquait.

- Cette soirée aura au moins permis à nos extras de se roder en prévision de notre réception de dimanche midi, plaisanta Stéphane Paulin en prenant congé. J'espère que les invités achèteront du Ker Etel dans l'avenir, conclut-il avec un sourire entendu.

- Sans aucun doute, répliqua Éric. J'espère que tu te rends compte de l'affaire que tu fais avec nous.

Dimanche, tes invités n'en reviendront pas de pouvoir approcher les voitures et les pilotes. Tu verras, à la fin de la journée, ils ne diront pas la Vivia gagne une manche, ils diront, on gagne une manche. Donc, identification parfaite des clients à tes produits, à ton entreprise, à la victoire et à l'image forte du sport !

Stéphane Paulin appréciait cette fête comme une contrainte. S'il l'acceptait en faisant contre mauvaise fortune bon cœur, c'était parce qu'Éric la lui avait habilement imposée comme une contrepartie de l'opération de communication qu'il ferait avec ses clients sur le circuit. Le PDG savait très bien que l'avocat disait la vérité. Les clients n'apprécient rien tant que d'être traités en VIP et d'approcher des pilotes connus sur un circuit, surtout quand l'un d'eux est marié à une star du show business…

- Dommage que Denis et son père ne soient pas là, regretta David lorsqu'ils revinrent au motor-home vers minuit. Ils auraient apprécié.

Denis Grenier était un grand ami de David et de Nick, le troisième mousquetaire de la bande. Son père, Philippe Grenier, courait en courses de côtes sur une Vivia GT groupe F et Denis était bien décidé à l'imiter dans quelques années.

- On a proposé un volant à Philippe sur la deux roues motrices, expliqua Éric. Ça aurait été sympa. La date ne lui convenait pas. Il avait déjà prévu un raid 4 X 4 avec Denis dans les Alpes italiennes.

Cette soirée représentait le dernier moment de détente du week-end. L'espion repéré par Mikaël Pailler ne s'était pas montré. En tous cas, personne ne l'avait remarqué. Pendant quelques heures, tout le monde avait oublié les meurtres de Maure de Bretagne.

Les choses sérieuses commençaient le lendemain matin, vendredi, par une séance d'essais libres pour les pilotes, qui effectueraient le plus de tours possibles pour régler au mieux leurs voitures.

Chapitre 7

David avait programmé le réveil à six heures cinquante cinq le vendredi matin.

« La première fois qu'on s'aimera
Tu te rappelles
Celui de nous deux qui rira
Perdra son ciel
Au fond de la nuit la plus longue
Pour effacer le temps perdu
On s'aimera comme si l'amour n'existait plus
- La première fois qu'on s'aimera
Tu t'en souviens
C'est une promesse qu'on ne tient pas
Qu'on fait pour rien
Dans un voyage entre deux mondes
Presqu'en état d'apesanteur
On s'aimera comme si l'amour nous faisait peur, »

chantaient en duo Sylvie Vartan et Michel Sardou.

Un texte dont la poésie laisserait bientôt place à la brutalité sans pitié de l'actualité.

« Beau temps aujourd'hui sur toute la Bretagne, annonça Benoît Verniot. Températures en hausse avec des maximales de l'ordre de trente cinq degrés à l'intérieur des terres cet après-midi. Quelques coups de tonnerre la nuit prochaine sur les Côtes d'Armor et

l'Ille et Vilaine. Rassurez-vous si vous êtes en vacances. Après cet épisode orageux, le soleil reviendra demain aux environs de la mi-journée. »

« Orage et tempête aussi dans les milieux judiciaires, enchaîna Karl Danno, le présentateur du journal. Un nouveau cadavre a été découvert tôt ce matin à Saint-Malo sur le parking du port de plaisance des Bas Sablons. Sur place, notre envoyé spécial Erwan Floch. »

« Panique et consternation à Saint-Malo en effet, approuva le reporter. Ici personne ne comprend ce qui se passe. Et le pire, c'est que les enquêteurs n'ont aucune piste.

Il était quatre heures trente ce matin lorsqu'une patrouille de police qui effectuait une ronde de routine à bord d'une Renault Nevada est passée sur le parking des Bas Sablons avant de retourner au commissariat. L'attention des policiers a été attirée par une Fiat Uno grise immatriculée en trente cinq dont les veilleuses étaient restées allumées. Ils ne voyaient personne au volant. Intrigués, ils se sont approchés. Le premier inspecteur descendu de la Nevada a découvert un spectacle abominable. Allongé sur la banquette arrière, le cadavre d'un jeune homme décapité dont les empruntes digitales ont été brûlées. L'homme était entièrement nu. Il était blessé au genou et à la main gauche. Des écorchures sans grande gravité qui n'ont sans doute aucun rapport avec sa mort mais pourraient aider à l'identifier.

La Fiat Uno a été volée dans le garage d'une villa dont les propriétaires sont en vacances dans le midi. La police a déjà procédé à des vérifications.

Ce meurtre rappelle étrangement ceux de la femme

trouvée sur le parking de la Découverte mardi matin et de l'homme découvert dans le coffre de la BMW à la pointe du Grouin mardi soir. Chaque fois une victime décapitée dont les empruntes digitales ne peuvent pas être relevées. Le criminel joue avec la police. Le criminel, ou les criminels, car le nombre de meurtres et de vols de voitures laisse penser que plusieurs personnes pourraient avoir participé aux faits. Quel est le lien entre les victimes ? Comprendre cet élément clé de l'affaire aiderait les enquêteurs à arrêter la vague de meurtres qui terrorise désormais la Côte d'Émeraude. ''Nous démontons l'auvent, nous accrochons la caravane derrière la 405 et nous partons dès ce matin, nous confiait tout à l'heure une vacancière qui campe en famille à Alet. J'ai une fille de seize ans et un fils de quinze ans. Je ne peux pas les attacher à la caravane nuit et jour. J'ai peur. Nous allons finir les vacances du côté de Blois, à la campagne. Au moins là-bas, j'espère qu'il n'y a pas de criminels.''

Combien seront-ils à suivre le même raisonnement dans les prochaines heures ? Une question sensible chez les commerçants comme nous l'évoquions déjà avant-hier. »

C'était Erwan Floch, de Saint-Malo pour France Bleu Armorique. »

- Ce sont des criminels et pas un homme seul, commenta David. Et le dernier meurtre ne sert qu'à masquer les autres. Les meurtriers essaient d'embrouiller les flics et de les embarquer sur une fausse piste.

- Pourquoi pas un serial killer ? s'étonna Nick.

Grand lecteur de romans policiers et de textes se rapportant à la criminologie, David exposa sa thèse.

- Le vrai serial killer s'attaque à un type déterminé

de victimes. Par exemple des femmes qui ressemblent à une fille qui l'a quitté. Donc, toutes les victimes présentent des points communs, l'âge, la couleur de cheveux, l'origine sociale… Or ici, nos tueurs ont buté trois hommes et seulement une femme. Ils tuent en même temps ou presque le chauffeur routier, la femme découverte décapitée, l'homme abandonné dans un coffre de voiture. C'est ce que révèlent les autopsies. Ils se débarrassent de deux corps dans la région de Saint-Malo pour troubler l'enquête. En plus, le serial killer tue, mutile et abandonne sa proie selon un rite précis. Or les tueurs d'Ille et Vilaine n'ont jamais respecté ce principe. Ils ont seulement voulu retarder l'identification des cadavres. Les mutilations des corps et les conditions dans lesquelles ils ont été abandonnés ne sont pas identiques.

- On serait tout près du cœur de l'affaire, alors, frissonna Nick. Les premiers crimes ont eu lieu à six kilomètres et les meurtriers rodent encore dans les parages Mais le cadavre de ce matin ?

- Tout est parti de Maure, du chauffeur abattu et de son camion brûlé, reprit David. Le dernier mort ne sert aux criminels qu'à donner le change aux flics. Il n'a rien à voir avec les premiers. Ils l'ont tué au hasard pour orienter les flics sur Saint-Malo et les éloigner d'ici. Je ne sais pas s'ils sont encore à Maure, mais en tous cas, ils ne veulent pas que les enquêteurs y cherchent des indices.

- Terrifiant, absolument abominable, dit Nick.

- Tu peux le dire. Ces tueurs sont des gens terriblement dangereux et féroces qui ne reculent devant rien. Tuer de sang froid un type qui ne leur a rien fait, c'est un truc de sauvages.

Mis au courant, Éric partagea cette analyse. Avec cependant une inquiétude qu'il préféra garder pour lui.

- Et si les auteurs du dernier meurtre n'avaient rien à voir avec le règlement de comptes de la nuit de lundi à mardi ? Et s'il s'agissait d'autres criminels qui prolongeaient la série dans le but de préparer un autre crime impunément ?

Éric n'arrivait pas à chasser complètement cette idée depuis leur arrivée à Lohéac. Avec toujours la même arrière-pensée qu'il avait confiée à Freddy la veille au soir en rentrant au motor-home : un sale coup de l'ignoble Soizick Pierret et de Jean Python, le gangster en fuite qui avait été son amant à Caen.

Le paddock s'anima de bonne heure le vendredi matin. L'excitation de la course gagnait les pilotes, les mécaniciens, les accompagnateurs, les journalistes, ainsi que les spectateurs les plus matinaux.

Dès huit heures, les moteurs commencèrent à hurler. Les ingénieurs et les mécaniciens procédaient aux réglages des injections et des turbos. Freddy paraissait très détendu.

Dans leur livrée bleu métallisé, les Vivia GT avaient belle allure. Les passages d'ailes peints en orange soulignaient l'agressivité de leur design. Deux sponsors principaux ornaient les carrosseries. Sur le toit, un chronomètre gris et orange, sigle de Time O'Clock, la marque de montres, chronomètres et réveils, et sur le capot avant, une carte de la Rivière d'Étel (qui est en fait un bras de mer sur l'Océan Atlantique) avec, à la place de la ville d'Étel, un dessin agrandi d'une boîte de galettes Ker Étel.

La Porsche du Team Hervieux attirait les regards elle-aussi. Elle était décorée selon la charte graphique de la société Hervieux. Le sigle Écurie Hervieux apparaissait en lettres rouges sur la carrosserie blanche. Il était inscrit sur le capot avant et sur le toit, juste au-dessus des portières. Un sponsor additionnel, fournisseur de la S.A. Hervieux, occupait le centre du toit et l'aileron arrière.

- Elles sont belles, nos voitures, plaisanta Éric en voyant Denis Vaillant, à la fois président de la S.A. Hervieux et manager de l'Écurie Hervieux, examiner avec soin les stickers apposés sur la 911.

- Oui, approuva Denis. On y pensait depuis quelques mois, on avait exposé une maquette de Porsche à nos couleurs au Rallycross de Savenay. Et bien, on l'a en vrai pour les 24 Heures de Lohéac.

Freddy paraissait très détendu. Cette épreuve constituait un loisir pour lui. La Vivia GT quatre roues motrices se pilotait comme un jouet. Rien à voir avec le domptage des huit cents chevaux de sa Formule 1.

Éric présentait un visage plus contracté. Il ressentait l'enjeu de la course. Il se réjouissait énormément du privilège de courir avec Freddy, mais cette situation lui créait des obligations. Il n'avait pas le droit à l'erreur. Piloter la même voiture qu'un champion du monde constitue un sacré challenge. Il ne voulait pas « prendre une valise », comme disent les pilotes dans le jargon propre à leur sport lorsqu'il s'agit d'exprimer un écart vexant avec un autre conducteur. Pas question non plus de sur-piloter au risque de sortir de la piste ou de casser un organe mécanique. Il fallait se concentrer, attaquer tout en gardant une petite marge et en ménageant la voiture. Il s'agissait d'une séance d'essais libres. Les pilotes voulaient bien sûr tester les limites de leurs machines. En essais libres, ils s'attachent aussi à un second objectif, qui consiste à régler au mieux leurs machines. Cela suppose d'effectuer des tours de piste à allure modérée dans le souci d'analyser le comportement de la voiture et de chercher les réglages qui l'amélioreront. Ce travail technique impose un pilotage raisonnable, car si le pilote conduit à la limite, il compense les défauts du châssis et ne peut pas trouver la direction à adopter pour optimiser son comportement.

Ce fut Éric qui roula le premier pour l'équipe. Les voitures partaient toutes les trente secondes lors de ces essais. Ne roulant pas en peloton, les pilotes limitaient les risques de contacts sur la piste. Freddy, David et Nick montèrent sur le toit du motor-home, aménagé en terrasse pour l'occasion. De cet espace, ils pouvaient suivre la progression de la Vivia sans être gênés par les talus ni les grillages installés le long de la piste conformément aux normes de protection des spectateurs.

Le pilote breton fit une première série de six tours. Il analysa le comportement de la voiture durant les quatre premiers, puis attaqua franchement sur les deux derniers. Il établit le meilleur temps provisoire de la séance d'essais, ce qui le mit en confiance, talonné toutefois par Didier Caradec qui ne concédait que dix huit centièmes de seconde.

Daniéla arriva peu après au volant d'un coupé Vivia mis à sa disposition par la concession de Rennes. Elle portait un ensemble en jean un peu ample. Elle avait dissimulé ses longs cheveux blonds dorés sous un foulard de soie blanche et mis de grandes lunettes de soleil. Daniéla ne correspondait pas aux critères traditionnels des mannequins contemporains. Un mètre soixante quinze, mince mais pas maigre, des seins épanouis, la peau mate, elle était extrêmement séduisante. Ses yeux verts très expressifs reflétaient une personnalité affirmée. A Lohéac, elle ne cherchait pas à se faire remarquer ni à attirer la foule, au contraire. Elle avait revêtu une tenue discrète dans le souci de ne pas être reconnue. Elle espérait passer inaperçue, sans toutefois se faire trop d'illusions.

A la fin de la matinée, Freddy reprit le volant. Il s'agissait maintenant de tester si les améliorations apportées à la voiture se traduisaient par un gain de performances significatif.

Daniéla souhaita faire le tour du circuit à pied. Éric, David et Nick l'accompagnèrent. Il n'était pas question de laisser la comédienne seule au milieu du public. En outre, Éric voulait visualiser du bord de la piste les zones de freinage et d'accélération de son équipier.

Freddy offrit un festival de pilotage. La Vivia volait d'un virage à l'autre. Elle glissait des quatre roues, sans jamais s'écarter de la trajectoire idéale ni se freiner dans des angles de dérapage exagérés.

- Freddy va très fort sur sol glissant, constata David.

- Pourtant la terre battue et l'asphalte recouvert de poussière doivent le changer des circuits de Formule 1, observa Nick.

- N'oubliez pas qu'il se met toujours en évidence lorsqu'il pleut et que l'adhérence est précaire, commenta Éric. C'est l'apanage des vrais grands d'aller vite dans toutes les conditions. Freddy fait partie de la lignée des plus grands, Clark, Stewart, Pironi, Senna.

Daniéla sourit.

- C'est drôle, confia-t-elle. J'éprouve des sentiments partagés quand il court. D'un côté, je suis fière de lui, tout en ayant du mal à réaliser que l'homme qui est dans sa monoplace est mon mari. D'un autre côté, j'ai peur, surtout au départ. Là, je réalise bien que c'est mon mari et le père de mes enfants qui est dans la voiture. Je ne le lui dis jamais. La course, c'est sa vie ; je ne veux pas lui créer de pression supplémentaire.

- Ici, il n'y a pas de danger, la rassura Éric.

- Je sais bien que ce n'est pas comme la F 1. Je vais rarement sur les Grands Prix depuis l'accident de Didier Pironi. A Monaco, j'ai fait une exception l'année dernière. C'était juste à la fin du Festival de Cannes et je me suis dit que comme c'était un circuit en ville, pas très rapide, j'aurais moins peur qu'à Spa, à Hockenheim ou à Silverstone. J'ai commis la bêtise d'aller au bord de la piste à la sortie du tunnel. Le bruit et la vitesse étaient si effrayants qu'au passage du premier bolide, j'ai sauté en arrière et que je me suis retrouvée par-terre. Je n'ai pas supporté de rester à cet endroit. J'ai préféré revenir au stand.

- La vitesse des GT n'a rien à voir avec celle d'une Formule 1, insista Éric.

- Le speaker a quand même annoncé que tu avais été pris en vitesse instantanée à deux cent sept kilomètres heure au bout de la ligne droite, objecta Daniéla. Tout à l'heure, quand la voiture sera au point, vous irez sans doute trois ou quatre kilomètres heure plus vite. Si un accrochage se produit à cette vitesse, ça peut devenir grave.

- C'est exceptionnel sur une piste de Rallycross, rétorqua Éric.

- Je sais. Je me sens quand même nerveuse. Je vais faire des efforts pour me détendre et profiter du week-end. Ne parle pas de ça à Freddy, ni à Ghislaine quand elle arrivera.

- Bien sûr que non, répondit Éric. Ghislaine anime un atelier d'écriture cette semaine. Elle arrivera tôt demain matin, comme prévu. Elle aussi a peur à chaque épreuve. Pourtant, elle n'a pas fini de trembler. La course est un atavisme dans la famille. Dans les années à venir, David va courir, Arnaud en parle déjà du haut de ses huit ans, et Fab, à trois ans, ne joue qu'aux petites voitures en faisant vroum vroum. Nul doute qu'il nous imitera.

- Pauvre Ghislaine, soupira Daniéla à qui son amie avait déjà confié ses inquiétudes quant à la passion dévorante de la course qui touchait tous les membres mâles de la famille. Moi, j'espère que Pascal et Aurélien préféreront le spectacle à la compétition automobile s'ils suivent la voie d'un de leurs parents.

- Imagine qu'ils préfèrent la voile et se lancent dans un tour du monde en solitaire, plaisanta David. Tu aurais encore plus peur ! A tout prendre, il vaut mieux les orienter vers l'automobile pour que ça n'arrive pas.

- Ou qu'ils se lancent dans la boxe, voire le kick boxing, surenchérit Nick en éclatant de rire.

- Mettez leur des idées comme ça dans la tête, s'indigna Daniéla. Je ne vous dirai rien.

- En attendant, tu seras plus détendue quand Ghislaine arrivera dit Éric d'un ton rassurant. Vous pourrez papoter toutes les deux. Ne t'inquiète pas, ajouta-t-il ensuite, l'air railleur. Tes fils ont encore le temps de choisir entre la voltige aérienne, le tour du monde en ballon, la cascade cinématographique, la boxe thaï, ou tout bêtement une carrière dans la brigade anti-gang. Tu as l'habitude des émotions fortes sur les circuits. Tu vas t'ennuyer une fois que Freddy aura pris sa retraite sportive si Pascal et Aurélien ne relèvent pas un challenge aussi fort.

- Pas vraiment, non, protesta Daniéla. Je suis sûre que non.

Elle n'eut pas le temps de préciser sa pensée. Des spectateurs venaient vers elle. Ils l'avaient reconnue et lui demandèrent des autographes. Elle s'exécuta gentiment, bien qu'elle eût préféré suivre tranquillement le pilotage de son mari.

- Rançon du vedettariat, souligna David. Il faut que tu te déguises si tu ne veux pas être reconnue.

- Parfois, j'aimerais bien qu'on me laisse un peu tranquille avoua la comédienne. Toutefois, tant que les gens sont gentils, on ne doit pas les décevoir. C'est parce qu'ils vont voir nos films et qu'ils achètent nos supports enregistrés qu'on gagne notre vie et même un peu plus d'argent que les autres. Avant, je me résignais au caractère envahissant des fans. Maintenant, j'avoue que c'est plus dur. Depuis que je reçois des menaces, j'ai franchement peur. Je respecte toujours autant mon public, et je lui suis reconnaissante de m'aimer. Par contre, l'angoisse m'envahit dès qu'un inconnu s'avance vers moi. Je me demande si c'est un admirateur sympa, ou si c'est le malade qui me menace depuis des mois. J'ai toujours peur de voir quelqu'un brandir une arme blanche ou un revolver.

- On va revenir au motor-home, suggéra Éric. De toute façon, Freddy ne va pas tarder à s'arrêter.

Ils firent demi-tour, et se retrouvèrent face à un groupe à l'allure peu engageante. Daniéla esquissa un mouvement de recul. Aussitôt, David se plaça devant elle, imité une fraction de seconde plus tard par Nick. Les deux garçons crurent percevoir une menace dans l'allure des hommes qu'ils allaient croiser.

Éric salua machinalement un d'entre eux. L'autre lui

rendit son salut en baissant la tête, l'air gêné. Il s'agissait d'un individu de taille moyenne, dont le crane rasé, les tatouages et la tenue débraillée faisaient penser à un biker.

Les deux groupes se croisèrent. David se retourna et remarqua que l'homme qu'avait salué Éric faisait de même. Le regard très dur, pour ne pas dire cruel de l'individu le marqua.

- Drôle de type, murmura-t-il à Nick.

- On n'aimerait pas le croiser avec ses copains le soir dans un parking sous-terrain, approuva son ami.

- Tu as de drôles de fréquentations, fit observer David en s'adressant à Éric. Ce type a l'air d'une brute. Ne me dis pas que c'est un copain ou un client. Il na pas l'apparence d'un gentleman fréquentable.

- Facho, lança Nick. Je ne te croyais pas si intolérant.

- Je blague, précisa David. Je plaiderai sûrement plus tard pour des malfaiteurs qui n'ont pas des têtes de gentlemen. Et je pense sincèrement que tout le monde a le droit d'être défendu quoiqu'il ait fait, sinon je m'orienterais vers un autre métier. Plus sérieusement, qui est-ce ? Quand on l'a vu en face de nous, on s'est demandé si ce n'était pas le mec qui envoie des lettres anonymes à Daniéla.

- Sérieux, intervint Nick en abondant dans son sens. C'est pour ça qu'on a presque bousculé Daniéla pour se mettre devant elle.

- Je ne sais pas qui c'est, répondit Éric en haussant les épaules.

- Tu lui as dit bonjour pourtant, dit David.

- Oui, c'est vrai, mais je ne le reconnais pas. Je suis sûr de l'avoir déjà rencontré. Quoiqu'il en soit, je ne parviens pas à mettre un nom sur son visage.

- Un petit malfrat que tu aurais défendu ? insista David. Il n'a pas l'air net.

- Ça m'intrigue aussi de ne pas trouver, regretta Éric. Rien à faire, je ne le remets pas. Sans doute un mec qui aime la course et qui traîne sur les circuits. L'habit ne fait pas le moine. Il est probablement très gentil malgré son look de loubard. Il existe des enfoirés qui ont l'air BCBG. Regarde cette morue de Soizic Pierret ! Ne te fais pas un roman. Si ce type était important, je m'en souviendrais.

- C'est triste la maladie d'Alzheimer à ton âge, soupira David en levant les yeux au ciel avant de faire un bon sur le côté pour éviter la claque de représailles que simula Éric.

Soudain, la dispute amicale d'Éric et David fut interrompue par une bordée d'injures.

- On te crèvera, salope, hurla un jeune skin qui tenait un pit-bull en laisse. Le chien grognait de manière menaçante.

Deux autres garçons et une fille accompagnaient le maître du molosse. Ils se mirent à encourager leur copain.

- Dresse la cette pouf, gueulait la fille.

- File lui une baigne, encouragea un de ses copains.

- Baise la, ricana l'autre.

Ils semblaient ivres, et probablement drogués.

Le chien tirait sur sa laisse et grognait de plus belle.

Éric glissa à David de gagner du temps et entraîna Daniéla. Le jeune homme parla au pit-bull. Il tenta de l'amadouer. Il jouissait de la faculté de sympathiser avec presque tous les chiens. Il n'était pas rare que des animaux reconnus comme agressifs viennent se coucher à ses pieds ou quémander des caresses.

Il s'accroupit.

- Beau le chien, doucement, oui, gentil le chien. Il avança la main vers l'animal, sans trembler. Il jouait un jeu dangereux. Que ferait la bête si son maître la lâchait ou l'excitait ? Il n'avait pourtant pas peur.

Nick, qui connaissait la facilité de son ami à neutraliser l'agressivité des chiens, tenta d'engager la conversation.

- Allez, cool, on ne vous a rien fait. On ne veut pas d'embrouilles.

A la grande surprise du skin, son chien se tut et émit un jappement amical. Il tira encore sur sa laisse, mais sans agressivité. Il voulait seulement rejoindre David et jouer avec lui.

- Toi, t'es fort, reconnut le maître du chien. D'habitude, Killer veut bouffer tout le monde. Bon, ça va, on se casse.

- Vous voyez qu'on ne vous veut pas de mal, dit Nick. Salut. Filez avant d'avoir des ennuis.

Les deux garçon partirent vers le motor-home. Les skins s'éloignèrent. Il était temps. Éric revenait avec des mécaniciens de l'équipe Vivia. Armés de barres de fer, les mécanos étaient fermement décidés à dégager les jeunes gens de leur fâcheuse posture.

Daniéla pleurait lorsqu'ils entrèrent sous l'auvent du motor-home. Elle les remercia chaleureusement et promit de ne plus sortir de l'espace Vivia où elle serait en sûreté.

Chapitre 8

A midi, Éric, Freddy, Daniéla, David et Nick étaient assis sous l'auvent du motor-home autour d'une bouteille de Perrier. Le filleul d'Éric posa son radio réveil sur la table et actionna la fonction la radio. Le journaliste qui présentait le flash appela tout de suite Erwan Floch à Saint-Malo.

« Du nouveau au sujet du jeune homme trouvé ce matin sur le parking des Bas Sablons.

Contrairement aux deux autres cadavres découverts ces derniers jours dans des voitures volées, le corps de la victime a été identifié. Il s'agit de Benjamin Lancelin. Benjamin allait fêter ses vingt ans au mois de septembre prochain. Il devait entrer en troisième année à la fac de sciences de Rennes. Beaucoup de Malouins connaissent la famille Lancelin. La mère de Benjamin enseigne les mathématiques au lycée Jacques Cartier depuis une quinzaine d'années. Son père était professeur de sciences naturelles au collège Charcot. Il est décédé l'an dernier d'un malaise cardiaque. Laurent, le frère aîné de Benjamin a vingt six ans. Il est aussi enseignant, au lycée Maupertuis. Benjamin espérait perpétuer la tradition familiale et projetait de devenir professeur de physique et de chimie.

Lorsqu'il n'était pas à Rennes, il habitait avec sa

mère, rue de la Pie à Saint-Malo. Comme beaucoup d'étudiants, Benjamin travaillait l'été. Il était plongeur dans un restaurant de l'Intra-Muros. C'est probablement ce qui a causé indirectement sa mort, car ce job l'a conduit à se trouver tard dans les rues de la ville hier soir.

A minuit trente, Benjamin a dit au-revoir à son patron. Il avait quelques minutes auparavant refusé de suivre des collègues qui lui proposaient d'aller boire un verre à l'Escalier, une boite de nuit de la ville. Il devait rentrer chez lui à vélo. Il n'y est jamais arrivé.

Inquiète de ne pas le voir à huit heures ce matin, sa mère, qui avait entendu l'annonce d'un nouveau meurtre à la radio, s'est affolée. Elle a appelé son fils aîné, Laurent, qui s'est tout de suite rendu à l'Hôtel de police. Conduit auprès de la dépouille de la victime, Laurent a identifié son frère sans laisser planer l'ombre d'un doute.

Il a expliqué l'origine des blessures au genou et à la main de Benjamin Il était tombé lourdement lundi dernier en faisant du tennis avec son frère. Laurent Lancelin a aussi trouvé une vieille cicatrice à l'annulaire que Benjamin s'était faite avec un cutter en découpant les décalcomanies d'une maquette lorsqu'il était enfant.

Laurent Lancelin et sa mère ont été hospitalisés en état de choc. La compagne de Laurent a accepté de nous parler.

''Celui qui a fait ça est monstre. J'espère que la police va le trouver et l'arrêter avant qu'il nuise encore. Pas dans huit jours, pas demain, aujourd'hui maintenant, avant qu'il fasse encore du mal à une famille. Benjamin était un garçon sans histoires. Il était très proche de nous. Je suis sûre qu'il n'a rien à voir avec les histoires

de gangsters dont on parle depuis quelques jours. C'était simplement un gentil gamin qui voulait devenir prof comme ses parents et Laurent. Sa copine est en vacances en Espagne avec ses parents en ce moment. Comment on va lui apprendre ça ? Mon compagnon a déjà perdu son père l'année dernière. Maintenant son frère. Et sa mère, c'est terrible pour elle ! C'est trop. C'est injuste. Celui qui a fait ça, je ne sais pas ce que je lui fais si je le trouve… Je suis enceinte de six mois. Benjamin devait être le parrain de notre bébé. Il s'en faisait une joie. Pourquoi un salaud vient-il nous prendre notre bonheur ? Je suis professeur comme mon mari et ma belle-mère. On ne cherche d'ennuis à personne. On voulait juste vivre tout simplement, sans hostoires. Pourquoi on nous a fait ça ?"

Tout le monde comprend la colère et l'émotion de la belle-sœur de la victime. Ici, personne ne trouve d'explication à ce qui a pu se passer. Benjamin Lancelin n'était pas connu des services de police. Estimé dans son quartier, apprécié par son patron et ses collègues dans le restaurant où il travaillait cet été, personne ne l'imagine mêlé à une sale affaire. Au plan privé, il fréquentait une jeune fille, étudiante elle-aussi, qui est en Espagne ces jours-ci. Les choses semblaient sérieuses entre eux. Leurs amis ne leur connaissaient pas d'autres liaisons d'après ce que nous a confié un copain de Benjamin qui travaille au même restaurant que lui. Rien de nature à expliquer un meurtre dans la vie de ce jeune homme tranquille.

A moins que Benjamin, à son insu, n'ait été témoin de quelque chose qu'il ne fallait pas voir et qu'il l'ait payé de sa vie ?

Si vous avez remarqué quelque chose d'inhabituel la nuit dernière, même un détail insignifiant, il aidera peut-être la police. N'hésitez pas à contacter l'Hôtel de police de Saint-Malo. Je sais qu'il n'est jamais agréable de se rendre dans un commissariat. Mais pensez à la maman de Benjamin et à tous ses proches. Ils ont le droit de savoir ce qui est arrivé.

C'était Erwan Floch, de Saint-Malo pour France Bleu Armorique.

- Mais c'est horrible, gémit Daniéla. Comment peut-on faire des choses pareilles ?

Mère de famille, habituée en sa qualité de comédienne à revêtir les émotions des autres avant de les retranscrire à l'écran, Daniéla imaginait ce que pouvait éprouver la maman de Benjamin.

- C'est terrible, soupira David. Et ça confirme ma thèse de ce matin. Le pauvre gars n'y était pour rien. Les tueurs cherchaient une victime. Ils l'on vu à vélo, sans doute dans une rue discrète, une proie facile. Ils l'ont attrapé, ils l'ont tué et ils l'ont mutilé. C'est dégueulasse.

- Ce sont des bêtes fauves qu'il faut empêcher de nuire, rugit Éric. Je suis contre la peine de mort. La justice n'a pas le droit de tuer un meurtrier. Ce serait un autre meurtre qui ne vaudrait pas mieux que ce qu'il a fait. Par contre, elle a le devoir de l'arrêter et de le maintenir dans un endroit où il ne peut plus nuire à personne.

Ils restèrent tous silencieux. Chacun pensait à Benjamin, la dernière victime.

- Il aurait pu être un de nos potes, songeaient David et Nick.

- Nos enfants, nos neveux, nos proches, ne sont pas

à l'abri de tels monstres redoutaient Éric, Daniéla et Freddy.

Le déjeuner se déroula dans une ambiance morose. Ils avaient du mal à se replonger dans les joies de la course après ce qu'ils venaient d'entendre. Ils ressentaient que le drame avait trouvé son origine tout près d'eux, dans un fait divers qui s'était déroulé à six kilomètres, quatre jours plus tôt.

- Soyez tous prudents, conseilla Éric. Ne répondez à aucune provocation, faites attention à tout ce qui paraîtrait anormal, suspect…

- Tu crois que les criminels sont dans le coin ? demanda Nick.

- Je ne sais pas. Seulement, il s'est passé quelque chose de grave tout près. Des criminels font tout pour essayer de faire croire que le centre de l'affaire est sur la Côte d'Émeraude. La police a du mal à comprendre ce qui se passe, alors qu'elle dispose certainement d'éléments qui ne sont pas divulgués. Qui sait si les criminels ne préparent pas un autre sale coup ? Pour qu'ils se donnent tant de mal, c'est qu'ils ont de gros intérêts en jeu. Donc, méfiance.

A treize heures quarante cinq, les voiture furent appelées en pré-grille. La compétition reprenait ses droits.

Il faisait très chaud, ce vendredi après-midi. Si les spectateurs profitaient du soleil d'août en se contentant de revêtir shorts et tee-shirts, les pilotes souffraient sous les combinaisons ignifugées, les cagoules et les casques.

Les essais officiels avaient commencé. Chaque équipage s'attachait à montrer son potentiel et à gagner la faveur des caméras de télévision. Sur la ligne de départ, Éric observait Freddy et attendait qu'il s'arrête pour le relayer. Il transpirait abondamment. David ne le quittait pas d'une semelle, tandis que Nick exerçait ses talents de photographe à proximité.

- Peux-tu aller me chercher une bouteille d'eau ? demanda Éric.

David courut vers le motor-home, distant seulement d'une cinquantaine de mètres. Nick resta sur la ligne de départ, occupé à mitrailler les passages de Freddy au téléobjectif.

Il n'y avait personne sous l'auvent du motor-home. Tout le monde était au bord de la piste ou sur le toit. David songea un instant à monter sur cette terrasse improvisée pour proposer à Isa et Marine, qui ne travaillaient pas cet après-midi, de l'accompagner sur la grille de départ. Il renonça à cette idée, car il n'avait pas le temps de s'occuper de ses amies.

David entra dans la cuisine, prit deux bouteilles dans le frigo en pensant que Freddy aurait sans doute envie de boire lui-aussi, se retourna, et tomba nez à nez avec un inconnu. L'homme âgé d'une trentaine d'années, se mit à sourire une fois passé l'effet de surprise. David remarqua toutefois une lueur très dure dans ses yeux.

- Qu'est-ce que vous faites là ? lança-t-il d'une voix peu aimable.

L'autre, embarrassé, ne répondit pas.

- Vous n'avez rien à faire dans le motor-home, reprit David. Si vous ne sortez pas immédiatement, j'appelle la sécurité du circuit.

- Non, non, ne faites pas ça, supplia son interlocuteur. Je sais, je suis en faute, mais je voulais juste faire signer un autographe à Daniéla Merle. Je sais qu'elle est là, et je suis un de ses plus grands fans.

- Ah, bon, d'accord, je vois, soupira David, accoutumé aux débordements des admirateurs de la comédienne. Mais le motor-home est une propriété privée. Sortez s'il vous plait. Daniéla n'est pas disponible pour l'instant. Repassez ce soir ou demain matin, et faites moi prévenir. Je m'appelle David et j'essaierai de vous obtenir un autographe de Daniéla.

- Merci, merci, merci beaucoup, dit l'admirateur. Vous êtes formidable. Je vous suis extrêmement reconnaissant. Ce sera une telle joie pour moi d'avoir sa signature originale.

Il tendit la main à David. le jeune homme fit une geste montrant qu'il avait les mains prises avec les bouteilles d'eau et qu'il était pressé. Le visage de l'autre exprimait maintenant une grande gratitude.

- A plus tard, signifia David, en repoussant ferment l'intrus à l'extérieur de l'auvent.

David se mit à courir à toutes jambes vers la ligne de départ pour rejoindre au plus vite Éric, Freddy et Nick.

Il ne vit pas le sourire narquois qui s'affichait sur le visage du prétendu admirateur de la comédienne.

Les essais se poursuivaient. Le Rallycross est une discipline captivante. Beaucoup de grands pilotes s'y sont essayés. Guy Fréquelin, Bruno Saby, Jean-Pierre Jauusaud, Jean-Pierre Beltoise, Jean Ragnotti, Raymond Touroul, Max Mamers, Caty Caly, Philippe Wambergue et bien d'autres sont venus courir à Lohéac.

La proximité du site a également séduit de nombreux pilotes bretons de haut niveau comme Jean-Luc Pailler, Didier Caradec, Segolen, Hervé Knapick, Alain Sturm, sans oublier Maïté et Gérard Poussin, les animateurs de l'école de pilotage.

Le circuit accueille aussi les stars du show-business.

David Hallyday, Caroline Barclay, Pierre Cosso, Jean-Marie Bigard, Estelle Lefébure, Pierre Castaldi, son fils Benjamin et de nombreuses autres vedettes du petit écran sont venus en découdre sur cette piste.

Le Rallycross oppose les concurrents sur des manches très courtes. Cette organisation présente l'avantage de luttes acharnées et d'une succession de départs ahurissants. Les spectateurs ne s'ennuient jamais à Lohéac. « Lohéac, ça ne se raconte pas, ça se vit », annonce Patrick Germain, le président du Rallycross.

Pour l'épreuve des 24 Heures, chaque pilote disposait de deux séries de quatre tours afin de se qualifier. Le meilleur temps de l'équipage servait à déterminer la grille de départ. Durant les essais, les voitures revenaient dans le parc après chaque série de tours. Pendant la course, elles ne le regagneraient qu'à la fin de chaque manche. Le changement de pilote s'effectuerait devant des stands aménagés sur la boucle qu'empruntent généralement les concurrents pour quitter la piste après les manches.

Freddy réalisa son meilleur tour au troisième passage de sa deuxième série de tours.

- Ce sera difficile à battre, commenta David, qui se tenait toujours à côté d'Éric. Vous serez en première ligne de toute façon.

- Je ne vais même pas essayer de faire mieux dit Éric. Je vais rouler à ma main pour voir en quel temps on peut tourner sur un rythme rapide sans trop solliciter la voiture. Dans un équipage, on ne se bat pas contre son coéquipier.

- De toute façon, tu as tourné à quatre dixièmes de lui ce matin, observa David. Concéder moins d'une demi-seconde à un champion du monde, c'est plus que bien.

Éric sourit. Il était effectivement très heureux de sa performance du matin. Personne ne pourrait prétendre qu'il ne méritait pas sa place de pilote officiel chez Vivia. Surtout pas les actionnaires qui glissaient fréquemment des allusions aussi mesquines que mensongères lors des conversations tenues en marge des réunion officielles.

Éric monta dans la Vivia. Freddy l'aida à ajuster le réglage de son harnais. David se tenait à distance. Il savait qu'à cet instant, Freddy commentait le comportement de la voiture à son équipier. Il ne fallait pas les déranger.

- Elle reste légèrement sous-vireuse, expliquait Freddy . C'est parfait pour l'efficacité. N'hésite pas à la balancer pour la mettre en glisse en fin de freinage. Après, tu peux y aller franchement à l'accélération, elle est très saine et part progressivement des quatre roues.

Éric approuvait en hochant la tête. Freddy ferma la portière, lui fit un signe de la main, pouce en l'air pour l'encourager, et s'éloigna.

Il restait environ trois minutes avant le départ. Ce moment était toujours le pire dans le processus de concentration d'Éric. Il sortait de la relative décontraction des minutes précédentes, sans pouvoir encore fixer toute son attention sur la piste. Son rythme cardiaque s'accélérait. Il fut content lorsque le starter lui ordonna d'avancer sa voiture sur la ligne de départ.

Plus qu'une minute avant de faire bondir la Vivia. Maintenant, Éric se concentrait totalement sur la piste. Le starter lui indiqua les trente secondes. Éric avait les deux mains posées sur le volant. Il respirait profondément. Dix secondes. Il embraya, et enclencha la première. Le starter égraina les cinq dernières secondes avec les doigts de sa main gauche devant le pare-brise.

Éric appuya sur l'accélérateur au rythme des secondes pour faire tourner le moteur à haut régime.

La main du starter s'écarta. Au même instant, Éric enfonça l'accélérateur et lâcha l'embrayage. La Vivia se propulsa sur le circuit comme une fusée.

Éric monta les vitesses à un rythme ahurissant. A l'intérieur de l'habitacle, le bruit aurait terrifié un non-initié. Outre les hurlements du moteur en échappement libre, Éric entendait les cailloux frapper impitoyablement les passages d'ailes et le châssis. Lorsque la voiture passait dans un trou, les amortisseurs à fond de butée produisaient des claquements inquiétants. Les concurrents qui débutent sur la terre lèvent fréquemment le pied parce que ces bruits les effraient et qu'ils craignent de pulvériser la voiture. Pilote aguerri, Éric ne tombait pas dans ce piège. La Vivia était parfaitement préparée pour ce type de terrain. Il fallait rester le pied dedans, sans se laisser impressionner.

Éric ressentait une joie physique lorsque le moteur prenait des tours, que le turbo se mettait en route en donnant un coup de pied aux fesses du pilote, que la voiture s'engageait dans des longues dérives des quatre roues qu'il corrigeait en contre-braquant.

- Il est en forme, souligna David du bord de la piste.

- Il est très coulé, c'est bien, approuva Freddy qui, trempé de sueur, buvait goulûment la bouteille d'eau que lui avait tendue David lorsqu'il s'était extrait de son baquet. Il est parti pour réaliser un super temps. Il va peut-être faire mieux que moi. Ce serait génial.

Qu'Éric tourne dans un rythme proche de celui d'un pilote de F 1 avec une GT n'était pas stupéfiant. Au volant d'une monoplace de Formule 1 de huit cents chevaux, Freddy aurait fait la différence. Mais aux commandes de la GT qu'il connaissait bien, Éric, pilote de haut niveau lui-aussi, était capable d'exploiter la voiture à cent pour cent de ses possibilités. L'écart de performances serait minime.

David souriait. A l'évidence, Freddy ne prenait pas ombrage de voir Éric tourner aussi vite. Au contraire, l'amitié l'emportait sur toute idée d'exploit personnel ou de primauté au sein de l'équipage. Ce garçon-là ignorait la jalousie. Aussi loin qu'il puisse remonter dans sa mémoire, David associait Freddy à la notion de confiance totale et à l'image de meilleur ami de son parrain. Il se dit qu'il considérait lui-même Freddy avant tout comme un membre de la famille, même s'il était fier d'entretenir un lien privilégié avec un champion du monde de Formule 1.

- Quelque part, nos destins sont liés à celui de Freddy, songea-t-il avant de s'interroger intérieurement sur l'éventuel caractère prémonitoire de sa pensée.

Nick interrompit involontairement sa réflexion.

- Est-il vrai qu'un champion de rallye comparait le pilotage d'une voiture de course à l'orgasme ? demanda-t-il.

- Tout à fait, approuva Freddy. C'était Jacques Henry, un ancien Champion de France. Il considérait que seul l'orgasme procure des sensations aussi fortes que le pilotage. Je suis assez d'accord avec lui, même si je n'ai jamais osé employer la comparaison en interview.

Éric acheva sa série de tours. Il réalisa finalement le second temps provisoire, à trois dixièmes de seconde de son équipier.

Il arrêta la Vivia GT sous l'auvent du camion atelier, ouvrit la portière et déboucla son harnais. Il avait déjà enlevé son casque en roulant au ralenti dans le parc. Le bruit du moteur masquant les annonces du speaker, il ne connaissait pas encore son temps. Les sourires de ses amis lui laissaient cependant deviner qu'il avait réussi un bon chrono. Toute l'équipe s'apprêtait à le féliciter dès qu'il descendrait de la voiture. David ne put contenir son impatience, bouscula sans le vouloir Freddy et Nick dans sa hâte de s'approcher de son parrain, et se pencha pour lui annoncer la bonne nouvelle.

- Tu as réalisé le second temps provisoire, à trente deux centièmes de Freddy.

- Excusez-moi de vous avoir marché sur les pieds, lança-t-il à Freddy et Nick dont les sourires bienveillants démontraient qu'ils ne lui tenaient pas rigueur de l'incident.

Freddy félicita son équipier dès qu'il sortit de la voiture.

- Tu as très bien tourné. J'ai même cru un moment que tu allais faire mieux que moi.

- Il ne faut pas rêver quand même, répondit Éric, légèrement essoufflé après l'effort intense qu'il venait de fournir. Je suis déjà content de bien tenir mon rôle à côté de toi.

- Tu fais mieux que ça, commenta Freddy.

Les deux pilotes se dirigèrent vers le motor-home, suivis de David et Nick. Très vite, plusieurs journalistes les rejoignirent. Freddy et Éric acceptèrent d'improviser une conférence de presse. Ainsi, ils recevraient tout le monde ensemble et seraient tranquilles après.

La première question concerna les espoirs de Freddy pour le Grand Prix de Monza, qui se disputerait quinze jours plus tard.

- Le gagner et prendre la tête du championnat, répondit

le pilote. Mais je ne répondrai pas à d'autres questions sur la F 1. Je suis là avant tout pour le plaisir de piloter. Bien sûr, je ferai tout pour gagner à Lohéac, comme à chaque fois que je monte dans une voiture de course.

Un silence s'installa. La plupart des interviewers s'étaient préparés à parler de Formule 1. Puis un journaliste indépendant leva la main et lui demanda si cette course lui rappelait l'atmosphère de ses débuts.

Freddy répondit par l'affirmative. Il évoqua ses origines bretonnes, son amitié avec Éric, sa joie de courir entre copains comme au début de sa carrière. Il loua les animations précédant la course, mentionna la victoire de David lors de la course de kart, ce qui fit rougir le jeune homme de satisfaction. Puis il passa la parole à Éric pour qu'il parle des épreuves qu'ils avaient disputées ensemble auparavant.

La glace était brisée. Remis de leur surprise, les journalistes appréciaient de s'entretenir avec un pilote de Formule 1 qui se montre abordable. Freddy ne parlait pas la langue de bois traditionnelle de ses confrères. Il racontait des anecdotes survenues dans d'autres disciplines, parlait de sa joie immense de piloter, autant pendant des séances de kart sans enjeu avec Éric, David et Nick qu'en compétition officielle. Il reconnut qu'il exerçait un métier d'égoïste, puisque sa femme avait peur lorsqu'il courait, mais qu'il aimait trop le pilotage pour s'en passer. Il avait quelque chose à dire, et ne limitait pas ses réponses à quelques phrases dictées par son attaché de presse, comme ''je remercie l'équipe qui a fait un travail fantastique, ou je remercie mes sponsors que je nomme un à un devant la caméra en mettant bien en évidence ma casquette et mon T-shirt à leurs couleurs, ou encore je fais ce que je peux avec le matériel qu'on me donne, et je suis sûr que l'équipe travaille dans la bonne direction et me fournira bientôt la voiture que je mérite, ou bien qu'au pire je me tournerai l'année prochaine vers une autre écurie car je suis sûr d'être le meilleur pilote du monde et de mériter au moins un titre."

- Pensez-vous sauver les emplois chez Vivia ? demanda un journaliste qui travaillait pour un hebdomadaire morbihannais.

- Avec Éric Trélor, qui est non seulement mon équipier aujourd'hui, mais aussi mon avocat dans toutes mes affaires, nous y travaillons d'arrache-pied, répondit franchement Freddy.

- Pouvez vous bloquer le processus de vente et de décentralisation à l'étranger ? poursuivit l'intervieweur en s'adressant cette fois à Éric ;

- Difficilement, car nous sommes minoritaires, convint l'avocat. Notre stratégie consiste à trouver au plus vite des investisseurs qui respectent la philosophie d'origine de l'entreprise et maintiennent l'emploi en Bretagne, comme le souhaitaient tous les fondateurs et le veulent légitimement les salariés de l'entreprise.

- Alors, t'as intérêt à aller vite bonhomme, ricanerait l'un des actionnaire en entendant la diffusion de cette interview au journal de dix-neuf heures.

Pour l'instant, les questions se succédaient. Au bout d'une heure trente, Éric et Freddy remercièrent les journalistes de l'intérêt qu'ils leur portaient, et ils leur demandèrent de les excuser d'interrompre le débat car ils devaient se rendre au débriefing avec l'ingénieur et les mécaniciens.

Éric avait rétrogradé dans le tableau des meilleures performance de la journées. Didier Caradec, au volant de sa Porsche, lui subtilisait la seconde place pour deux millièmes de seconde.

- Ce n'est pas grave, le consola David. De toute façon, Freddy et toi restez en position de pointe.

- Je ne suis pas vraiment déçu, déclara Éric de retour sous l'auvent du mobil-home. Ce n'est pas la première fois qu'on se bat comme des chiens avec Didier sur un circuit. Je sais qu'il va vite et qu'il faudra se méfier de lui demain. Ça n'empêche pas que c'est un bon copain, et aussi un client qui me consulte régulièrement au sujet du fonctionnement de ses sociétés.

Éric se sentait un peu euphorique, tout à la joie de faire équipe avec Freddy et de se montrer à son avantage dans cette épreuve où ils figuraient parmi les favoris. Pour l'heure, il oubliait les meurtres qui se succédaient en Ille et Vilaine.

- Il faut que je te parle d'un truc, dit-il soudain à David. Quelque chose qui va te surprendre.

- Une bonne nouvelle ? j'espère.

- Quelque chose en rapport avec ce que j'ai découvert au début de notre séjour à Lohéac. Tu verras, poursuivit Éric avant de s'interrompre en prétextant un détail à vérifier.

En fait, Éric pensait annoncer à David qu'il comptait l'incorporer au sein de l'équipe de quatre pilotes qu'il constituait afin de disputer les 24 Heures de karting du Mans au mois de septembre. La référence à ce qu'il avait découvert en arrivant à Lohéac, c'était le kart. Au dernier moment, il se souvint que les meubles Merle, qui devaient sponsoriser l'opération et organiser un réceptif sur le circuit Bugatti n'avaient pas confirmé officiellement leur accord. Le PDG de la société était le frère de Daniéla. Il était en vacances en Grèce et ne rentrerait qu'au milieu de la semaine suivante. Éric préféra attendre son retour et la confirmation officielle de l'attribution du budget prévu pour cette course.

A quelques dizaines de mètres, deux hommes, cachés dans un fourgon Peugeot, entendirent la conversation grâce aux micros qu'avait installés l'un d'eux l'après-midi même sous l'auvent et dans le motor-home de l'équipe Vivia.

Ils s'interrogèrent sur le signification des propos de l'avocat et avertirent immédiatement leur patron.

- Il a compris, médita le mystérieux chef en essuyant la sueur qui coulait sur son front. Aucun doute là-dessus maintenant. C'est fâcheux, très fâcheux. Il faut leur donner un avertissement dès ce soir.

Et l'individu aux intentions douteuses donna des ordres à ses nervis avant de mettre une poignée de glaçon dans son soda.

Car les prévisions des services météorologiques se vérifiaient. Une chaleur lourde et accablante s'abattait sur le site. Des nuages gris plomb envahissaient le ciel.

- Ça va craquer cette nuit, commenta Nick qui faisait couler un peu d'eau minérale d'une bouteille et s'en aspergeait le visage.

Chapitre 9

- C'est pas vrai, s'écria Éric !

Il était vingt trois heures. Éric, Daniéla, Freddy, David et Nick étaient allés dîner à La Manivelle. Ils avaient utilisé le coupé prêté à Daniéla. La comédienne l'avait garé derrière les voitures de Freddy et d' Éric, et il fallait de toute façon le déplacer pour sortir les autres voitures. De retour au parc, Éric avait garé ce véhicule d'emprunt perpendiculairement au sien et à celui de Freddy.

Il était descendu du coupé, suivi de Daniéla et Freddy. David et Nick tardaient à bouger Ils profitaient quelques instants de la fraîcheur qui régnait dans l'habitacle climatisé de la Vivia en échangeant à voix basse des propos relatifs à leur déception de ne pas voir davantage Isa et Marine, accaparées par les tâches à la ferme auberge. Ils avaient espéré que les filles les rejoindraient la nuit dans le motor-home. Mais leur père se montrait plus sévère et plus méfiant que leur oncle ne l'avait été durant la semaine de vacances à la Baule. Et la possible présence de criminels non identifiés dans les parages décourageait les filles de faire le mur.

Le cri d'Éric les tira de leurs réflexions. L'avocat découvrait que les portières de son coupé Vivia étaient ouvertes.

- On a cambriolé ma voiture, s'indigna-t-il en s'approchant du véhicule !

- La mienne aussi, s'étonna Freddy, dont la GT bleu nuit était garée à côté du coupé de son ami.

- Tu avais mis l'alarme ? interrogea Freddy.

- Oui, elle se met en route automatiquement quand j'actionne le verrouillage automatique des portières.

- La mienne aussi, déclara Freddy.

- Les gars, allez voir dans les autres motor-homes si quelqu'un a entendu quelque chose, commanda Éric en s'adressant à David et Nick.

Les deux garçons revinrent cinq minutes plus tard. Personne n'avait rien vu ni rien entendu. Les cambrioleurs avaient œuvré discrètement, en neutralisant les alarmes avant d'ouvrir les portières. Ils avaient certainement agi au moment où les mécaniciens dînaient à l'espace réceptif.

Éric et Freddy mettaient de l'ordre dans leurs voitures. Les cambrioleurs avaient éparpillé le contenu des habitacles sur les sièges et la moquette.

- On va vous aider, intervint David. Nick, donne un coup de main à Freddy, moi je reste avec Éric.

Freddy s'efforçait de regrouper les documents échappés de son attaché-case. Éric comptait ses cassettes et vérifiait le contenu de sa boite à gants.

- On t'a volé quelque chose ? demanda Freddy.

- Apparemment non. Ils n'ont même pas touché à la caméra vidéo que j'avais oubliée de sortir de la voiture. Et toi ?

- Ils n'ont pas pris les chéquiers ni les cartes de crédit que j'avais laissés dans mon attaché-case. Mes lunettes de soleil sont là, mes cassettes aussi. Ils n'ont pas tenté de sortir l'autoradio de son compartiment. Je me demande ce qu'ils voulaient.

- Qu'est-ce que c'est que ça ? interrogea David en trouvant sur la moquette une feuille de papier format vingt et un vingt neuf sept sur laquelle une phrase était écrite en lettres majuscules ?

Éric et David lurent le message à haute voix.

« NE PRÉVENEZ PAS LA POLICE, SINON GARE A VOUS. FAITES LA COURSE NORMALEMENT, ET NE VOUS OCCUPEZ QUE DE ÇA, SI VOUS VOULEZ REPARTIR VIVANTS. ON VOUS A A L'ŒIL ET ON ÉCOUTE LES COMMUNICATIONS DE VOS TÉLÉPHONES MOBILES. »

Ils échangèrent des regards qui exprimaient leur stupéfaction.

Freddy et Nick s'étaient approchés.

- Qu'est-ce que c'est que cette connerie ? s'exclama le pilote de Formule 1.

- Est-ce que c'est une mauvaise blague ou autre chose ? interrogea Éric.

- C'est un coup des gars avec qui vous vous êtes castagnés à la course de kart, suggéra Michel en les rejoignant. Ils veulent se venger en vous foutant la trouille, à moins qu'il ne s'agisse de la bande du skin qui voulait agresser Daniéla.

- On a ouvert nos voitures sans déclencher les alarmes, et on ne nous a rien volé, observa Éric. Ceux qui ont fait ça s'y connaissent en électronique. Je doute que ce soit le cas du skin.

- Lui, il aurait piqué les autoradios, nota David en abondant dans le sens de son parrain.

- Et les voyous du karting n'auraient pas résisté aux chéquiers et aux cartes de crédit, poursuivit Nick.

- Pas forcément, continua Michel, persuadé de la

justesse de son hypothèse. Tu peux tenter de payer dans un commerce avec un chéquier volé au nom de Martin ou Duval. Au pire, on te demandera une pièce d'identité, et tu sortiras de la boutique en prétextant que tu vas chercher ton portefeuille dans ta voiture. Ce n'est pas aussi facile de régler quoi que ce soit avec un chéquier au nom de Frédéric Vivien quand tout le monde voit sa tête à la télé tous les quinze jours.

- Bon, d'accord, convint Nick. Encore que le voleur pourrait prétendre être un homonyme de Freddy, et le coup passerait encore mieux avec une pointe d'humour. Mais les mecs du kart auraient au moins piqué les lunettes de soleil, la caméra vidéo, quelques cassettes. Je reste persuadé qu'ils auraient aussi pris les chéquier et les cartes, au moins pour emmerder Freddy s'ils ne pensaient pas s'en servir.

Freddy et Éric refermèrent leurs voitures. Cette fois, ils n'oublièrent ni attaché-case, ni lunettes de soleil, ni caméra à l'intérieur. Les commandes de verrouillage et d'alarme fonctionnaient parfaitement.

- Il fait vraiment une chaleur insupportable, gémit Michel. On ne respire pas. Si on allait boire quelque chose au réceptif ?

- Bonne idée, approuva Éric. D'ailleurs, on va en profiter pour ramener quelques bouteilles d'eau au motor-home. Avec la chaleur, on peut remplir le frigo. Il sera vite vidé.

Arrivés au réceptif, il s'assirent à une table à distance des mécanos qui jouaient aux cartes et s'entretinrent de la situation.

- On a affaire à des pros, témoigna Freddy. Nos alarmes sont sophistiquées. Il faut des connaisseurs pour les neutraliser sans les déclencher. Sans compter qu'ils n'ont rien cassé. Ni une glace, ni une serrure.

- C'est bien ce qui m'inquiète, soupira Éric. Je ne crois pas à un coup des petits minables du kart ou du skin. C'est trop fort pour eux. Celui qui a ouvert les voitures voulait montrer son savoir-faire en matière de délinquance et nous faire peur.

Personne n'osait formuler l'idée terrifiante qui envahissait leurs esprits. David s'y décida, après un long moment de silence.

- La question est simple. Est-ce que ce type est un des criminels qui sévissent dans le coin ?

- Il veut obtenir quelque chose de nous, poursuivit Éric. Mais quoi ?

Nick réfléchissait depuis quelques minutes à une autre hypothèse, moins effrayante. Son désir de devenir designer le conduisait à s'intéresser à tous les aspects de la conception, y compris le pillage des dessins, modèles et brevets. Le jeune homme lisait quantité de romans d'espionnage. Au début, l'idée lui avait paru ahurissante. Mais le professionnalisme avéré des malfaiteurs la rendait plus crédible. Il se décida à en faire part à se amis.

- J'ai pensé à un truc, avança-t-il, quelque chose de moins risqué. Vous allez peut-être vous moquer de moi, mais mon hypothèse a trait à l'espionnage industriel. Les cambrioleurs voient que Freddy a laissé sa mallette dans la voiture. Ils se disent qu'elle contient peut-être des documents sur les futurs modèles Vivia, des esquisses, un cahier des charges, un nom de modèle. Si ça se trouve, ils le suivent depuis des semaines en attendant l'occasion de fouiller ses affaires. Ils ouvrent la mallette pour voir ce qu'elle contient. Déçus de ne rien trouver, ils déguisent leur coup en acte de malveillance et ouvrent aussi la voiture d'Éric.

- Je ne crois pas, commenta Freddy. Aucun espion industriel ne peut croire sérieusement que je me promène tranquillement avec des secrets stratégiques dans ma voiture. Et ça n'expliquerait pas la lettre de menaces.

- Si, insista Nick. La lettre ne serait qu'un leurre destiné à nous égarer, à nous faire croire qu'ils nous menacent alors qu'ils ont simplement loupé leur coup. Je sais, c'est un peu tiré par les cheveux. Seulement, je ne vois pas comment on pourrait se trouver mêlés de près ou de loin aux histoires de mecs qui ont assassiné quatre personnes.

- J'aimerais que tu ais raison Nick, coupa Éric. Ça voudrait dire qu'on ne risque plus rien. Mais je partage l'opinion de Freddy. Un professionnel de l'espionnage industriel ne croirait jamais trouver des secrets stratégiques dans un attaché-case qu'on laisse dans sa voiture.

David intervint à son tour.

- Par contre, des cambrioleurs adroits commandités par un homme d'affaires peu scrupuleux pourraient s'attendre à trouver des informations sur les interlocuteurs avec qui vous discutez tous les deux au sujet de la cession des actions Vivia. Comme des négociations sont en cours, il serait vraisemblable que vous ayez sur vous les coordonnées d'acheteurs potentiels, ou de leurs avocats, ne presque que pour les rappeler d'urgence et fixer un rendez-vous s'ils donnent leur accord de principe.

- Pas bête ça, reconnut Freddy.

- Ça ne colle pas tout à fait, regretta Éric. Ta solution n'explique pas le message de menaces, poursuivit-il en regardant son filleul.

- Les autres hypothèses sont plus inquiétantes, soupira David en fixant les yeux d'Éric. Elles supposent un lien entre ce qui vient de se passer et la bande de criminels

Michel intervint.

- J'ai écouté la radio tout à l'heure. Le procureur de Saint-Malo est persuadé que le crime de la nuit dernière a été commis par les mêmes auteurs que les autres meurtres et qu'il n'a été perpétré que pour brouiller les pistes.

- Comme le pensait David, nota Nick, très fier des capacités de déduction de son ami.

- Exact, reprit Éric. Ce qui voudrait dire que nous nous trouvons confrontés avec des tueurs de la pire espèce, ce qui n'est pas rassurant du tout. Je crois qu'il faut nous préparer au pire.

Un silence aussi pesant que l'atmosphère extérieure s'installa dans l'espace réceptif

- Il existe une autre possibilité, suggéra Éric.

David échangea un regard avec son parrain en hochant la tête. Les deux graçons pensaient à la même chose. Les autres les regardaient, l'air intrigué.

L'avocat reprit la parole.

- Nous ignorons ce qui se passe à Maure et sur la Côte d'Émeraude. Tout ce que nous savons, c'est que des criminels particulièrement sauvages et cruels ont commis un quatrième crime dans le seul but d'essayer de mettre la police sur une fausse piste. Par ailleurs, l'affaire monopolise les médias. Vous voyez tous où je veux en venir.

- Non, avoua Daniéla.

- Si, affirma David. Toute la région est au courant des meurtres qui tiennent la police en échec. Ce qui veut dire que si une personne hostile veut nous nuire, cet ennemi pourrait très bien se servir du contexte dans le but de nous faire quelque chose qui serait attribué à la bande des tueurs. Tentation d'autant plus grande que les fameux tueurs ont assassiné la nuit dernière un pauvre gars complètement étranger à leurs histoires de bandits.

- Exact, confirma Éric. Les méthodes des tueurs d'Ille et Vilaine comme les appellent les journalistes sont particulièrement féroces. Ils peuvent être tentés de les imiter sans prendre de gants. Ce qui veut dire que nous sommes exposés au pire.

Chacun avait sa propre idée du pire.

Nick envisageait des espions prêts à tout pour s'emparer des secrets de Vivia. Les bandits enrageaient sûrement de ne pas avoir découvert les plans des futurs modèles. Ils ne renonceraient pas. Ils allaient les menacer, les enlever, peut-être même les torturer ou les tuer pour se faire remettre les documents qui contenaient les secrets du constructeur automobile.

Daniéla s'était blottie contre Freddy. La tête sur l'épaule de son mari, elle imaginait une mise en scène de l'homme qui lui adressait des menaces de mort. Cet individu agissait-il seul ? Rien ne lui permettait de l'affirmer. Elle se vit soudain la cible d'une secte prête à défendre la morale traditionnelle au point d'engager des actions criminelles. Ce groupe terroriste n'avait mis les meurtres précédents en scène que pour préparer son exécution. Ils allaient l'attaquer à Lohéac.

- Si vous saviez ce que je regrette ce fameux calendrier, soupira-t-elle, les larmes aux yeux.

- Non seulement ils vont m'abattre, mais ils risquent de tuer ou blesser Freddy et nos amis se désespéra-t-elle intérieurement.

Songeur, Freddy caressait doucement les cheveux de sa femme avec sa main droite, tandis qu'avec l'autre, il essuyait les larmes qui coulaient des yeux de Daniéla.

- C'est moi qui suis visé, pensait-il. Les gens qui ont agi ce soir ont de gros moyens. Soit, ce sont des gangsters embauchés par les actionnaires de Vivia pour me contraindre à vendre à l'acheteur de leur choix, soit ce sont des hommes de main de l'équipe Madina qui préparent une mise en scène et vont me blesser ou me tuer avant la fin du week-end dans le but de m'éliminer de la course au titre. Les meurtriers leur ont fourni l'alibi parfait. Un crime de plus ou de moins en Ille et Vilaine n'étonnera personne. Si ça se trouve, on va m'imaginer mêlé au sombre trafic de je ne sais quoi qui a causé les premiers meurtres.

David ne put s'empêcher d'envisager un sale coup de sa belle-mère.

- Elle me hait et elle hait Éric, se disait-il. Elle a pour amant Jean Python, un gangster très dangereux dont nul ne sait ce qu'il est devenu. Qui sait si elle ne l'a pas engagé pour nous faire la peau ?

« Cette morue de Pierret est capable de tout Elle ne vit que pour piquer le pognon de mon père et mon existence l'obsède. Elle pense déjà à l'héritage le jour où mon père disparaîtra et elle voudrait que je n'existe plus à ce moment-là. Elle paye des hommes de main, elle organise une série de crimes inexplicables qui de termine par le mien et celui d'Éric. Si elle me faisait bousiller tout seul, elle aurait peur qu'Éric me venge manu militari ou la traîne aux assises. Là, elle imagine que personne ne l'inquiétera, surtout si Éric meurt aussi. Je ne la croyais pas assez intelligente pour élaborer un scénario compliqué, mais sait-on jamais ? Son ex-amant gangster est peut-être plus malin. Ceci dit, si elle réussit à nous dégommer, mon père ne fera pas de vieux os. Gare au bouillon de onze heures comme on dit dans les romans policiers !

David sentit les yeux d'Éric posés sur lui. Il leva la tête et remarqua que son parrain était très pâle.

Éric venait de construire mentalement plusieurs schémas susceptibles d'expliquer les récents événements. Des adversaires rencontrés dans le cadre de ses activités professionnelles l'avaient menacé récemment. Des pistes certes possibles, mais qu'il ne considérait pas comme les plus probables. On s'en prend rarement aux avocats dans les affaires judiciaires. Le malade qui menaçait Daniéla ? Éric était convaincu qu'il s'agissait d'un maniaque, trop hanté par l'idée de punir l'actrice pour se livrer à des méfaits inexpliqués. Restaient les actionnaires de Vivia, vraisemblablement prêts à beaucoup de compromissions pour vendre leurs actions au plus vite, l'écurie Madina, dont un journaliste d'investigation lui avait confié qu'elle était contrôlée par un groupe mafieux, et la nouvelle madame Sarel, dont il connaissait le passé sulfureux et l'absence totale de scrupules. Il écarta a priori l'écurie Madina. Freddy n'était pas le seul pilote en lice pour le titre. Les commanditaires de cette équipe n'allaient quand même pas supprimer les trois stars de la F 1 qui devançaient son pilote vedette. Trop voyant. La presse mondiale s'emparerait de l'affaire. Interpol enquêterait. La certitude d'attirer l'attention de toutes les polices du monde sur les activités illicites du partenaire douteux de l'équipe ! Inconcevable. Cet homme de pouvoir tenait encore plus à ses petites affaires qu'à son équipe de F 1. La perspective d'un titre flattait son ego, mais pas au point de mettre son organisation en péril par des actions inconsidérée.

L'avocat tint donc un raisonnement quasiment identique à celui de son filleul. Seule nuance, Éric imagina un scénario dans lequel Soizick Pierret-Sarel et son ex-compagnon braqueur surfaient sur la vague de crimes pour s'attaquer à eux.. Il ne crut pas à leur culpabilité dans les premiers meurtres, sans toutefois l'écarter totalement.

- Avec un garce pareille, rien n'est inenvisageable, se dit-il. Sauf une pensée charitable, bien sûr. D'autant qu'elle a été acoquinée à un tueur et qu'elle le voit peut-être encore. Le Diable en personne est un ange à côté d'elle, pensa-t-il en se promettant d'exprimer ce jeu de mots à haute voix s'ils se tiraient d'affaire.

Éric n'aimait pas les braqueurs de bijoutiers comme Python, l'ex-amant de Soizick Pierret. Depuis son enfance, il savait que son père redoutait une attaque. Sa mère et sa sœur affirmaient que si un truand osait entrer dans la bijouterie, elles lui diraient ce qu'elles pensaient de lui et qu'il s'en irait la queue entre les jambes. L'avocat se remémora les regards mi-amusés, mi-consternés que son père lui adressait lorsqu'il était adolescent et que les femmes de la maison déblatéraient leurs projets abracadabrantesques en cas d'attaque à main armée.

Les informations que détenait l'avocat sur le gangster étaient inquiétantes. Python était un tueur de commerçants et de flics, un fauve prêt à tout. Rien à voir avec les bandits professionnels jusqu'au bout des ongles qui ne touchent pas à une arme chargée en dehors des règlements de comptes du milieu, ne versent pas une goutte de sang, et permettent aux avocats de prononcer des plaidoiries superbes et émouvantes devant les magistrats.

Cette pensée en induisit une autre, qui contribuait à expliquer la haine de Soizick Pierret-Sarel vis à vis de David et de ses proches. Pierret venait d'un milieu très modeste. Sa mère avait cru faire un beau mariage et s'était aperçue quelques mois après que son homme resterait un petit employé toute sa vie et qu'en plus, il n'hériterait de rien, son père ayant tout dilapidé au profit d'une maîtresse.

Soizick Pierret-Sarel voulait devenir riche par n'importe quel moyen. A l'école, elle n'arrivait pas à travailler correctement. QI insuffisant. Elle l'avait avoué un jour à Grégoire Sarel en faisant mine de pleurer. Ce dernier en tirait depuis argument pour critiquer le fait que David soit un élève doué et entende poursuivre des études de droit.

Issus d'une famille de bijoutiers, Éric, David et Mireille représentaient aux yeux de Pierret des détenteurs d'or, de diamants, de symboles de richesses. Ancienne compagne d'un braqueur, elle se plaçait dans le camp de ceux qui soustraient de la manière la plus primaire les biens des autres. Aujourd'hui encore, elle raisonnait selon les critères du gangster. Avec quelques variantes. La bijouterie, c'était le patrimoine de Grégoire. L'arme, c'était le cul de Pierret. Et les obstacles qu'il fallait abattre afin d'être sûre de vider le coffre sans obstacles ni représailles, c'étaient David et Éric.

- Fais attention à toi David, conseilla-t-il, d'une voix pleine de sollicitude. Ne mets pas le nez dehors sans être accompagné par Nick ou quelqu'un de l'équipe. Quant à toi Daniéla, tu ne sors plus du motor-home.

Même nous, il faut qu'on soit toujours accompagnés, conclut-il en s'adressant à Freddy. Le cambrioleur qui veut nous effrayer n'est peut-être qu'un des adversaires avec qui j'ai eu des ennuis ces derniers mois ; d'autres avocats connaissent ce genre de difficultés.

Éric ne croyait pas du tout à cette hypothèse. Il s'efforçait simplement de rassurer les autres en essayant de leur faire croire qu'il était la cible visée.

Tous ressentaient la gravité de ses propos. Un danger grave et réel planait au-dessus d'eux.

- On s'en tirera, affirma Freddy. Celui qui nous abattra n'est pas encore né, ajouta-t-il en serrant le poing droit dans un geste significatif.

Son regard s'était durci. Freddy n'avait pas conquis ses titres ni créé une marque automobile pas hasard. Un garçon capable de se battre roues contre roues au sein d'un peloton de monoplaces qui atteignent les deux cents kilomètres heures en cinq secondes et dépassent les trois cents cinquante kilomètres heure en vitesse de pointe se révèle rarement impressionnable. Une détermination inébranlable se cachait derrière le visage du sportif aimable et bien élevé.

- Nous n'en avons pas encore parlé, reprit-il, ce qui prouve que nous prenons la menace au sérieux, mais je suggère que nous ne prévenions pas la police pour l'instant. Ça ne servirait à rien et ça nous ferait peut-être courir un risque supplémentaire dans la mesure où il est assez vraisemblable que nos ennemis puissent capter nos communications téléphoniques avec un scanner perfectionné.

- Je pense la même chose, approuva Éric. J'aurais bien fait appel à Mario. J'ai plus confiance en ses services de protection qu'en la police. C'est notre ami, et il a l'habitude des affaires délicates. Seulement, c'est trop tard. Le temps qu'il monte de Marseille avec quelques gars, nos mystérieux ennemis ont le temps de mettre leurs menaces à exécution. Je téléphone quand même à Ghislaine, ajouta-t-il. Je vais prétexter des ennuis de surchauffe des moteurs, lui dire qu'on va abandonner très vite, que ce n'est pas la peine qu'elle vienne et qu'on la retrouve à la maison demain soir. Si nos espions nous entendent, ils comprendront qu'on accepte les règles du jeu puisque je ne parle pas de leurs menaces et que nous, on reste là sans demander d'aide extérieure. Ce n'est pas à elle qu'ils en veulent, c'est à nous. Ils ne peuvent pas nous reprocher de la maintenir en dehors du champ de bataille. D'habitude, je ne mens jamais à ma femme, mais c'est un cas de force majeure, pour sa sécurité.

- Heureusement que nos enfants sont à l'abri, articula Daniéla.

- Oui, approuva Éric. Tous aux Antilles, là au moins, personne n'ira les chercher.

- Nous serons bientôt tous en sécurité aussi, promit Freddy.

Le mystérieux patron de gang écoutait la conversation dans le fourgon Peugeot.

- Ils ont osé téléphoner malgré mon interdiction, ragea-t-il en donnant un violent coup de poing sur la cloison du véhicule. Je veux qu'ils suivent mes ordres à la lettre. Cette fois, je vais leur donner une leçon qui va leur enlever l'envie de se foutre de ma gueule !

De retour au motor-home, Éric, Daniéla, Freddy, Nick, David et Michel mirent un terme à leur conversation et gagnèrent leurs chambres.

- J'avais bien dit qu'un week-end qui commençait avec

un chat noir n'augurait rien de bon, avança l'ingénieur.
- Tu n'es pas drôle, Michel, reprocha Freddy avant de refermer la porte de sa chambre.

Chapitre 10

David et Nick recommencèrent à bavarder dans la cabine qui leur était réservée. Ils n'avaient pas sommeil.

En regardant pas la fenêtre, ils voyaient des lueurs au loin. L'orage ne tarderait pas à gronder sur Lohéac. A l'intérieur du motor-home, ils ne souffraient pas de la chaleur. La climatisation réglée sur dix neuf degrés garantissait une température agréable.

Le filleul d'Éric n'avait pas de secret pour Nick. Il avoua à son ami qu'il songeait à une mise en scène de sa belle mère.

- Je suis sûr qu'Éric y pense aussi, poursuivit-il. C'est pour ça qu'il veut que tu m'accompagnes partout.

- Pas forcément, tenta d'objecter Nick. Il veut qu'on reste ensemble pour être moins vulnérables. Ni lui ni Freddy ne s'exposeront seuls non plus. En tout cas, je ne te lâche pas d'une semelle, et celui qui essaiera de t'atteindre devra d'abord me passer sur le corps.

David sourit. Nick, l'ami de toujours, fidèle et solidaire, savait toujours lui remonter le moral.

- Freddy a raison, reprit Nick. On va trouver celui qui nous cherche et déjouer ses plans. Qu'est-ce que voulait dire Éric quand il a mentionné des adversaires avec qui il avait eu des ennuis ? On en a vaguement parlé plusieurs fois, mais jamais dans le détail. J'aimerais bien que tu m'en dises plus.

- Si tu veux, répondit David. Je commence par « il était une fois », ou « en ce temps là » ?

Nick fit mine de le bousculer et de vouloir le mettre par terre.

- Bon, ça va, je te raconte tout, dit David en se dégageant. Il y a eu plusieurs affaires en peu de temps en fait.

- Des trucs graves, capables d'entraîner une vengeance ?

- Je te raconte. Tu me diras après ce que tu en penses.

Depuis le mois de janvier, Éric était intervenu dans plusieurs affaires incroyables. La loi des probabilités avait concentré sur six mois une succession de difficultés aussi exceptionnelles qu'inquiétantes. La réputation d'un avocat n'attire pas que des clients de bonne foi, honnêtes, reconnaissants vis à vis de leur défenseur. Par définition, chaque conflit judiciaire confronte deux thèses où les parties se succèdent dans les rôles du bon et du mauvais. Car les adversaires construisent des scénarios totalement différents. Les clients d'Éric enfilaient indifféremment l'habit du gentil ou du méchant. De toute façon, ses adversaires le considéraient toujours comme un démon, puisqu'il combattait leurs intérêts. Éric connaissait bien cet aspect du fonctionnement de la machine judiciaire. Rien ne le surprenait plus, surtout pas l'animosité des parties adverses ni l'ingratitude des clients. L'expérience lui avait appris à faire régler des provisions sur honoraires importantes pour éviter toute mauvaise surprise après avoir plaidé, la plupart des clients oubliant très vite le service rendu par leur défenseur. Il n'en déplorait pas moins les excès que se permettent certaines personnes totalement hors normes. Et de tels excès, Éric en avait connus plusieurs au cours des derniers mois.

- Je t'ai parlé d'un excité qui nous menaçait de mort tous les soirs au téléphone, commença David.

- Un certain Léon Maller, si je me souviens, répondit Nick. Tu m'as dit après qu'il était en taule pour un moment.

- Exact, reprit David. Il frappait sa femme et ses gamins ; il a fini par blesser un de ses fils. Ses beaux-parents ont porté plainte. Il est en préventive pour l'instant. Éric pense qu'il en prendra pour au moins trois ans.

La confrontation avec cet individu dangereux avait troublé la vie quotidienne de la famille Trélor pendant plusieurs semaines. Dans cette affaire, Éric représentait les autres associés d'une entreprise de peinture et décoration. Maller, cogérant de la société, détournait des fonds. Il buvait plus de deux bouteilles de whisky par jour, risquait de créer un accident avec un véhicule de la société, terrorisait les ouvriers et les secrétaires en les bousculant et en menaçant de les frapper. Éric avait organisé sa révocation. Maller, fou de rage, avait menacé tout le monde de mort le jour de la réunion, un mercredi. L'assemblée avait failli dégénérer. Maller était parti en jurant de se venger.

Le samedi suivant, Éric et Ghislaine sortirent dîner chez des amis. David passait le week-end chez eux. Il était resté à la maison avec ses cousins, âgés de huit et trois ans. Il avait couché Fabien - le plus jeune - de bonne heure. Son copain Denis Grenier était venu lui tenir compagnie. Les deux garçons regardaient la cassette de « La Firme » avec Arnaud, l'aîné des fils d'Éric et Ghislaine, lorsque le téléphone sonna vers vingt deux heures. Nick n'était pas avec ses amis. Il ne venait en Bretagne que pour les vacances ou les week-ends prolongés.

- J'vais tous vous, vous buter cette, cette nuit, hurla une voix agressive à l'autre bout du fil !

- Vous êtes qui ? interrogea David, qui pensa d'abord à une mauvaise blague.

- Maller, Léon Maller. T'as t'as bousillé ma vie, tu tu vas morfler salaud, cria l'autre dont la rage et le taux d'alcoolémie expliquaient le bafouillement.

Éric n'avait pas parlé de l'affaire aux membres de sa famille pour ne pas les inquiéter. David comprit cependant que quelqu'un de dangereux en voulait à son parrain. Son interlocuteur pensait avoir affaire à Éric. Il ne le détrompa pas.

- Je suis avec un groupe d'amis, répondit-il, et j'appelle la police immédiatement. Allez vous coucher, ça vous évitera des problèmes, je vous assure.

Il raccrocha le combiné, espérant avoir convaincu son interlocuteur qu'il n'était pas seul et que les forces de l'ordre l'interpelleraient s'il tentait quelque chose.

David et Denis réagirent très vite. Ils firent monter Arnaud dans la chambre de Fabien et lui ordonnèrent de s'enfermer à clef dans la pièce. Ils vérifièrent toutes les fermetures de la maison et s'équipèrent de ce qui pourrait constituer des armes en cas d'attaque. David saisit un grand couteau à viande et le pic de la cheminée. Denis prit une batte de base-ball qui appartenait à Arnaud. David joignit Éric et Ghislaine chez leurs amis. Puis les deux adolescents s'assirent dans la salle de séjour au rez-de-chaussée, décidés à vendre chèrement leurs peaux et celles des enfants confiés à leur garde si quelqu'un essayait d'entrer.

Un quart d'heure plus tard, Éric et Ghislaine arrivaient. Éric prévint la police, pour la forme, car il savait que les forces de l'ordre n'interviendraient pas avant que Maller ne commence à exécuter ses menaces.

Maller continua à appeler le soir et la nuit pendant près d'un mois.

Éric n'avait pas peur pour lui. Il craignait cependant que Maller ne tente quelque chose contre sa famille, tant il sentait toute la haine contenue dans ce sinistre individu et l'effet excitant provoqué par les excès de boisson.

- On a éprouvé un soulagement réel le jour où on a appris son incarcération, avoua David. Il a cassé un bras à son fils. Sa femme n'osait pas le dénoncer. Il était grand temps qu'il soit mis à l'écart de la société, car il aurait fini par tuer quelqu'un, probablement un membre de sa famille.

- Je ne pensais pas que les avocats couraient de tels risques, s'étonna Nick.

- C'est tout de même rare, heureusement, poursuivit David. Mais Éric connaît un autre cas curieux en ce moment. Il a un client qui est incarcéré pour escroquerie. Il commis les délits qui lui sont reprochés pour le compte de complices. Il ne parle pas, parce qu'il a visiblement plus peur des autres escrocs que de la justice.

- Tu m'as aussi eu parlé des frères Caco, dit Nick,, les pilotes des Monstercar.

- Oui. Éric les connaissait un peu pour les avoir croisés sur des circuits. Ils ont très mauvaise réputation, tant sur les pistes qu'à l'extérieur. Ils sont venus le voir pour lui demander de les aider à recycler de l'argent liquide. A les entendre, il s'agissait simplement de paiements en espèces effectués par des clients de leurs garages qu'ils voulaient dissimuler au fisc. Compte tenu des sommes à blanchir, Éric croyait plutôt aux fruits d'activités très louches, du genre trafic de stupéfiants ou proxénétisme. Ils ont très mal pris qu'il les vire. Ils lui ont quasiment fait comprendre qu'il lui arriverait « des choses » si il parlait. Un avocat étant tenu au secret professionnel, ils ne risquaient rien.

- La vie d'un avocat n'est pas de tout repos, raconta David en avalant une gorgée d'eau pétillante. Cette année, Éric a aussi été conduit à intervenir dans une affaire de chantage orchestrée par un expert-comptable véreux et le policier ripou.

Un coup de tonnerre l'interrompit, faisant vaciller la lumière du plafonnier.

- L'orage se rapproche, constata Nick.

- Les éléments se déchaînent contre les protagonistes de mon histoire, plaisanta David. Les complices avaient monté une arnaque assez élaborée. L'expert comptable, un petit homme rougeaud et colérique, avait d'énormes besoins d'argent. Obsédé par le cul, il entretenait largement une call-girl, en fait une femme mariée et mère de famille qui arrondissait ses fins de mois. Il la voyait tous les jours entre quatorze et seize heures, sauf le mercredi où elle s'occupait de ses enfants. Il filait aussi le parfait amour avec une jeune vendéenne propriétaire d'un centre de remise en forme dont il était censé tenir la comptabilité. Pour financer ses écarts et afficher un train de vie enviable vis à vis des membres du Princess-Club auquel il appartenait, Ben S. (je ne peux pas citer son nom pour ne pas violer le secret professionnel des confidences d'Éric) avait trouvé une solution qui l'amusait car ce sale bonhomme était toujours animé par des pensées mesquines et perverses. Il était copain avec un inspecteur de police ripou. L'expert-comptable incitait des clients à frauder. L'inspecteur de police faisait une descente et, après un examen sommaire de la compta, menaçait les chefs d'entreprises concernés de poursuites et de prison.

- Ahurissant, s'indigna Nick. Un expert-comptable et un flic ?

- Eh oui. Il paraît qu'on leur aurait donné le Bon Dieu sans confession… Une fois que l'inspecteur avait bien foutu la trouille aux victimes, il leur suggérait que les choses pouvaient s'arranger contre des espèces sonnantes et trébuchantes, poursuivit David. Le racket allait de cent mille à trois cent mille francs (aujourd'hui quinze mille à quarante cinq mille euros) selon la faculté contributive des clients. Ils avaient huit jours pour payer. Le schéma marchait depuis longtemps. Les patrons cédaient, trop contents de ne pas aller en prison. Sauf un qui, prêt à se faire avoir lui-aussi. Il a demandé conseil à son avocat, qui était Éric. Mon parrain s'est étonné de la procédure employée par le policier. Il a flairé le mauvais coup, et a dit à son client qu'un maître chanteur ne s'arrête jamais, qu'il ne faut pas lui céder. Il a mesuré les fraudes reprochées à son client et trouvé que le redressement fiscal encouru coûterait moins cher que le maître chanteur et qu'aucun risque pénal sérieux n'existait en l'espèce si le contribuable régularisait sa situation. Il a fait déposer plainte au chef d'entreprise, ce qui a déclenché des enquêtes de l'IGS (Inspection Générale des services) et de la brigade financière. Le policier ripou fut cueilli par ses collègues lorsqu'il revint faire chanter sa victime. Il a dénoncé l'expert-comptable pour ne pas plonger tout seul. L'enquête a révélé des détournements incroyables commis par les deux truands (et encore, il est vraisemblable que plusieurs victimes n'aient pas osé parler). Les deux malfaiteurs croupissent en prison. Par contre, lors de confrontations devant le juge d'instruction, ces deux enfoirés ont juré de se venger de l'avocat qui les avait fait tomber. La menace n'a pas impressionné Éric à l'époque.

- Je ne croyais pas qu'un homme aussi sympa que ton parrain avait autant d'ennemis, observa Nick, mi-amusé, mi-inquiet.

- Éric n'est pas le seul qui ait connu des problèmes cette année, répliqua David. Rappelle toi ce que racontaient Freddy et Daniéla quand ils sont venus manger à la maison juste avant notre départ en Grèce.

- Daniéla paraissait très pâle et tendue ce jour-là, se souvint Nick.

- Il y avait de quoi, rappela David.

Comédienne et chanteuse en vogue, la femme de Freddy avait l'habitude des lettres d'admirateurs un peu dérangés qui lui déclaraient leur passion. Freddy recevait pour sa part des correspondances tout aussi enflammées de filles prêtes à tout pour faire l'amour avec un pilote de formule 1.

Il n'était pas rare non plus que les poubelles de Daniéla et Freddy soient fouillées, tant à leur résidence principale de Neuilly qu'à leur propriété de Fort-Bloqué dans le Morbihan. Certains admirateurs fétichistes cherchaient à s'approprier des objets leur ayant appartenu.

Parfois, ces fouilles émanaient d'informateurs de la presse people. Freddy et Daniéla vivaient calmement en dehors de l'exercice de leurs professions. Ils assumaient les actions et tournées professionnelles inhérentes à leurs activités, assistaient à quelques soirées de la Jet set par obligation plus que par goût, mais ne s'exposaient pas inutilement. Ils ne se droguaient pas, buvaient peu, n'affichaient pas de liaisons. Très ennuyeux pour les paparazzi ! D'autant que, sur les conseils d'Éric qui s'était longuement entretenu de la protection de la vie privée des stars lors d'un dîner avec Alain Delon, ils se paraient contre la chasse desdits paparazzi en invitant régulièrement quelques journalistes de la presse grand public à venir les interviewer et les photographier dans leur cadre de vie quotidien. Cette stratégie fonctionnait plutôt bien, quoiqu'elle n'empêchât pas les plus acharnés de s'intéresser à leurs détritus. Le bruit circulait d'ailleurs qu'un de ces pilleurs avait vendu une petite culotte usagée de Daniéla mille euros à un fan.

Le couple formé par le pilote et la comédienne supportait ces inconvénients qui constituent une sorte de rançon de la gloire et des privilèges financiers qui l'accompagnent. Des événements récents les troublaient cependant davantage que tous les harcèlements subis auparavant. Daniéla recevait très régulièrement des menaces de mort, envoyées par lettres anonymes à ses deux adresses. Cela signifiait que l'auteur savait où elle habitait et pouvait très bien la guetter, la suivre, la surprendre n'importe où. La jeune femme se sentait épiée et n'osait plus sortir seule comme elle le faisait auparavant.

- C'est le fameux calendrier qui a tout déclenché, je crois, suggéra Nick.

- Oui, répondit David, les premières lettres anonymes coïncident avec sa publication, et leur contenu ne laisse aucun doute. Un fou moraliste et intégriste. Daniéla y a posé nue. D'habitude, elle n'accepte jamais de telles photos. Même dans ses films et ses clips, on la voit rarement complètement nue.

- Mais pour une fois, Daniéla a accepté, constata Nick.

- Parce qu'il s'agissait d'une action humanitaire. Les produits de la vente du calendrier allaient à une association de lutte contre le sida. Il s'agissait de récolter des fonds pour organiser des actions de prévention sur le continent africain.

- Daniéla ne montre pas tout, précisa Nick. Elle est photographiée de côté et croise les bras, en dissimulant partiellement ses seins. Rien de choquant, vraiment.

- Ses cheveux longs et blonds ainsi que ses yeux baissés lui donnent un air timide et angélique, nota David.

- Je dirais quand même un peu mutin, protesta Nick

- Éric ne t'approuverait pas. Je me rappelle qu'il a dit timide et angélique quand il a vu la photo la première fois. Je te rappelle qu'il connaît Daniéla depuis la fac. Elle avait commencé droit avant de faire un disque, de décrocher un rôle sur un casting, puis de suivre des cours de comédie. C'était une fille très belle, mais très timide qui doutait beaucoup et se rendait malade à l'approche des examens.

- Il est sorti avec ? interrogea Nick.

- Non, je ne crois pas. Mais ils ont exercé l'un et l'autre des influences déterminantes sur leurs vies respectives. C'est Éric qui l'a décidée à tenter sa chance auprès d'un producteur de disques. C'est encore Éric qui lui ai fait connaître Freddy lors d'une fête organisée par un sponsor. Et deux ans plus tard, Daniéla lui a présenté une de ses amies lors d'une première. C'était Ghislaine, ma tante.

- C'est vrai que Ghislaine est aussi comédienne, commenta Nick.

- Elle ne tourne plus beaucoup depuis les naissances de mes cousins, expliqua David. Maintenant, elle préfère écrire des scénarios de téléfilms et composer des chansons, notamment pour Daniéla. De temps en temps, elle accepte encore un rôle, mais ce n'est plus son activité principale. Pour en revenir à Daniéla, je persiste et signe en affirmant qu'elle est naturellement très pudique et réservée, et qu'elle prend sur elle pour se montrer déshabillée. Elle s'est forcée à accepter les photos du calendrier.

- Comment ça ? questionna Nick.

- Daniéla réalise qu'elle mène une existence très favorisée, continua David. Elle réussit professionnellement, gagne pas mal d'argent, vit heureuse avec son mari et ses fils. Elle pense que cette vie privilégiée lui crée le devoir d'aider ceux qui n'ont pas la même chance. D'où son implication dans de nombreuses associations caritatives comme les Restos du Cœur, la structure créée par Yannick Noah et sa mère, sans oublier le Téléthon. Je te le répète, c'est pour ça qu'elle s'est forcée à poser nue sur un calendrier un peu provocant. La légende explique la philosophie. « Je n'ai pas honte de mon corps. Je le protège en utilisant des préservatifs ».

- La campagne n'a pas plus à tout le monde, souligna Nick.

- C'est le moins qu'on puisse dire, reconnut David. Les initiateurs du calendrier ont choisi des stars rangées par préférence à des vamps pour créer un effet de choc dans l'opinion en criant haut et fort que la sida concerne tout le monde et qu'il faut aider les pays défavorisés. La campagne à fait scandale. D'où les menaces proférées contre Daniéla. Son correspondant anonyme la traite de sale pute. Il écrit que le sida ne tue que les pédés, que c'est le juste châtiment que leur inflige Dieu. Il l'accuse d'aider les forces du mal en s'opposant à la volonté du Tout puissant. Les schémas traditionnels du beauf de base. Il dit que le Maître de l'univers a armé son bras pour qu'il la punisse à son tour en lui ôtant la vie. Il ajoute sur certains messages qu'elle, blanche, ne devrait pas s'occuper du sort des nègres, qu'elle trahit sa race. Et le cirque dure depuis six mois. Elle trouve des messages dans la boite aux lettres, sur le pare brise de sa voiture, sur les lieux de tournage. C'est vraiment l'angoisse. Ce type est con, facho, raciste, écœurant.. On a tous peur qu'il soit assez bête et malade pour passer à l'acte.

« Sans compter que Daniéla et Freddy ont peur pour Pascal et Aurélien, leurs fils. Enfin, pour l'instant, ils sont en Guadeloupe avec mes cousins et la fille de la compagne de Mickaël. Seuls nos proches le savent. L'autre ne risque pas de les trouver là-bas.

- Ça donne des frissons, murmura Nick. J'ai aussi lu dans la presse que Freddy avait beaucoup de soucis, que ce soit chez Vivia ou sur les pistes.

- Sur les pistes, rien n'est joué pour le titre, reconnut David. Ce sera serré. Cette année, quatre écuries jouent à peu près au même niveau. Il n'a pas la meilleure voiture, c'est certain. Il sait régler sa monoplace, attaquer et mener ses courses intelligemment. Il surclasse son équipier. Il conserve toutes ses chances, et ne compte que cinq points de retard sur le premier au classement provisoire du championnat. Une chose l'inquiète beaucoup et crée un aléa ingérable. L'écurie italienne Madina fausse la compétition. Un de se pilotes se bat en tête, tandis que l'autre simule des arrêts au stand et des sorties de piste pour perdre du temps, se faire rattraper par les voitures de tête, et sortir volontairement les adversaires de son chef de file. Il a déjà coûté dix points à Freddy en le percutant intentionnellement à Silverstone. Sans ça, Freddy serait en tête du championnat aujourd'hui.

- Et les problèmes Vivia ? interrogea Nick. Depuis le début de l'été, je sens bien que ça stresse Éric.

- C'est un peu compliqué, observa David. Il n'y a qu'Autohebdo qui ait cerné la vérité dans l'affaire. En fait, les patrons des sociétés actionnaires au moment de la création de Vivia étaient tous des industriels bretons fiers de contribuer au lancement d'une marque de voitures de sport dans la région. Aujourd'hui, ils ont vendu leurs entreprises à des groupes financiers qui n'ont rien à faire de participations chez un petit constructeur automobile, même bénéficiaire. Ils veulent vendre au plus vite. Éric et Freddy sont d'accord sur le principe d'entrée de nouveaux partenaires, à condition de préserver l'existence de Vivia et d'assurer son maintien en Bretagne afin de protéger les emplois. Or, l'acquéreur qui fait l'offre la plus chère veut licencier tout le monde et transférer la production à l'étranger. Éric et Freddy essaient de les coincer en cherchant au plus vite d'autres acheteurs, comme l'explique fort justement l'article d'Autohebdo.

- Ils sont confiants ? demanda Nick. Ce serait tellement dommage que Vivia parte à l'étranger et change d'esprit.

- Raisonnablement, reconnut David. Éric dit que c'est une affaire saine mais qu'il faut investir pour lui faire franchir un nouveau cap et qu'il reste une marge d'incertitude. Le pouvoir de l'argent ne s'embarrasse pas de scrupules. Il craint que certains actionnaires et leurs complices soient capables de sales coups afin de rendre la délocalisation inévitable. Selon Éric, le monde des affaires se transforme fréquemment en jungle sauvage où les fauves se déchirent. Ou alors en bassin de requins en eau trouble…

Un nouveau coup de tonnerre les fit sursauter.

- Cette fois, l'orage est au-dessus de nous, déclara David…

- La foudre me rappelle une anecdote étrange, confia-t-il à Nick. Un jour, mon père rentrait de Saint-Malo au volant de sa Volvo.

- La quelle, la 740, le coupé, le break ?

Grégoire Sarel roula longtemps en Volvo. Il changeait de voiture tous les ans et posséda à peu près tous les gros modèles de la gamme du constructeur suédois jusqu'à ce qu'il vive avec Soizick Pierret. Cette dernière tenait tant à le soumettre dans tous les domaines qu'elle exigea qu'il renonce aux Volvo, achète des voitures moins chères, et lui offre des cadeaux correspondant à la différence de prix entre la voiture qu'elle lui choisissait et une Volvo. Désormais, Grégoire n'avait plus droit qu'à un break Ford Sierra diesel blanc sans autre option que la climatisation, ultime concession arrachée de haute lutte à Soizick Pierret au prétexte qu'il fallait assurer un minimum de confort aux clients de l'agence immobilière lorsqu'il fallait les amener en visite.

- L'histoire s'est passée quand il avait sa dernière Volvo, précisa David. La 760 bordeaux métallisé avec l'intérieur en cuir blanc. C'était quelques semaines avant qu'il n'annonce qu'il partait avec cette morue de

Pierret. Il roulait sous l'orage. Il m'a dit en rentrant que la foudre était tombée sur la Volvo, que le moteur s'était arrêté, que la boîte s'était bloquée, et que la voiture avait fait un tête à queue complet sur la route mouillée.

- Il a dû avoir une sacrée frayeur.

- Si c'est vrai, sûrement. Maintenant, mon père a toujours été un fieffé menteur et je ne suis pas convaincu que l'histoire soit véridique. Si toutefois c'est le cas, on pourrait interpréter que ce fut l'origine du coup de foudre pour sa morue. Il a été frappé par la foudre, au sens propre, et il s'est barré avec Pierret…

- Une intervention extérieure de forces maléfiques, commenta Nick. Cette fille serait une sorte d'envoyée du Diable…

- Je plaisantais, Nick. C'est une coïncidence. Je ne crois pas trop au paranormal.

- C'est quand même troublant. Elle est tellement mauvaise, cette bonne femme. Un lien avec des forces obscures expliquerait bien des choses.

- Elle n'a pas besoin d'aides extérieures des enfers. Sa méchanceté terroriserait Satan en personne. Elle vivra vieille, cette salope. Les démons auront trop peur du mal qu'elle pourrait leur faire en les rejoignant.

Un nouveau coup de tonnerre d'une violence infernale ponctua ses propos.

- Tu vois, les éléments m'approuvent.

Nick ne dit rien. L'orage, l'émotion subie quelques heures plus tôt, le souvenir des crimes perpétrés depuis le début de la semaine, le bruit de la pluie qui s'abattait désormais avec violence sur la tôle du motor-home, tout contribuait à donner à leur conversation une atmosphère grave et lourde.

- Alors, Nick, maintenant que tu connais tous les détails

sur les autres problèmes d'Éric et Freddy, qui vois-tu comme agresseurs potentiels dans notre histoire ?

- Vous avez tous des ennemis, sauf Ghislaine, réfléchit Nick à haute voix.

- Elle est trop gentille pour avoir des ennemis personnels, affirma David. Encore que ma mère et ma grand-mère ne puissent pas la saquer. Mais elles se contentent de baver sur son compte entre elles. Elles ne l'aiment pas et elles racontent des conneries, c'est tout.

- Ghislaine est trop belle, observa Nick. Les femmes vindicatives ne peuvent pas l'aimer.

- Comme ma mère et ma grand-mère. Elles n'ont même pas accepté d'assister au mariage d'Éric. Mon grand-père est venu. Il m'a amené avec lui. J'avais huit ans. Mon père voulait venir. Il appréciait bien Éric à l'époque. Il l'avait choisi comme avocat. Mais ma mère a fait une crise d'hystérie et s'est couchée en prétextant qu'elle était gravement malade. Mon père s'est écrasé. Éric n'a jamais pardonné à sa mère d'avoir organisé ce coup là. Il est persuadé que c'est elle qui a monté ma mère contre Ghislaine. Encore aujourd'hui, ils se parlent à peine. Ma grand-mère et moi, on ne se parle jamais non plus. En fait, Éric considère que ma mère, Mireille, est une victime de sa propre mère. D'ailleurs, quand ma mère est avec son ami actuel, elle ne se comporte pas comme avec nous. Il faut dire qu'il est médecin. Elle n'arrête pas de nous dire que lui, il fait quelque chose d'utile, que ce n'est pas comme les avocats et les pilotes. Ma grand mère approuve. Il paraît qu'elle proclame que cette fois, elle a trouvé un type bien, pas comme mon arrière grand père Victor, mon grand père, mon père, Éric et moi. Tant mieux qu'elle ait trouvé quelqu'un, ceci dit. Elle va partir vivre dans le sud-ouest avec lui d'ici un an ou deux. Moi, je reste en Bretagne. Je serai en fac à Rennes et le week-end à Ploemeur ou sur les circuits. Ma mère est prévenue. Elle s'y attendait.

- Ton grand père a l'air d'apprécier Ghislaine, lui.

Nick connaissait le père d'Éric. Il l'avait vu plusieurs fois à Ploemeur.

- Oui, lui il est sympa, expliqua David.. Il vient passer une semaine à Ploemeur trois ou quatre fois par an. Tout seul. Ma grand-mère ne veut jamais venir. Elle s'entend plus que bien avec sa fille, donc ma mère, mais avec son fils, Éric, ça n'a jamais marché. Je crois qu'Éric préfère qu'elle ne vienne pas non plus. Il a des clients à Avranches. Quand il y va, il loge à l'hôtel et il invite grand-père à dîner avec lui. Grand-père vient tout seul, sans la grand-mère. Éric a acheté des murs commerciaux place d'Alsace Lorraine, au centre de Lorient. Il voudrait que grand-père y monte une bijouterie et vende le magasin d'Avranches. Son idée, c'est qu'il vienne vivre dans la maison vide à côté de la longère, qu'il laisse la maison d'Avranches à grand-mère et qu'il lui verse une pension, mais qu'il reprenne sa liberté, qu'il arrête de se faire traiter comme un chien par grand-mère. De toutes façons, la grand-mère sera tout le temps fourrée chez ma mère quand elle sera partie dans sud-ouest avec son nouveau mec. L'arrangement sera parfait pour tout monde.

- Il va se laisser convaincre, ton grand-père ?

- Pas évident. Il a du mal à franchir le pas.

- Je présume que ta mère et ta grand mère cassent du sucre sur le dos de Ghislaine à la moindre occasion, déplora Nick.

- Affirmatif. Elles ne supportent pas que d'autres femmes qu'elles puissent être belles et élégantes. Elles font plus que lui casser du sucre sur le dos, elles crachent du venin sur elle et sur Daniéla.

Plutôt grande (un mètre soixante treize), des cheveux bruns mi-longs coiffés avec une frange un peu à la Mireille Darc, un visage aux traits réguliers, des yeux verts exprimant la douceur, une apparence toujours très soignée, très élégante quoique discrète, Ghislaine ne passait pas inaperçue. Le plus souvent, les autres l'appréciaient, sauf certaines femmes.

- En tous cas, ce n'est pas elle qui est visée puisqu'on nous menace alors qu'elle n'est pas là. Alors, notre ennemi, c'est qui ?

- J'espère que ce sont les actionnaire de Vivia, déclara Nick. Ils profitent du climat d'angoisse après les meurtres. C'est le plus vraisemblable. Enfin, j'espère.

- Ou bien ? insista David.

- Ben, ta belle-mère. C'est quand même énorme. D'un autre côté, tout le monde reconnaît que c'est un vrai monstre, cette nana.

- Et elle a vécu avec un gangster à une époque, ajouta David. Qui dit qu'elle n'est pas encore en relation avec lui ? Ils montent le coup en tuant quatre innocents pour préparer nos meurtres. Ils ne sont pas à ça près. N'oublie pas que son ex était déjà un tueur. Alors, quelques cadavres de plus ou de moins, il n'est plus à ça près. Ils escomptent qu'avec la série de meurtres, personne ne soupçonnera une vengeance de Pierret. J'en mettrais ma main à couper. On en revient toujours à cette explication-là.

Nick soupira en baissant la tête. Les arguments de son ami l'ébranlaient. Au fond de lui-même, la thèse de David lui semblait l'option la plus crédible.

- On se fait un film, maugréa-t-il. Il y a sûrement une

autre explication. On va la trouver, je te promets. Il faut qu'on la trouve.

Un nouveau coup de foudre les fit sursauter. Nick l'interpréta comme un mauvais présage.

Le cœur gros, les deux garçons se glissèrent dans leurs couchettes.

Nick ne parvint pas à trouver le sommeil. Au fil des minutes qui s'écoulaient dans l'obscurité, son pessimisme s'affirma. Il faisait parfois des rêves prémonitoires. Il se montrait plus ouvert que David aux phénomènes paranormaux et accordait une réelle attention aux impressions qui présageaient des événements inquiétants.

Cette nuit, il se sentait oppressé par la certitude qu'un danger les guettait. Quelque chose de grave et d'imminent les menaçait, il en était certain. Et il enrageait de se sentir impuissant à trouver l'explication qui sauverait ses amis.

Chaque coup de tonnerre lui faisait l'impression d'un coup de canon contre le motor-home.

Chapitre 11

« Sept heures trente, le rappel des titres, annonça le journaliste de France Bleu Armorique dont la voix parvint aux oreilles de David par l'intermédiaire de son radioréveil.

Rien de nouveau dans l'affaire des meurtres d'Ille et Vilaine. Les enquêteurs n'ont toujours aucune piste. La police ne cache plus sa fébrilité. Plusieurs milliers de touristes auraient quitté la Côte d'Émeraude cette semaine. Nous y reviendrons dans notre journal de huit heures.

Météo. Après les violents orages de la nuit dernière, retour du beau temps dès la mi-journée… »

David fut le premier à se lever. Nick avait fini par trouver le sommeil au petit jour, lorsque l'orage s'était calmé. David connaissait la tendance de son ami à traîner au lit le matin. Ignorant que Nick avait très peu dormi, il le tira sans pitié des bras de Morphée.

- Debout, marmotte, dit-il en le secouant. Lève-toi où j'emploie les grands moyens.

Nick ouvrit péniblement les yeux. Il avait fait les frais à maintes reprises de l'impatience de David qui n'hésitait pas à le virer de son lit lorsqu'il l'attendait trop longtemps. Le rituel se répétait notamment de façon immuable lorsque les deux garçons allaient faire de la voile en début de matinée. David se levait le premier et réveillait Nick. Cinq minutes plus tard, Nick s'était à nouveau assoupi. Pas pour longtemps, car son matelas se retrouvait très vite par terre, le contraignant à entamer sa journée.

Peu désireux de se retrouver projeté sur le sol ce matin-là, Nick sortit péniblement de son sac de couchage.

- Personne n'est encore levé, protesta-t-il.

- Justement, on va leur préparer le petit déjeuner, commanda David, plein d'énergie.

Nick le suivit. Son bon caractère naturel et sa reconnaissance tacite de l'autorité de David le conduisait toujours à suivre les suggestions de son camarade.

Les deux garçons commencèrent par ouvrir l'auvent du motor-home. Le ciel était encore voilé mais il ne pleuvait plus. La température était plus fraîche que les jours précédents.

- Il fait plus frais, commenta-t-il à l'attention de Nick. Pas plus mal pour les moteurs et les pilotes.

David sortit et s'apprêta à attacher la toile roulée de la porte de l'auvent au moyen des lanières cousues à cet effet.

- Oh, non, gémit-il.

Sa voix angoissée tira Nick de l'état de léthargie qui durait d'habitude jusqu'à ce qu'il ait bu son café. Il sortit à son tour. Un spectacle affligeant s'offrait aux yeux des deux garçons. La tente qui abritait les trois Vivia de course était ouverte. Le capot de la GT de Freddy et Éric était levé.

David et Nick se précipitèrent sous la tente. Le premier fit le tour de la voiture, tandis que le second resta figé en découvrant les fils électriques qui pendaient le long du moteur.

Soudain, David frémit. Un vêtement de femme était négligemment posé dans le siège baquet du conducteur. Le filleul d'Éric ouvrit la portière. Il reconnut la veste de tailleur Channel bleu marine qui n'aurait pas dû se trouver dans la voiture de course. Elle appartenait à Ghislaine.

Une feuille de papier format A 4 était collée au siège au moyen d'un morceau de scotch.

« ON VOUS AVAIT POURTANT DIT DE NE PAS TÉLÉPHONER, ON A UN SCANNER. NE SORTEZ PAS DE L'ENCEINTE DU CIRCUIT. NE PRÉVENEZ PERSONNE. FAITES ATTENTION A CE QUE VOUS DITES, ON VOUS ENTEND, PARTOUT. NE COUPEZ PAS NOS MICROS. FAITES VOTRE COURSE COMME SI RIEN N'ÉTAIT ET NE VOUS OCCUPEZ DE RIEN D'AUTRE, SINON TANT PIS POUR L'OTAGE. »

Devenu blême, David tendit la feuille à Nick, dont les yeux se remplirent d'effroi.

- C'est vraiment grave, se désespéra-il. Je ne sais pas quoi penser.

Cette fois, les choses prenaient un tour dramatique. Les malfaiteurs détenaient la femme d'Éric. Qui étaient-ils ? De quoi étaient-ils capables ?

- Ils ont bien capté la conversation téléphonique d'Éric hier soir, reprit Nick. Ils disposent de sacrés moyens techniques.

- Oui, et ce sont des professionnels prêts à tout, ajouta-t-il. L'enlèvement est passible de la cour d'assises. Il leur faut un sacré enjeu et un culot d'enfer pour s'exposer à un risque pareil. Si ce sont les tueurs d'Ille et Vilaine, ils ne sont pas à ça près. Si ce sont d'autres malfaiteurs, ils n'ont peur de rien non plus.

Il se tut quelques secondes et ajouta qu'il fallait prévenir les autres tout de suite.

Éric était dans la salle de bains au moment où ils rentrèrent dans le motor-home. Ils attendirent qu'il sorte de la douche. Nick en profita pour écrire un mot sur un bloc de papier.

« Ghislaine a été enlevée. Ils ont entendu ta conversation téléphonique hier soir. Ils ont saboté la GT de course, et ils ont laissé un nouveau message de menace. On en parle dehors. »

Lorsqu'Éric ouvrit la porte de la salle de bains , il comprit tout de suite que quelque chose de grave s'était passé. Les mines des deux garçons ne laissaient planer aucun doute à ce sujet.

David fit schut en plaçant son index sur ses lèvres. Nick lui montra la feuille qu'il venait d'écrire.

Éric savait les deux garçons blagueurs, surtout son filleul. Il essuyait régulièrement les plâtres des canulars de David, toujours prêt à organiser un gag téléphonique ou à essayer de lui faire croire à des histoires extravagantes. Pourtant, son sang ne fit qu'un tour, car il ne douta pas un instant de la véracité de l'information. Les mises en scène de David et Nick se terminaient toujours par un fou rire. Ils ne jouaient jamais sur la corde du drame.

Éric fit un signe de la tête pour montrer qu'il avait compris la situation. Il frappa énergiquement à la porte de Freddy et Daniéla.

- Cinq minutes, grogna Freddy, on a le temps.

Éric frappa à nouveau, sans parler.

- Bon, ça va, j'arrive.

Freddy ouvrit la porte. Les cheveux ébouriffés, enroulé dans une serviette, il ne paraissait pas bien réveillé.

Éric lui montra la lettre écrite par Nick et le message des ravisseurs.

- Les salauds, s'écria-t-il.

- Qu'est-ce qui se passe, s'exclama Daniéla en s'asseyant brusquement dans son lit ?

Le drap derrière lequel elle se cachait glissa, dévoilant ses seins et suggérant qu'elle était entièrement nue.

Des réflexions cocasses naissent souvent dans des moments dramatiques.

- Beaucoup de gens se demandent si les pilotes font l'amour la nuit précédant une course, pensa Nick. En ce qui concerne Freddy, il n'y a pas de doute sur la réponse. Il faut avouer qu'avec une femme qui a le corps de Daniéla, résister relèverait du supplice de Tantale… Pourquoi je pense à des choses comme ça dans un moment pareil ? se reprocha-t-il aussitôt.

La voix de Freddy, désormais tout à fait réveillé, le tira de sa réflexion.

- On se lève et on arrive, commanda-t-il, avant de refermer la porte.

Moins de cinq minutes plus tard, le couple rejoignait Éric, David et Nick dans le parc.

- Qu'est-ce qu'on fait ? interrogea Daniéla.

- Je ne sais pas, avoua Éric.

Son métier d'avocat l'avait conduit à s'intéresser à de nombreuses affaires pénales. David, qui ne doutait pas d'intégrer la même profession, dévorait également les traités de criminologie ainsi que les ouvrages racontant les grands procès ou retraçant la vie des maîtres du Barreau.

- On dit qu'il faut toujours prévenir la police en cas de rapt, suggéra-t-il.

- Oui, mais dans la plupart des cas, les proches de la

victime conservent une marge d'autonomie dans leurs manœuvres, ce qui n'est pas notre cas objecta Éric. Les bandits utilisent une technologie qui leur permet de nous entendre et de capter nos messages téléphoniques. En outre, tout principe comporte des exceptions qui le justifient.

David porta tout à coup la main à son bouche.

- C'est de ma faute, expliqua-t-il l'air épouvanté. Hier après-midi, quand je suis revenu chercher des bouteilles d'eau, j'ai trouvé un type dans le motor-home. J'ai pensé appeler la sécurité. Il m'a supplié de ne pas le faire. Il a prétendu qu'il était entré pour demander un autographe à Daniéla. Je l'ai cru. Je lui ai même proposé de revenir hier soir ou ce matin. Après, je l'ai fait sortir. Je n'ai prévenu personne, j'ai oublié l'incident. J'ai été nul. C'est sûrement lui qui a posé les micros.

David était si malheureux des conséquences de son insouciance qu'Éric jugea nécessaire de le réconforter.

- Tu ne pouvais pas deviner. Si tu avais appelé la sécurité du circuit, ils auraient cru à son histoire, comme toi. Si c'était moi qui étais revenu au motor-home, j'aurais agi de la même manière. Je l'aurais fait sortir et je ne me serais pas inquiété. Personne ne pouvait deviner qu'il posait des micros.

Freddy réfléchit quelques secondes, puis il émit une proposition.

- Notre chambre était fermée à clef. Il n'a sûrement pas eu le temps de l'ouvrir, de poser des micros, et de la refermer. Il s'est d'abord intéressé aux endroits où on discuterait tous ensemble. Peut-être a-t-il pensé aux autres pièces, mais dans ce cas, David l'aura interrompu avant qu'il ne finisse son travail. Donc, on peut parler en toute sécurité dans la chambre.

- Et si on a besoin de communiquer sur un sujet délicat, on utilisera des messages écrits pour se retrouver dans la chambre, compléta Nick, un peu excité malgré lui par ce jeu d'espions.

Ils rentrèrent et poursuivirent la conversation dans la chambre du pilote.

- Je suis sûre que c'est mon maniaque, assura Daniéla. Ce n'est pas par hasard que l'homme qui posait des micros a prononcé mon nom.

- Pas sûr, objecta Éric. Il avait sans doute préparé une explication dans le cas où il serait surpris. C'était l'hypothèse la plus vraisemblable pour justifier sa présence dans le motor-home sans éveiller les soupçons.

- Ce qui est étonnant, c'est qu'on ne nous demande rien, intervint David. Pas de rançon, pas de chantage, pas de pression exprimée. Qu'est-ce qu'ils veulent ?

- De toute façon, si quelqu'un demande une rançon, on se cotisera pour payer si c'est nécessaire, déclara Freddy, aussitôt approuvé par Daniéla.

- Il y a quelque chose de bizarre, reprit David. On dirait qu'ils visent plutôt Éric, puisqu'ils ont enlevé Ghislaine. Or, Freddy et Daniéla sont les plus fortunés de l'équipe.

- Peut-être qu'ils escomptent la participation de Freddy et Daniéla au payement de la rançon, commenta Nick.

- Non, ils ne cherchent pas une rançon, signifia Éric. L'enlèvement de Ghislaine est un moyen de pression pour nous faire taire et nous montrer qu'ils captent nos communications et écoutent ce que nous disons dans le motor-home. Pas leur objectif principal. Ils veulent nous empêcher de prévenir la police et obtenir autre chose.

Éric se tut. Il ne voulait pas exprimer à haute voix l'idée qui lui traversait l'esprit.

- Et s'ils voulaient commettre un meurtre en masquant son motif réel ? se disait-il. Toujours l'hypothèse d'une intervention de la seconde Madame Sarel. Pourtant, je la crois plutôt intrigante que femme capable de monter un attentat. Mais sait-on jamais, avec son ex-amant ?

Il regarda David, qui semblait pensif lui-aussi, et se convainquit, à juste titre, qu'ils partageaient une fois de plus la même opinion.

- Si l'équipe Madina est contrôlée par la mafia, tout peut arriver, suggéra Freddy. A moins que des vendeurs ou des acheteurs des actions Vivia n'attachent encore plus d'importance qu'on ne croit à l'opération.

- Nous ne possédons pas toutes les pièces du puzzle, conclut Éric. On n'a pas le choix. Pour l'instant, on ne prévient pas la police et on attend d'en savoir plus. On ne téléphone pas non plus. On sait qu'ils ont posé des micros et qu'ils possèdent un scanner qui leur permet de capter les communications téléphoniques. Si on touche au téléphone, ils nous entendent, si on parle dans le motor-home, à l'exception de la chambre, ils nous entendent. Si on parle à l'extérieur, nul doute qu'ils nous surveillent. Pas question d'amener quelqu'un de l'extérieur et de le mettre au courant en parlant dans la chambre du motor-home. Ils trouveraient louche de ne pas entendre la conversation et ils le feraient payer à Ghislaine.

- Qu'est-ce qu'on fait avec l'équipe ? demanda Freddy. Ils vont voir que la voiture est sabotée.

- On met très discrètement Michel au courant, mais pas les autres répondit l'avocat. Michel est un copain et un collaborateur sûr depuis nos débuts. Il ne parlera pas. Par contre, qui sait si un des mécanos ne serait pas tenté de vendre un scoop à la presse ? De toute façon, ils n'ont pas vu le tailleur de Ghislaine ni le mot dans la voiture.

Une heure plus tard, la Vivia GT était réparée. Les saboteurs s'étaient contentés de couper quelques fils, sans chercher à l'immobiliser durablement. Logique, ils voulaient que ses pilotes participent à la course.

L'un des mécanos s'était montré plus curieux que les autres.

- Il n'y a plus rien à craindre, avait répondu Freddy. C'est l'œuvre de petits voyous qui ont été interpellés à Maure de Bretagne alors qu'ils s'attaquaient à une autre bagnole.

- La police va venir ?

- Ils ont appelé sur le mobile très tôt ce matin. Les voyous ont reconnu les faits. Compte tenu des dégâts limités et de la jeunesse des casseurs, nous ne portons pas plainte.

Éric, Freddy, David et Nick se rendirent au camion de la Fédération Française de Sport Automobile où étaient affichés les horaires de mise en grille pour le warm-up (1). En revenant, David bavarda avec Éric, tandis que Freddy s'entretenait avec Nick.

---

(1) le warm-up désigne la dernière séance d'essais précédant la course. Les pilotes vérifient le bon fonctionnement de leurs voitures. Les performances réalisées lors du warm-up ne comptent pas pour l'établissement de la grille de départ.

- Dire que cette course devait être une grande fête, soupira David.

- C'est vrai, convint Éric. Mais restons vigilants. Il existe forcément une solution pour nous en tirer et retourner la situation à notre avantage.

Freddy et Nick marchaient à quelques mètres d'eux.

- Remonte leur le moral à l'occasion, conseillait le pilote. En y réfléchissant, je crois qu'Éric et moi sommes visés et qu'on va nous demander d'arrêter de faire obstruction à la cession de Vivia à un groupe étranger. Si ça se trouve, ils vont exiger qu'on annonce la cession au cours des interviews accordées à la fin de la course. Ils savent bien qu'on fait le lien avec les tueurs d'Ille et Vilaine, qu'on a peur que Ghislaine soit entre les mains de ces types. Ils en profitent. Je céderai les actions que je possède si c'est nécessaire. On montera une autre écurie avec des BMW, des Porsche ou des Alfa pour faire courir Éric, et David quand il aura l'âge.

Nick sourit. Il crut bien sûr en la sincérité de Freddy.

- Et que fera-t-on si c'est autre chose ?

- Je ne sais pas. En tout cas, on se battra pour s'en sortir, affirma Freddy, dont le regard exprima une nouvelle fois une détermination et une rage presque effrayantes.

Chapitre 12

- Je suis fou d'inquiétude, avoua Éric à Freddy.

L'avocat se tenait la tête entre les mains. De minute en minute, il réalisait davantage la gravité de la situation. Il s'était enfermé dans la chambre avec Freddy en prétextant qu'ils devaient réfléchir tous les deux à quelques arguments techniques ultimes pour défendre au mieux Freddy si des hommes d'affaires véreux tentaient de faire pression sur lui au cours des prochaines heures. En réalité, Éric avait besoin de parler, et il essayait de dissimuler son angoisse à David, Nick et Daniéla.

- Qu'est-ce qu'ils vont lui faire ? reprit-il, au bord de la crise de nerfs.

Éric imaginait sa femme entre les mains de ravisseurs cruels et sanguinaires.

Freddy n'avait jamais vu son ami dans un tel état. Éric représentait la force mentale, ne montrait jamais ses doutes. Il affichait toujours la confiance en soi inébranlable qui caractérise les avocats les plus talentueux. Éric avait négocié tous les contrats professionnels de Freddy. Ce dernier avait assisté à de nombreuses réunions relatives à la défense de ses intérêts. Jamais Éric ne s'était laissé déstabiliser, même lorsqu'il réclamait des dizaines de millions de dollars à ses interlocuteurs. Il était d'ailleurs arrivé que Freddy doive faire appel à toute sa concentration pour dissimuler son angoisse face aux coups de bluff qu'osait Éric. Il s'était cependant toujours félicité de suivre ses conseils, car Éric sentait intuitivement les limites de ses interlocuteurs et parvenait à les y pousser, voire à leur arracher un effort supplémentaire.

Le dernier renouvellement du contrat de Freddy en Formule 1 fournissait un exemple parfait de cette faculté de l'avocat. L'écurie de Freddy lui avait proposé quinze millions de dollars par an. Freddy souhaitait obtenir dix huit millions, et savait qu'une autre équipe, moins performante mais dotée d'un budget confortable, signerait à seize millions. Éric avait arraché vingt trois millions par an pour les deux prochaines saisons, en faisant croire à l'équipe que si elle refusait, Freddy signerait dès la semaine suivante chez Ferrari. Le patron de l'écurie au sein de laquelle roulait Freddy avait signé, soucieux de conserver la collaboration de son pilote vedette et prêt à un effort notable pour éviter de le retrouver comme adversaire. Éric avait bluffé. Aucune négociation n'avait jamais été entamée avec Ferrari. Il s'était contenté de s'afficher avec le patron des rouges dans le paddock du Grand Prix de Silverstone, puis de laisser échapper devant des journalistes que la couleur de la combinaison de Freddy changerait peut-être la saison suivante. Les rumeurs circulent très vite dans le milieu de la F 1. Dès le lendemain, la presse sportive mondiale évoquait l'arrivée du pilote français chez le constructeur de Modène.

« Vivien vengera-t-il son ami Pironi ? lisait-on en première page de couverture d'un grand quotidien national. Sera-t-il le premier Champion du monde français au volant d'une Ferrari ? ».

Du côté de Modène, où on discutait les salaires des pilotes au titre de la saison suivante, personne ne démentit l'information. Les pilotes des voitures rouges se montreraient moins exigeants s'ils sentaient la menace de se voir remplacés par un champion du monde. Le jeu des chaises musicales et de la chasse au baquet inquiète les pilotes et leurs agents.

Éric avait parié sur ce phénomène. Il ne lui restait plus qu'à attendre que l'employeur de Freddy cède à ses prétentions, ce qui n'avait demandé que quelques heures.

Pour qu'Éric se laisse aller à un moment de faiblesse, il fallait qu'il ressente une détresse profonde.

- Je comprends ce que tu éprouves, déclara Freddy. Je comprends à quel point tu es angoissé, et j'aurais du mal à tenir le coup si Daniéla était à la place de Ghislaine. Je suis inquiet aussi, tu sais. Vous êtes nos meilleurs amis tous les deux. Sincèrement, je crois qu'ils ne feront pas de mal à Ghislaine et qu'ils la relâcheront saine et sauve. Plus j'y pense, plus je suis convaincu que toute cette histoire a trait au contrôle des actions de Vivia. Quelqu'un veut nous forcer à consentir à la vente aux étrangers et à la délocalisation. On va céder, sauver Ghislaine, et leur régler leur compte après à cette bande d'enfoirés.

- Je sais que je peux compter sur toi, avança Éric. C'est le monde à l'envers. D'habitude, je suis là pour défendre tes intérêts et là, tu vas sacrifier l'entreprise qui te tient à cœur pour sauver ma femme. Et je suis obligé de le souhaiter tellement j'ai peur pour elle.

- Une entreprise ne représente rien par rapport à quelqu'un qu'on aime, assura Freddy. Ce n'est pas si grave que ça après tout. Et puis si on vend, on pourra toujours travailler en sous-main pour mener la vie dure aux acheteurs en aidant les employés à préserver leur outil de travail. Par exemple, nous pourrions …

- Mais je crains encore davantage un autre scénario, l'interrompit Éric.

- Lequel ? questionna Freddy, intrigué.

- Tu sais que David se heurte à une hostilité farouche de sa belle-mère, et que la situation a encore empiré depuis quelques mois. On en a encore parlé l'autre soir.

- C'est vrai, oui.

- Tu te rappelles que l'ex-amant de cette bonne femme s'est évaporé dans la nature après une fusillade meurtrière.

- Et que c'est une ancienne entraîneuse jouant les bourges, je m'en souviens aussi.

- Ce qui veut dire connaissance des milieux de la nuit, peut-être encore des relations avec son ex, et en tous cas des facilités pour entrer en contact avec un tas de personnes pas nettes. Le père de David a accumulé une belle fortune en tant que promoteur et marchand de biens. Madame Sarel n'hésite pas à affirmer que l'existence de David les gêne, car il aura droit à une part d'héritage à ses dépens et, selon elle, au préjudice de ses propres enfants. Bien sûr, Grégoire Sarel utilise toutes les astuces possibles pour transférer son patrimoine à sa femme, mais il reste coincé par des coûts fiscaux et des risques de remise en cause des opérations anormales qui ne lui permettent pas de déshériter totalement David comme il le souhaiterait. Sans compter la nécessité de garder des actifs à son nom parce qu'il sait très bien que s'il donne tout à Pierret, elle le quittera vite fait. J'ai peur que cette morue de Soizick Pierret, enfin Pierret-

Sarel maintenant hélas, qui, à l'évidence a songé aux avantages que représenterait pour elle la disparition de David, n'ait franchi le pas qui mène au passage à l'acte. Autrement dit, je crains qu'elle ne projette de le faire assassiner et que les menaces que nous subissons correspondent à une mise en scène qui aboutisse à l'exécution de David pendant le week-end. Quelque part, les meurtriers d'Ille et Vilaine lui ont donné l'idée de leur faire attribuer des crimes de plus, les siens. En plus, la presse a ébruité nos déboires avec certains actionnaires de Vivia et ceux de Daniéla avec son maniaque. Elle concevait peut-être l'idée depuis un moment. Les tueurs de Maure et de la Côte d'Émeraude lui facilitent la tâche. Imagine la scène. Une bande d'hommes masqués surgit sous l'auvent du motor-home sous prétexte de revendiquer les crimes de la semaine, d'exiger quelque chose concernant Vivia, ou de punir Daniéla. Des balles perdues nous tuent, David et moi. Car elle sait bien que si elle touche à David, je le lui ferai payer très cher. Donc, il faut qu'elle me fasse flinguer aussi. Ce scénario serait dramatique pour ma femme. Car dans la foulée, elle fait inévitablement exécuter Ghislaine qui représente tout ce qu'une poufiasse comme elle peut envier et jalouser. Le crime parfait.

- Cette Pierret-Sarel est une garce intégrale, un monstre prêt à tout, convint Freddy. Mais la crois-tu assez gonflée pour monter un coup pareil ?

- Je ne sais pas. Sa cupidité, alliée à sa mesquinerie, a engendré une haine féroce. C'est une femme sans aucun scrupule. On peut tout imaginer…

Freddy resta songeur. Il avait perçu les méfaits de la jalousie au cours de son ascension sociale. D'anciens amis l'avaient sauvagement critiqué lorsqu'il avait accédé à la Formule 1, ce qui ne les empêchait d'ailleurs pas d'essayer de lui soutirer de l'argent à l'occasion. Puis son mariage avec une comédienne en vue lui avait valu d'être rejeté par une partie de son entourage. Éric et Mikaël étaient désormais les seuls amis qui ne l'aient jamais déçu et qu'il jugeait dignes de confiance. Qu'une femme foncièrement méchante pût préméditer un assassinat lui parut fort plausible. Il réalisa alors l'horreur de la situation.

Éric rompit le silence.

- Si c'est elle qui organise le coup, tout peut arriver à Ghislaine, insista-t-il. Pierret me déteste. Elle et son mari me rendent responsable de la prestation compensatoire payée à ma sœur et de la pension alimentaire due pour David. Ça leur arrache le cœur de verser ces sommes. Je pense même que Pierret enrage encore plus que mon cher ex beau-frère de voir cet argent échapper à leur couple. Dans sa fureur, Pierret voudra nous détruire. Je me répète, elle est capable de faire violer ou torturer Ghislaine. Rien que d'y penser, c'est insoutenable.

Freddy s'efforça de réconforter son ami en privilégiant une hypothèse moins terrifiante, un scénario qui protégerait Ghislaine et dont ils sortiraient tous vivants.

- On n'est sûrs de rien. Tuer David, c'est quand même atteindre son père. Est-elle monstrueuse à ce point-là ?

- J'ai eu Grégoire Sarel au téléphone il y a quelques mois, reprit Éric. Il réagit uniquement en fonction du désir obsessionnel de faire plaisir à sa nouvelle épouse et d'essayer de conquérir son amour. Il sait très bien qu'elle se fout de lui et qu'elle ne le supporte que pour sa fortune. Il voudrait désespérément que ça change. Il pense que si Pierret ne lui en voulait pas d'avoir eu une vie avant de la connaître, ça irait mieux. Grégoire a pris son fils aîné en horreur. Il ne souffrira pas s'il disparaît. Je crois que pour lui, la mort de David représenterait au contraire la disparition d'un obstacle à une relation plus satisfaisante avec sa femme. Il se dira, David est mort, ma petite Soizick chérie va être contente sans avoir la moindre pensée pour son fils. Pïerret le sait, et de toute façon, elle n'a rien à foutre de ce qu'il ressent tant qu'il lui donne tout son pognon. On croit généralement qu'une appartenance familiale assure la pérennité d'un lien affectif. En tant qu'avocat, j'ai constaté que c'est faux. Il existe des familles dont les membres se détestent. Plus fréquemment qu'on ne croit ! Statistiquement, la plupart des crimes de sang interviennent au sein de la cellule familiale. Je sais que les statistiques, c'est comme la minijupe. Ça donne une idée, mais ça cache l'essentiel. Il n'empêche que les chiffres à ce sujet font réfléchir quant aux suspects potentiels en cas de menace de mort. David y pense aussi, j'en suis certain. Et pour compléter le tableau, la peur que j'éprouve pour Ghislaine m'empêche de le protéger en l'amenant loin d'ici et de le soutenir comme je le voudrais.

- Je suis convaincu que cette Pierret est un monstre, affirma Freddy, et qu'elle souhaite ardemment la mort de David. Ceci dit, je ne la vois pas à la tête d'une opération pareille. Nous entrons dans le domaine du grand banditisme. D'accord, il y a son ex. Mais il est en cavale, probablement barré à l'autre bout du monde. Rien ne dit qu'ils sont restés en relation. Reconnais que c'est plutôt improbable. Le braqueur en fuite, il doit déjà débourser des fortunes dans sa cavale. Il n'a pas sûrement pas envie de prendre des risques pour une nana qui n'est plus avec lui. Il a dû faire le tour du personnage, et elle ne l'a pas suivi dans ses galères. On n'est pas sûrs qu'il existe encore, au fond. Il a très bien pu se faire exécuter pas ses complices ou d'autres truands. Or, sans lui, Pierret n'a pas accès au milieu du grand banditisme. Ce ne sont pas les VRP en goguette qui s'encanaillaient en lui demandant de les sucer dans les boxes de son bar de nuit qui vont lui trouver des tueurs à gages. Alors que nos chers actionnaires y jouissent peut-être de relations privilégiées. Affaires, politique et mafia sont souvent liées.

- Puisses-tu avoir raison, soupira Éric. Excuse moi de dire ça. Je parle contre tes intérêts, mais j'en arrive à souhaiter n'importe quelle solution pourvu que ce ne soit pas madame Sarel.

- Tu as raison. Je préfère perdre le contrôle de Vivia que de voir Ghislaine maltraitée. Daniéla et moi, nous tenons à elle. Je ne veux pas voir David exécuté non plus. Il est attachant ce gamin. Je le connais depuis qu'il est bébé. Je le vois comme si c'était un membre de la famille, un neveu…

Freddy s'avoua une nouvelle fois que l'hypothèse d'Éric ne manquait pas de logique. Il se rappela ce que lui avait raconté son beau-frère, Philippe Merle, au sujet de l'intervention du père de David qui, sous l'influence de Pierret, voulait décourager les sponsors de David. Comment une femme parvenait-elle à conditionner son mari à ce point ? Il fallait que cette Pierret soit le monstre cupide, sans scrupules et dénué de tout sens moral que décrivaient Éric et David. Une femme prête à commanditer des meurtres ? C'était tout à fait possible.

Au même moment, David et Nick tenaient une conversation fort semblable devant le motor-home. Nick avait fait part à son ami des propos de Freddy, sans réussir à le rassurer.

- Je sais que Freddy et Daniéla feront tout pour sauver Ghislaine, même aux dépens de leurs propres intérêts, confia David. Cependant, je pense que nous pourrions bien nous trouver dans un cas de figure où ils ne sont pas concernés. Ma belle-mère me déteste, car je représente une pension alimentaire et un droit sur la succession le jour où mon père disparaîtra. Elle tuerait pour le bout de ficelle du conte de Maupassant. Alors, pour une part d'héritage à venir, rien ne l'arrêtera. Elle souhaite que je disparaisse, c'est évident. Elle en veut aussi beaucoup à Éric. Je pense qu'elle a élaboré un scénario pour nous faire buter par des hommes de main en faisant croire à une suite de l'affaire des meurtriers d'Ille et Vilaine.

Nick connaissait naturellement les ravages causés par Soizick Pierret dans l'entourage de Grégoire Sarel. Il savait que David n'exagérait pas. Éric et Ghislaine, plus modérés que son ami, partageaient totalement l'opinion de leur neveu sur l'abominable marâtre. Comme Freddy, il considéra l'hypothèse de David vraisemblable, presque probable. Il frémit à l'idée de ce qui les attendait. L'histoire se terminera en bain de sang, se dit-il. Tant qu'à faire, elle fera tuer Ghislaine, Éric, et pourquoi pas nous tous ?

- Je vais me faire flinguer aussi, mais je resterai avec eux jusqu'au bout, se jura-t-il.

Nick reconnaissait à Éric et David une force de caractère hors du commun. Il les considérait assez forts pour faire face à n'importe quelle situation.

- Il faut que je les force à retrouver le moral, réfléchit-il. S'ils y croient, je suis sûr qu'ils sont capables de trouver une idée et de déjouer les plans de nos agresseurs. Je ferai tout pour les aider. Freddy fera n'importe quoi aussi, c'est certain. Il n'est pas commode quand il se met en colère. Sa rage de tout à l'heure en dit long.

L'arrivée d'Isa et Marine interrompit la conversation. Les deux filles remarquèrent que leurs amis semblaient préoccupés. Ils les embrassèrent, mais les accueillirent assez froidement et leur expliquèrent qu'elles ne pouvaient pas rester au motor-home.

- Personne n'est admis aujourd'hui ni demain, regretta Nick. Nous sommes désolés, mais nous ne décidons pas de l'organisation du team. Par-dessus le marché, David et moi sommes recrutés pour travailler sans arrêt pendant la course. On vous voit après l'arrivée de toute façon.

Les filles s'éloignèrent, surprises, dépitées et très vexées.

- Ils ont dû s'engueuler, suggéra Marine.

- Impossible, contesta Isa. David et Nick s'entendent comme larrons en foire.

- Ou ils se sont disputés avec les autres.

- Impossible aussi. Ils forment tous un clan d'inséparables.

- Même dans les familles, on se dispute, reprit Marine.

- Sans doute. Je pense plutôt qu'ils ont un problème avec les voitures et qu'ils veulent le cacher, professa Isa à sa sœur cadette. David prend tellement la course à cœur qu'il ne pense plus qu'à ça dès que le départ approche.

Marine conçut une autre idée.

- A moins qu'avec les vedettes qu'ils ont dans l'équipe, ils soient contraints à des règles de sécurité très strictes et que les garçons n'osent pas nous l'avouer.

- Possible aussi, admit Isa. Je crois surtout qu'ils

tiennent moins à nous qu'on ne tient à eux.

- Il ne faut pas que les gens qu'on connaît continuent à essayer de venir nous voir au motor-home, décida David. On va fermer l'auvent et mettre une pancarte ACCÈS INTERDIT. On ouvrira et on refermera une fermeture à glissière à chaque fois qu'on sortira et qu'on rentrera.

Chapitre 13

Le warm-up débuta à onze heures.

Freddy prit la piste le premier. Il affichait une mine très sombre, mais réalisa tout de même le meilleur temps de sa série. Il céda le volant à Éric. Ce dernier se trouva en pré-grille à côté de la Porsche du Team Hervieux, pilotée par Didier Caradec. D'autres voitures tournaient et l'attente dura assez longtemps. Freddy avait quitté l'aire de départ et s'était isolé dans le motor-home. David restait à côté de son parrain. Nick ne le quittait pas d'une semelle. Un observateur exercé aurait remarqué que le jeune homme lançait sans cesse des regards inquiets autour de lui, comme s'il redoutait quelque chose.

C'était le cas. Impressionné par les propos de son ami, Nick s'attendait à voir surgir un commando armé, qui tirerait sur David et Éric.

- C'est trop tôt, s'efforça-t-il de croire afin de se rassurer. Ils n'interviendront que lorsque Freddy et Daniéla seront avec nous.

Pourtant, une peur irraisonnée faisait battre son cœur plus vite. Lesquels de ces spectateurs apparemment innocents brandiraient tout à l'heure des armes meurtrières ? Serait-ce des pistolets mitrailleurs, des fusils à canons sciés, des grenades ? Nick avala un peu de salive. Sa gorge devenait sèche et le sentiment de danger de plus en plus oppressant.

Didier Caradec tenta d'engager la conversation avec Éric. Les deux pilotes se connaissaient depuis longtemps. Ils entretenaient des rapports amicaux. Didier était régulièrement invité chez Éric. Gérant de sociétés, il faisait appel aux services de l'avocat pour étudier les contrats qu'il signait. La froideur d' Éric le surprit. Il n'imagina pas une seconde que le pilote de la Vivia pût lui en vouloir de l'avoir devancé aux essais. Ils en avaient parlé la veille au soir, et Éric riait au contraire qu'ils aient réalisé des performances aussi proches. Ce n'était pas la première fois qu'ils se bagarraient en course, et la rivalité sportive n'avait jamais nui à leur amitié, quel qu'ait été le vainqueur de la dernière confrontation. En outre, la différence de performance était infime. Elle ne présageait rien quant au résultat final, d'autant que Freddy devançait Didier et que sa présence procurait un sacré avantage au team Vivia.

D'ailleurs, ils s'étaient vus plusieurs fois depuis leur arrivée sur le circuit. Didier était venu le jeudi soir au cocktail de l'équipe Vivia avec son équipier Stéphane Dréan et leur ami Denis Vaillant qui dirigeait l'équipe. Éric et Freddy les avaient très bien accueillis. Ils s'étaient arrêtés plusieurs fois discuter et boire un pot au camion Hervieux depuis leur arrivée. Toujours de bonne humeur, visiblement heureux de participer à cette course à Lohéac. Rien ne justifiait décidément l'attitude d'Éric.

Didier s'adressa de nouveau à Éric, qui répondit par monosyllabes, les yeux perdus dans le vague. Le pilote de la Porsche Hervieux remarqua que l'avocat était très pâle.

- Aurait-il fait la fête hier soir ? se demanda-t-il sous forme de boutade.

Non, pas son genre avant la course. Dimanche après l'arrivée peut-être, mais pas hier soir. La pression ? Didier avait vu Éric sur d'autres circuits, notamment aux 24 Heures du Mans. Il maîtrisait ses nerfs sans problèmes. Un souci technique ? Éric connaissait les aléas des sports mécaniques. Un simple problème mécanique ou électronique ne l'affecterait pas à ce point là.

Une autre idée s'imposa à l'esprit de Didier. Il crut qu'Éric était malade, non à la suite d'un excès, mais en raison d'une intoxication alimentaire ou d'un virus.

- Il ne va pas y faire allusion, se dit-il. C'est de bonne guerre. Il espère sans doute se remettre avant la course. Si ce n'est pas le cas, il écourtera ses relais pour passer le volant plus vite à Freddy.

Didier observa que David et Nick paraissaient aussi mal en point qu'Éric.

- C'est ça, pensa-t-il. Toute l'équipe a attrapé quelque chose.

Il réagit en fonction de sa sympathie sans penser à l'intérêt de voir son concurrent le plus dangereux affaibli.

- Dommage pour eux. Ils ont bien tourné hier. Ils méritent vraiment de défendre leurs chances.

Patrice Caron et André Lebreton s'étonnèrent aussi de la froideur soudaine des piliers de l'écurie Vivia. Hier, Éric et Freddy les avaient à régler leur voiture et à apprendre le circuit. Aujourd'hui, ils leur faisaient la gueule.

Le comédien crut que les deux pilotes se laissaient impressionner par le sabotage survenu sur leur voiture de course.

- Ils devraient prendre des leçons au Cours Florent, considéra-t-il. Ça ne leur ferait pas de mal d'apprendre à sourire quand ils sont contrariés.

Le skipper André Lebreton connaissait bien Éric et Freddy. Il leur attribuait des caractères bien trempés et n'imagina pas qu'un simple sabotage auquel les mécaniciens avaient remédié sans problème particulier pût affecter leur comportement. Il fit un pas sur le chemin de la vérité en se demandant si les leaders de l'équipe ne leur cachaient pas quelque chose. Il s'approcha d'Éric et lui demanda s'il redoutait de nouveaux sabotages.

- Non, pas du tout, protesta Éric. Il n'y a rien d'anormal. Ne parle pas de l'acte de vandalisme que nous avons subi, dans l'intérêt de l'équipe.

Une fois au volant, Éric parvint à se concentrer sur son pilotage. Dans un style plus rageur que de coutume, il signa le meilleur temps du warm-up, devant Freddy et Didier Caradec.

- T'as bouffé du lion, plaisanta Luc Crillon, un des pilotes du Coupé Vivia engagé en catégorie deux roues motrices.

Son humour ne dérida pas Éric. Dès qu'il sortit de sa voiture, l'avocat lorientais repensa à la situation de Ghislaine. Où se trouvait-elle ? Était-elle bien traitée ? Comment vivait-elle sa détention par des bandits ? Craignait-elle pour sa vie ? Les salauds qui l'avaient enlevée risquaient-ils d'abuser d'elle ? L'avaient-ils déjà fait ?

Éric imaginait Ghislaine ligotée, les yeux bandés. Avait-elle soif ? Avait-elle faim ? Le comportement de ses agresseurs lui faisait-il craindre l'imminence de sévices, d'un viol ? Certaines femmes ne s'en remettent jamais.

Savait-elle ce que ses agresseurs voulaient ? Pourvu qu'ils n'ôtent pas leurs masques. Lorsque les auteurs d'un enlèvement se présentent à leur victime à visage découvert, cela signifie qu'ils ont décidé de l'exécuter. Grande lectrice de thrillers, scénariste de téléfilms policiers, Ghislaine s'intéressait à la psychologie des criminels. Elle comprenait sûrement leurs intentions, même les plus funestes.

- Ai-je raison d'attendre ? se demandait Éric.

David s'était assis à côté de lui. Une fois de plus, il tenait intérieurement le même raisonnement qu'Éric. Comme par transmission de pensées, il réfléchit lui-aussi à leur stratégie face aux ravisseurs.

- On a raison d'attendre, murmura-t-il tout à coup à l'oreille de son parrain afin d'éviter que ses paroles ne soient transmises par les micros espions. Il serait trop risqué de prévenir la police. On a affaire à des gens dangereux, quels qu'ils soient.

- J'espère qu'on ne se trompe pas, chuchota Éric, même pas surpris que David ait deviné ses pensées. Dans des affaires comme celle-là, on n'a pas le droit à l'erreur.

- Tu ne t'es jamais trompé en matière de stratégie, encouragea David, toujours sur le même ton. Je suis sûr que tu as choisi la meilleure attitude et qu'on va trouver le moyen de se sortir de là.

Ces paroles réconfortèrent Éric. Après tout, David avait sans doute raison. L'enlèvement de Ghislaine ne faisait pas partie des plans initiaux des adversaires. Ils s'en servaient comme moyen de pression. Logiquement, ils l'utiliseraient ensuite comme monnaie d'échange. Dans cette perspective, un chantage financier devenait plus probable que la folie meurtrière de Pierret. Dans une histoire de business, on peut toujours trouver une solution qui évite le pire. Quitte à céder aux prétentions de l'adversaire. Une bouffée d'optimisme le gagna. Et même si les agresseurs travaillaient pour le compte de Pierret, violer ou tuer Ghislaine ne ferait pas forcément partie de leur programme. Soizick Pierret commanditait des truands, mais elle ne commandait pas les opérations sur le terrain. Ses hommes de main projetaient probablement de libérer Ghislaine après l'agression contre David et lui-même. Il restait encore une chance de contrer leurs plans diaboliques.

Éric s'était levé.

- Tu as raison, lui glissa-t-il à voix basse en posant les mains sur ses épaules. On va les attendre au virage. Ils commettront bien une erreur qui nous permettra de les démasquer et de les avoir.

Nick se concentrait. Les yeux fermés, il se représentait Ghislaine bâillonnée et ligotée. Il tentait d'entrer en communication mentale avec elle, en s'imaginant à sa place. Le jeune homme agissait ainsi car il se demandait s'il ne disposait pas de pouvoirs psychiques particuliers depuis qu'il avait fait des rêves qui s'étaient réalisés par la suite. Ces faits l'avaient profondément troublé. Il s'en était déjà ouvert à David, vis à vis de qui il éprouvait une confiance sans réserve. Il n'imaginait pas que son ami pût se moquer de lui. Il avait raison. L'amitié qui liait les deux garçons excluait tout risque de ridicule ou de manque de respect.

Bien que dubitatif, David n'avait pas ironisé sur les rêves de Nick. Il lui avait toutefois fait observer que les rêves prémonitoires le laissaient sceptique.

- On rêve souvent de ce qu'on espère ou de ce qu'on redoute, avait-il expliqué. Il n'est pas stupéfiant que certains faits espérés ou redoutés se produisent. Notre subconscient a envisagé une possibilité en fonction d'éléments qu'il détenait. Un jour, ces éléments objectifs s'assemblent dans la réalité. On croit que notre esprit a exercé un don de devin, alors qu'il n'a fait qu'assembler des circonstances logiques et attendues.

Nick avait beau se concentrer, il ne recevait aucun message de Ghislaine. Il poursuivit ses efforts, vida son esprit. Il lui sembla que Ghislaine était très proche, mais ne perçut rien de précis.

- Je me plante lamentablement, pensa-t-il. David a raison. Les pouvoirs psychiques n'existent pas, ou en tout cas ne se maîtrisent pas à volonté. Sinon, ceux qui les possèdent feraient fortune à la bourse ou au loto, comme il dit toujours.

L'espoir insufflé par Éric réveilla toute l'énergie de David.

- Il faut rédiger les communiqués de presse, commanda-t-il à Nick. N'oublie pas que c'est nous qui nous y collons comme prévu. Amène toi. Je saisis sur l'ordinateur portable, et tu me dis si tu trouves le texte correct et suffisamment accrocheur.

- OK, le petit génie de la langue française, approuva Nick.

Ils se mirent au travail. Une demi-heure s'écoula. David sortit un texte d'une page, dans lequel il expliquait que le warm-up s'était très bien déroulé. Freddy et Éric étaient au mieux de leur forme. La Vivia répondait à leurs attentes. Ils espéraient gagner l'épreuve. Il n'oublia pas de consacrer un paragraphe à Luc et Yannick, qui avaient réalisé le troisième temps de leur catégorie (derrière des concurrents redoutables, la BX Sport de Citroën-Ouest pilotée par Jean-Luc Pailler et Bernard Hainry, et la VW Golf GTI 16 S de Fernand Lannoye, associé à un de ses compatriotes), ni de mentionner la performance tout à fait honorable de Pierre Caron et André Lebreton, véritables amateurs qui conduisaient avec brio une voiture puissante au sein d'un plateau royal.

Le texte reçut l'agrément d'Éric et Freddy.

- Je vais le porter à la salle de presse, annonça David.

La salle de presse consistait en un espace aménagé dans le camion de la Fédération Française de Sport Automobile garé à côté de la ligne de départ.

- Nick …

Éric s'apprêtait à demander à Nick d'accompagner David qu'il ne voulait pas laisser seul une seconde. Il interrompit sa phrase, inutile, car Nick sortait sur les talons de David.

Le téléphone mobile d'Éric sonna au moment où les deux garçons revenaient sous l'auvent du motor-home. Un silence pesant s'installa aussitôt.

- Allô, répondit l'avocat d'une voix aussi assurée qu'il put.

- Continuez comme ça. Faites votre course. Essayez de la gagner si vous pouvez. Si vous ne dites rien, je vous promets qu'il n'arrivera rien à votre femme.

- Qu'est-ce que vous voulez de moi ? interrogea Éric.

- Vous le savez bien. Contentez-vous de faire votre course.

L'autre raccrocha.

Éric fit un signe de l'index vers l'intérieur du motor-home. Freddy, Daniéla, Nick et David le suivirent.

Ils s'enfermèrent dans la chambre du pilote et de sa femme. Éric rapporta les termes de son mystérieux interlocuteur.

- Il croit qu'on sait ce qu'il veut, confia-t-il.

- Donc il pense que c'est évident pour nous. Il va nous forcer à céder Vivia, intervint Freddy. C'est un moindre mal. Ces types-là nous laisseront tranquilles après.

- Non, pas du tout coupa Daniéla en éclatant en sanglots. C'est mon maniaque. C'est moi qu'il veut. Il compte m'échanger contre Ghislaine. Je vais accepter, et vous préviendrez la police juste après l'échange.

- Tu te trompes, assura Éric. Ton maniaque n'est pas un professionnel. Freddy a raison. Au fond c'est moins terrifiant que ce qu'on redoutait.

- A moins qu'il ne s'agisse encore d'une mise en scène destinée à nous rassurer, suggéra David à Nick, et qu'on se prenne des balles dans la tête sans nous y attendre.

Éric était persuadé que David avait envisagé l'hypothèse d'un attentat commandité par son abominable belle-mère, Soizick Pierret. A cet instant, sa conviction se transforma en certitude.

- Je ne laisserai pas faire ça, assura-t-il, en le fixant dans les yeux.

- Moi non plus, ajouta Freddy. Je te promets.

- On est avec toi, conclut Nick en lui donnant une claque dans le dos. Ça n'arrivera pas.

David ressentit la force extraordinaire qui se dégageait des propos des trois hommes. Il eut à ce moment précis la certitude qu'ils s'en sortiraient.

- Vous avez raison, s'exclama-t-il. Je me fais des films. On va s'en tirer.

Les heures s'écoulèrent assez rapidement jusqu'au départ de la première manche, donné à seize heures. Les nuages s'étaient dissipés. Le soleil régnait à nouveau sur Lohéac, comme presque toujours lors des grandes épreuves sur le circuit breton !

Daniéla restait terrorisée, persuadée que le maniaque qui lui empoisonnait la vie depuis quelques mois s'apprêtait à porter le coup final. Les autres commençaient à espérer. Ils se forçaient à croire que leurs ennemis se contenteraient de la cession des actions Vivia. David hésitait encore sur l'origine des pressions exercées contre le groupe. Soizick Pierret ou les hommes d'affaires qui tournaient autour de Vivia ? Il n'était plus sûr de rien. Mais il croyait qu'il finirait par trouver une solution avec l'aide de ses amis.

Freddy prit le départ de la première manche. Devancé au départ d'une demi-longueur par Stéphane Dréan, que Jean-Jacques Guibal, le speaker officiel du Rallycross, qualifiait de Lucky Luke des départs, Freddy piqua la Porsche au freinage du premier droite et s'installa en tête. Il avait assuré cent cinquante mètres d'avance sur la 911 de Dréan et Caradec lorsqu'il passa le volant à Éric à la onzième minute. Ce dernier fut retenu par les commissaires à la sortie des stands, le temps de laisser passer une autre Porsche dont l'équipage n'avait pas encore procédé au changement de pilote. Éric se retrouva donc virtuellement en tête, mais avec Didier Caradec sur les talons. Un duel sans merci s'engagea entre la Vivia et la Porsche. Éric attaquait, sans réussir à distancer la Porsche. Les deux voitures entamèrent un festival de glissades pour la plus grande joie des spectateurs. Éric crut prendre l'avantage en profitant du dépassement d'un attardé avant le esse qui précède la ligne de chronométrage. La Vivia passa avant le virage, tandis que la Porsche ne put doubler que dans la ligne droite suivante, concédant une vingtaine de mètres. L'écart resta stable durant les tours suivants. Puis dans dernière boucle, Éric prit un tour à une Renault 5 Turbo 4X4. Il la rattrapa juste à l'entrée d'une courbe à gauche qu'il négociait à cent quatre-vingts kilomètres heure. Persuadé que le pilote de la Renault l'avait vu dans ses rétroviseurs, il s'engagea à l'extérieur. En fait, l'autre était monopolisé sur son propre pilotage et n'aperçut pas la Vivia qui se plaçait à son niveau. Il paniqua lorsqu'il découvrit la voiture bleue passer devant lui, à sa droite, là où il prévoyait d'élargir sa trajectoire. Il freina, toucha l'aile arrière de la Vivia, et partit en tête à queue. Déséquilibrée, la Vivia échappa à son pilote et tourna trois fois sur elle-même avant de se retrouver, par chance, dans l'axe de la piste sans avoir rien touché. Éric avait débrayé, de telle sorte que le moteur ne cala pas. Il put réappuyer instantanément sur l'accélérateur pour relancer la voiture. Il avait cependant perdu de la vitesse et la Porsche de Didier Caradec s'infiltra irrésistiblement à sa droite au freinage suivant. Éric finit second, dans le pare-chocs arrière de la Porsche.

- Il reste onze manches, commenta David lorsque son parrain revint au parc fermé.

- Oui, et de toute façon, le classement n'est pas ma principale préoccupation aujourd'hui.

David et Nick acquiescèrent.

Une heure plus tard, Jacques Dinet, journaliste de Radio Plus, arrêta David lorsqu'il sortit de l'espace presse où il venait de déposer les nouveaux communiqués du Team.

David hésita, puis accepta l'interview. Après tout,

l'équipe devait communiquer lors de l'épreuve, faire comme si rien d'anormal ne troublait son fonctionnement.

Les premières questions mirent l'attaché de presse occasionnel en confiance. Puis le ton de l'entretien changea. Le journaliste avait remarqué l'atmosphère lourde qui régnait chez Vivia.

- J'ai eu l'impression qu'Éric Trélor et Freddy Vivien étaient très inquiets ; des problèmes avec les voitures ?

- Vous savez, il existe toujours une tension inhérente à la compétition répondit David en s'efforçant de sourire.

Éric avait fait suivre à David un stage de réponse aux interviews, de telle sorte que le jeune homme connaissait les techniques de base de cet exercice parfois périlleux.

- Je suis certain que quelque chose se passe dans votre équipe, insista le journaliste. Éric Trélor et Freddy Vivien se montrent d'habitude beaucoup plus disponibles avec la presse.

- Je ne vois pas de quoi vous voulez parler, répondit David, toujours en s'efforçant de sourire. Mais ne vous inquiétez pas, vous verrez Éric et Freddy après l'arrivée.

David avait hâte d'en finir avec cette interview qui prenait une tournure fort désagréable. Il transpirait, et ce n'était pas seulement à cause de la chaleur estivale. Il se raccrocha à la volonté de ne rien laisser échapper qui pût nuire à sa tante ni à l'équipe.

- Vivia va changer de mains ? reprit l'autre, d'une voix insistante.

Un court silence suivit la question embarrassante. Pendant que David réfléchissait, Nick fulminait. Il se retint pour ne pas intervenir et frapper ce type qui n'avait cure des problèmes qu'il risquait de poser.

David fit un effort énorme, respira profondément, et lança une réplique très sèche qui mit fin à l'interview.

- « J'ignore totalement les rumeurs auxquelles vous faites allusion. Apparemment, vous en savez plus que moi. Dans ce cas, vous saurez informer vos auditeurs. Je ne suis qu'un attaché de presse occasionnel qui vous remercie de l'attention portée à notre équipe. Merci donc, et sûrement à tout à l'heure. »

Après cette conclusion, David quitta son interlocuteur en se justifiant pas la nécessité de rejoindre l'équipe.

Jacques Dinet prenait David pour le fils d'Éric.

- Il faut que je les surveille de près, se dit-il. Des bruits circulent au sujet de la guerre des associés chez Vivia. Ils reflètent probablement une part de vérité. Trélor est l'âme damnée de Vivien. Son fils sait sûrement ce qui se passe. Je vais le passer à la moulinette à la prochaine interview. Je lui ferai cracher le morceau et j'aurai mon scoop, même si je dois le torturer pour ça.

- Quel enfoiré, s'indigna Nick dès qu'ils s'éloignèrent du journaliste.

- Pas vraiment. Il fait son métier, dit David. Il n'a rien contre nous ; il croit tenir un bon filon avant ses confrères et il ne veut pas lâcher le morceau, c'est tout. Il ne peut savoir ce qui se passe vraiment et ce que nous risquons. D'ailleurs, nous ne le savons même pas nous-mêmes.

- En tous cas, bravo dit Nick. Tu l'as bien mouché ce salaud ! Et quoi qu'il diffuse, nos ennemis ne pourront pas croire qu'on a voulu informer qui que ce soit.

Chapitre 14

Freddy et Éric remportèrent les trois manches suivantes La Porsche du Team Hervieux pilotée par Didier Caradec et Stéphane Dréan se classa deux fois deuxième et une fois douzième, après avoir été retardée par un problème de coupe circuit. L'aléa technique fait partie intégrante du sport automobile. La victoire se jouerait entre ces deux équipages qui dominaient nettement leurs adversaires.

Les pilotes Vivia ne tiraient pas beaucoup de satisfaction de leur position. Pourtant, chaque confrontation donnait lieu à une bagarre somptueuse entre les deux équipages. Un festival de dérives, d'attaques, de passages à la limite. Lors de la deuxième manche, Stéphane Dréan parvint à surprendre Freddy au départ. Il résista deux tours au pilote de Formule 1. Sur le toit du camion du team Hervieux, Denis Vaillant et ses amis hurlaient de joie. Le manager de l'équipe se félicitait d'avoir aidé ses deux pilotes à s'aligner au départ de ces 24 Heures de Lohéac. Stéphane et Didier tenaient leur rang face aux redoutables pilotes Vivia. Et ils osaient les attaquer, tenter leur chance sans complexe, les pousser dans leurs retranchements. C'est ce que Denis attendait d'eux. Tant pis si la Porsche 911 4X4 finissait sur le toit ou s'arrêtait sur le circuit moteur fumant. Plutôt abandonner après s'être bien battu qu'assurer derrière la Vivia GT.

Freddy finit par passer en se plaçant à l'intérieur dès le milieu du virage qui précède la ligne de chronométrage et en empêchant Stéphane de prendre sa trajectoire à l'entrée du droite suivant. Dans la troisième manche, ce furent Éric et Didier Caradec qui firent le spectacle. C'étaient eux qui prenaient le départ, cette fois-là. Leurs équipiers respectifs les relaieraient à la onzième minute. Ils restèrent portière contre portière jusqu'au troisième virage, puis se doublèrent trois fois avant de rentrer ensemble dans la ligne des stands.

Au bord de la piste, André Garel ne lâchait pas sa caméra. Les pilotes de la Porsche Hervieux et de la Vivia GT offraient un spectacle que tout le monde serait heureux de voir et de revoir. Didier et Stéphane prenaient grand plaisir à ce duel. Freddy et Éric se seraient bien amusés aussi dans d'autres circonstances…

Les pilotes se livraient sans réserve. Le soleil régnait toujours en maître sur la Bretagne. A l'intérieur des habitacles, la température atteignait soixante dix degrés. Les pilotes transpiraient, souffraient, mais jetaient toutes leurs forces dans la bataille et plaçaient leurs bolides dans des angles de dérapage que les spectateurs non avertis n'auraient pas osé imaginer quelques heures plus tôt. Il faut dire que la motricité de ces GT équipées de quatre roues motrices permettait un pilotage bien plus spectaculaire que les deux roues motrices tout en restant très efficace.

En dehors des moments où la course les contraignait à se concentrer sur le pilotage, toutes les pensées d'Éric et Freddy allaient à Ghislaine, prisonnière d'inconnus, détenue quelque part, dans des conditions dont ils ignoraient tout.

Nick continuait à essayer d'entrer en communication mentale avec Ghislaine. Sans succès. Il ressentait toutefois la même impression que précédemment. La femme d'Éric lui paraissait très proche. Il fit part de son sentiment à David.

- C'est parce que tu penses beaucoup à elle, indiqua ce dernier. Continue quand même, il faut tout tenter.

Les malfaiteurs ne se manifestaient plus.

David avait écouté les flashs de France Bleu Armorique. Ils n'annonçaient rien de nouveau dans l'affaire des tueurs d'Ille et Vilaine.

David et Nick avaient apporté de nouveaux communiqués à la salle de presse. Le filleul d'Éric avait évité tout contact avec Jacques Dinet, le journaliste trop curieux de l'avenir de Vivia.

Plus les heures passaient, plus Éric s'orientait vers l'hypothèse de truands professionnels commandités par des acheteurs ou vendeurs d'actions Vivia.

Au terme de la quatrième manche, vers vingt deux heures trente, Éric et David s'isolèrent quelques minutes pour faire le point sur la situation sans entretenir l'angoisse du reste du groupe.

- Pourquoi ne nous disent-ils rien ? s'inquiéta Freddy.

- Je crois saisir leur raisonnement, répondit Éric. Si ce sont bien les actionnaires de Vivia, ils croient qu'on a compris ce qu'ils veulent. Ils ont prévu le moment où ils vont nous faire signer un protocole de vente de tes actions et faire une déclaration publique. Ils ont aussi décidé de l'heure et du lieu où ils libéreront Ghislaine. Ils ne nous préviendront qu'au tout dernier moment. Ils veulent se mettre à l'abri d'un mauvais tour de notre part.

- Sans doute, approuva Freddy qui, naturellement, tendait toujours à se ranger à l'avis d'Éric.

David s'était efforcé de repérer des personnes louches parmi la foule qui circulait aux abords du motor-home. Puis ils avait renoncé à cette méthode de recherche des ennemis de l'équipe. Bien sûr, il avait vu des spectateurs roder autour des installations de l'équipe. Mais comment savoir s'il s'agissait de simples curieux, de passionnés à l'affût du fonctionnement d'une écurie, de fans de Daniéla, d'admirateurs de Freddy ?

- Pas la peine de se monter la tête, s'était-il résigné. Je perds mon temps. Sans compter que les véritables bandits prennent sûrement les précautions nécessaires pour qu'on ne les remarque pas. Les agents secrets ne roulent pas en Aston Martin. Les vrais détectives évitent les Ferrari 308 rouges et les Daytona décapotables noires. Les malfrats ne se baladent pas avec une étiquette sur le front avec inscrit « les méchants, c'est nous ». Attendons, en espérant qu'ils finissent par commettre une bévue.

De son côté, Daniéla restait convaincue que son maniaque était le responsable de tous les malheurs de l'équipe.

Les menaces reçues ces derniers mois l'avaient éprouvée. Elle voyait dans les évènements du week-end l'annonce du passage à l'acte de ce psychopathe qui la persécutait avec insistance et perversité. Cette certitude la mortifiait. Elle ne supportait pas de faire courir tant de risques aux autres, et d'être la cause du drame affreux que vivait son amie Ghislaine.

En plus, Daniéla était une star, forcément dotée d'un tempérament un peu égocentrique malgré son bon cœur et sa gentillesse. Elle en déduisait fort logiquement que ce qui se passait tournait à l'évidence autour d'elle.

- On veut obtenir quelque chose de moi, réfléchissait-elle. Sinon, on m'aurait agressée purement et simplement. Il faut que je sache quoi.

Elle décida courageusement, mais fort imprudemment, de s'exposer afin d'amener son ennemi à se dévoiler. A minuit et demie, juste après l'arrivée de la cinquième manche à nouveau remportée par son mari et Éric, elle commença à se promener ostensiblement entre la grille de départ, le motor-home, et le chapiteau où la société Ker Etel, sponsor de l'équipe Vivia, accueillerait ses invités quelques heures plus tard. Freddy et Éric l'auraient sûrement empêchée de mettre ce projet insensé à exécution. Encore aurait-il fallu qu'ils en aient connaissance. Or, Daniéla profita d'un moment où ils discutaient avec des journalistes dans l'espace presse pour commencer son manège.

Nick et David l'accompagnèrent. Elle voulut leur commander de rentrer au mobil-home. Ils ne l'écoutèrent pas et la suivirent malgré ses protestations.

- Tu prends des risques idiots, se fâcha David. On devrait déjà te ramener au motor-home manu militari. Nous allons nous faire engueuler par Freddy pour ne pas avoir osé le faire. Alors, on reste à côté de toi ! Permets moi de te dire que ce n'est pas malin de te la jouer à la détective de choc. T'es dans la réalité ici, pas dans un téléfilm. De toute manière, tu es trop belle pour te prendre pour Miss Marple et pas assez entraînée aux sports de combat pour être Emma Peal !

Daniéla fut stupéfaite par le ton de David.

- Il a du caractère, pensa-t-elle. Comme son parrain. Pas étonnant qu'il veuille devenir avocat aussi. Quand ils travailleront ensemble, gare à ceux qui se mettront en travers de leur route.

Elle ne lui céda pas pour autant, décidée à poursuivre son caprice jusqu'au bout.

La nuit masquant la visibilité des spectateurs, ses admirateurs ne la reconnaissaient pas. D'autant qu'il y avait moins de monde sur le circuit, et qu'une partie de ceux qui restaient dans l'enceinte fréquentaient assidûment les buvettes et la fête foraine. Mais ceux qui la surveillaient s'aperçurent de son manège.

Ne cherchait-elle pas à contacter quelqu'un ?

Dans un fourgon garé tout près de l'entrée du circuit, un homme aux yeux de serpent n'apprécia pas du tout les déplacements de Daniéla. Il désigna quatre de ses complices pour l'enlever. Il se dit que ça suffirait, car ses deux compagnons étaient très jeunes, et l'un blessé. Il s'agissait de David, dont le poignet gauche était toujours bandé.

Il restait peu de monde sur le circuit. La scène se déroula très vite.

Les quatre hommes de main, spécialistes des sales coups, arrivèrent derrière le groupe. L'un d'eux attrapa Daniéla, la bâillonna, et lui glissa à l'oreille : « tiens toi tranquille. Un de mes copains a un flingue avec silencieux. Pense à tes amis. Si tu gueules, il les bute, et personne n'entendra rien ».

Terrifiée, Daniéla se tut et se laissa entraîner. Elle ne put pas voir ce qui se passait derrière elle.

Un des gorilles avait ceinturé David, supposé plus faible à cause de sa blessure. Les deux autres s'étaient saisis de Nick. Les deux garçons furent stupéfaits, et crièrent à l'aide, mais la zone était quasi-déserte, les voitures faisaient du bruit, la fête aussi. Personne ne les entendit, ou ne voulut les entendre, histoire d'éviter de prendre un sale coup dans une banale bagarre.

A moitié étouffé par un adversaire beaucoup plus lourd que lui, David eut un réflexe de survie. Il balança des coups de tête en arrière. Il se fit mal en sentant quelque chose de dur. Il venait d'ouvrir l'arcade gauche de son agresseur. L'autre jura mais ne le lâcha pas. Il le souleva de terre. David lui donna des coups de pieds dans les jambes. Nouveaux jurons. Il avait affaire à un dur à cuir, qui en avait vu d'autres.

Le bandit ne s'attendait tout de même pas à une telle résistance.

Nick enrageait de ne rien pouvoir faire. Les deux hommes qui l'avaient attaqué le soulevaient. L'un lui tenait les jambes. Le second avait passé un bras sous ses épaules. D'une main, il le maintenait en l'air, et de l'autre, il l'empêchait de crier en lui écrasant la bouche.

David donna un nouveau coup de tête à son adversaire. Cette fois, l'homme hurla de douleur et lâcha prise. Il se retourna. L'homme saignait et se tenait le nez, que David lui avait sans doute cassé.

Nick se débattait avec la rage du désespoir. La main qui le bâillonnait glissa. Il la mordit de toutes ses forces, jusqu'à l'os. Il tomba par terre, car son adversaire l'avait lâché sous l'effet de la souffrance.

David était debout, dans un état de fureur extrême. Il voulut donner un coup de pied dans les parties de son adversaire. Bien sûr, ce n'était pas très régulier, mais il n'était pas sur un tatami. Et c'était sa seule chance de s'en tirer et de venir en aide à Daniela et Nick.

David était sportif. Il avait fait du judo, n'avait pas froid aux yeux. La colère décuplait ses forces. Sous l'emprise de la rage, il n'eut pas peur du costaud qui était en face de lui. Il voulait le démolir, l'anéantir, le tuer.

L'homme savait se battre. Si David avait touché aux arts martiaux, il affrontait un individu beaucoup plus fort que lui, habitué aux fusillades, aux combats de rue, aux missions de maintien de l'ordre – et surtout d'instauration du désordre - pour des groupuscules aux opinions et finalités inavouables. Le bandit se reprit. Il se tourna et le coup de pied de David l'atteignit seulement à l'extérieur de la cuisse. Il balança une droite que David, qui avait développé des réflexes très rapides, esquiva d'un mouvement rotatif du buste. Le filleul d'Éric réussit même à remiser, à avancer sur la brute et à la frapper à l'estomac et au menton. Mais il ne vit pas assez vite venir le revers de la main gauche de l'homme qui le cueillit juste en dessous de la tempe et l'envoya rouler par terre.

David était sonné. Son agresseur jeta un œil sur ses complices, pour qui les choses se déroulaient aussi moins bien que prévu. Ils avaient lâché Nick. L'un se tenait la main en jurant, et l'autre était plié en deux car il venait d'encaisser un méchant coup de pied du jeune homme. Le bandit qui se crut débarrassé de David se précipita pour faire sa fête à Nick. Il ne fit plus attention à David. Ce dernier, qui reprenait conscience lança sa jambe en avant et lui fit un croche-pied.

Le malfaiteur trébucha et tomba lourdement par terre. Il se releva aussitôt, en hurlant des insanités, exprimant une violence qui, pour la première fois depuis le débit de la scène, fit peur à David et Nick.

Il tira quelque chose de sa poche. Un bruit de cliquetis métallique et un éclair argenté firent comprendre aux deux garçons qu'il s'agissait d'un cran d'arrêt.

- Je vais te crever, lança-t-il à l'adresse de David qui, encore à terre, tenta de reculer en s'appuyant sur ses mains.

Nick s'apprêtait à se lever, prêt à tenter le tout pour le tout, quitte à risquer de prendre un coup de couteau lui-même pour essayer de sauver son ami.

Sa main rencontra quelque chose de froid et de rond. Une bouteille de vin vide qu'un spectateur peu soucieux de la propreté des lieux avait jetée par terre.

Nick y vit une chance inouïe ; il la saisit, se leva d'un bond, et de toutes ses forces, jeta la bouteille au visage de l'homme. La bouteille atteignit le nez déjà blessé du sinistre individu, qui lâcha son arme.

Nick ne vit pas la suite. Car un de ses agresseurs initiaux le projeta à terre.

On se casse, on se casse, jeta un autre. Non ne le tue pas ! commanda cette voix.

Nick roula par terre et vit celui qui avait attaqué David lui donner un coup de pied sur le poignet gauche, puis un autre dans l'estomac. David s'était retourné, face contre terre pour se protéger. L'homme se pencha sur lui, et du revers de la main, le frappa plusieurs fois à la tête.

Nick s'était relevé et allait se jeter sur l'agresseur. Il n'eut pas le temps de parcourir les cinq mètres qui le séparaient de David. Les complices de la brute entraînaient leur complice.

- C'est pas le moment de le tuer, on aurait des emmerdes, commanda une voix éraillée.

- J't'aurai, j'te jure que j'te tuerai cria l'autre malfrat.

David ne bougeait plus. Nick craignit qu'il ne fût mort. Il s'approcha, la peur au ventre. Il n'osa pas le retourner. La main tremblante, il saisit le poignet de

David. Son pouls battait, à un rythme qui lui sembla à peu près normal…

Il le retourna doucement. David commença à bouger la tête. Il n'était qu'étourdi.

David avait mal. Il voulut quand même se lever. Nick l'obligea à reprendre des forces avant.

Trois minutes plus tard, David était débout, un peu essoufflé, gêné par une crampe à l'estomac, un peu tremblant aussi, encore étourdi, la pommette gonflée, le poignet douloureux, mais convaincu de ne pas être sérieusement blessé.

Lorsque les deux garçons revinrent au motor-home, le téléphone mobile d'Éric sonna. David décrocha : « On tient Daniéla Merle ; que faut-il faire pour que vous vous teniez tranquilles ? Vous retrouverez les otages saines et sauves si vous nous écoutez. Continuez cette putain de course sans vous préoccuper d'autre chose ! »

- Le p'tit Sarel, j'lui f'rai quand même sa fête, hurla une voix menaçante en fond sonore. J'ai de bonnes raisons pour ça.

- Ta gueule, ordonna une autre voix.

Chapitre 15

A une heure, Éric et Freddy revinrent au motor-home.

David et Nick les attendaient avec impatience et angoisse.

Les deux garçons se sentaient responsables de l'enlèvement de Daniéla. Ils se reprochaient de ne pas l'avoir forcée à rester dans le motor-home.

- Que s'est-il passé ? s'inquiéta Éric, qui remarqua tout de suite la pommette enflée de son filleul et l'ambiance anormale qui régnait sous l'auvent.

- Une bagarre, répondit David.

- Où est Daniéla ? demanda Freddy, soudain angoissé de ne pas voir sa femme.

Nick fit un signe de la main, qui invitait à une réunion dans la chambre à l'abri des micros.

- Gros problème, avoua David, une fois que tout le monde se fût enfermé dans la pièce. Daniéla a voulu sortir. On a essayé de l'en dissuader, mais rien à faire. On s'est fait agresser par quatre hommes. Ils l'ont enlevée. On a tout essayé pour les empêcher, mais rien à faire. Ils étaient quatre.

- Bien habitués à la baston, compléta Nick. David a failli se faire poignarder. On s'est battus tant qu'on a pu, mais ça n'a pas suffi. On est désolés.

- Ils ont téléphoné sur le mobile pour dire que rien n'arriverait aux otages si on se tenait tranquilles, ajouta David. Nous sommes navrés Freddy. Nous avons vraiment voulu empêcher Daniéla de sortir, mais elle n'a rien voulu entendre.

- Quand elle a quelque chose dans la tête, elle fait ce qu'elle veut quoi qu'on puisse dire, soupira Freddy. Je ne vous reproche rien, au contraire. Vous avez risqué votre vie pour la la sauver des conséquences de ses caprices... Pourvu qu'il ne lui arrive rien, reprit-il après un bref silence. J'espère qu'ils tiendront leurs promesses. Si ce sont des actionnaires de Vivia ou leurs acheteurs, je ne vois pas pourquoi ils prendraient le risque de faire quelque chose à nos femmes.

Et vous, les gars, ça va ? interrogea Éric.

A peu près, dit David. Ce n'est pas le plus important. Je m'inquiète surtout pour Ghislaine et Daniéla.

- Tu trembles, nota Éric.

- David s'est battu comme un lion, mais il a pris une volée de coups à la fin, expliqua Nick avant de raconter les détails de la bagarre.

- Nick m'a sauvé, conclut David. Sans lui, je prenais un coup de couteau, c'est sûr. Quand l'autre a laissé tomber son arme, il s'est contenté de me filer des coups de pied et des gifles sur la tête. On leur en a fait voir. Si Denis – il faisait référence à Denis Grenier, leur ami inséparable - avait été avec nous, on les aurait eus. Dommage qu'il soit au raid tout terrain en Italie avec son père.

Allonge toi un peu, commanda Freddy. Tu as besoin de récupérer.

Éric examina sommairement son neveu. A part sa pommette enflée, une oreille rouge et quelques bleus, tout semblait aller. David ne souffrait pas de vertiges. Il ne saignait pas du nez ni des oreilles. Il ne présentait aucun symptôme de fracture, ni aux côtes, ni aux membres. Éric lui fit avaler deux comprimés d'aspirine et lui mit un gant de toilette humide sur le front.

- Essaye de dormir un peu, conseilla-t-il. Tu en as besoin.

- Reste ici, proposa Freddy. La chambre est plus confortable que ta couchette dans l'autre pièce.

- Je reste avec lui, intervint Nick. Comme ça je serai-là s'il a mal ou s'il a besoin de quelque chose.

- Merci Nick, c'est une bonne idée, approuva Éric.

- Pas question de dormir, coupa David. Il faut qu'on trouve qui nous agresse et qu'on imagine une parade.

- On sait pourquoi on veut faire pression sur nous, déclara Freddy. Il ne peut s'agir que de personnes qui veulent nous faire céder les actions Vivia et consentir à la décentralisation. On n'en saura pas plus sur leur identité jusqu'à la signature du protocole.

- Est-ce que c'est vraiment sûr ? interrogea Nick. Tout à l'heure, les voyous se sont acharnés sur David, bien plus que sur moi. Ils ont enlevé Ghislaine avant Daniéla. Tout se passe comme s'ils voulaient surtout atteindre Éric et David. Pourquoi pas la belle-mère de David, ou un adversaire qui en voudrait à Éric parce qu'il a déjoué ses projets dans une affaire judiciaire ?

- Le plus mauvais gueulait « le petit Sarel, je lui ferai sa fête, j'ai de bonnes raisons pour ça » pendant que son complice téléphonait tout à l'heure, se souvint David.

- Parce que tu venais de lui péter le nez et qu'il connaît nos noms, dit Éric. Ta belle-mère nous aurait déjà fait trucider si elle était dans le coup. Les adversaires qui m'en veulent le plus sont en tôle, qu'il s'agisse de l'expert-comptable escroc, du flic ripou ou de l'ancien directeur général psychopathe. Je ne vois vraiment plus que des hommes d'affaires véreux mêlés à l'opération de cession de Vivia.

- Tu n'oublies personne ? insista Nick.

- Un avocat intervient souvent dans des situations délicates. En face, on trouve des gens prêts à tout. Mais ici, nous sommes en présence d'une bande organisée disposant de moyens humains et techniques considérables, ce qui limite notre champ d'investigations.

Nick en convint.

Freddy émit l'hypothèse d'un coup des frères Caco, puis la reconnut peu probable car les deux hommes n'avaient aucun intérêt à monter un tel scénario.

- Ça y est ! s'écria Éric en se portant la main au front. Je l'avais oublié celui-là.

- Qui ? interrogea David, en s'asseyant brusquement sur le lit où il était allongé.

- Ambrin !

- L'ennemi public numéro un ! s'exclama David. Tu ne le défends pas.

- Non, mais je l'ai représenté une fois, dans une audience de procédure, rappelle toi.

- Exact, on en avait parlé le week-end suivant, se souvint David.

Ambrin avait fait l'objet d'une condamnation à perpétuité assortie d'une peine de sûreté de trente ans pour attaques à main armée et meurtres. Il était poursuivi pour d'autres crimes, car plusieurs de ses actions s'étaient terminées dans des bains de sang. Ambrin était accessoirement un grand spécialiste de l'évasion. Neuf mois plus tôt, il s'était fait la belle du Palais de justice de Paris en prenant en otage la jeune femme qui menait l'instruction d'un dossier où il était suspecté d'avoir dévalisé et tué des convoyeurs de fonds. La cavale d'Ambrin avait duré trois mois. Il s'était fait appréhender bêtement à Lorient, à l'occasion d'un banal contrôle douanier, alors qu'il rentrait au port avec deux complices à bord d'un voilier volé en Espagne.

Il fut entendu par un juge d'instruction de Lorient avant d'être transféré à Fresnes. L'avocat parisien du criminel n'allait pas se déplacer en province pour cette audience. Il chercha un confrère lorientais qui assiste son client lors de cette audition où ne seraient évoquées que des questions de pure procédure. En consultant l'annuaire professionnel, il avait reconnu le nom d'Éric Trélor qu'il avait rencontré lors d'un congrès professionnel quelques semaines auparavant. Éric avait accepté cette mission, conformément aux usages confraternels.

Il n'avait vu Ambrin qu'à cette occasion. L'audience s'était limitée à l'énoncé de nouveaux chefs d'inculpation contre le truand.

Quelques jours plus tard, Ambrin s'était encore évadé lors de son transfert de le Maison d'arrêt de Ploemeur à la Centrale de Fresnes.

Éric avait appris la triste nouvelle par les médias et savait que le dangereux gangster était toujours en cavale. Le week-end suivant ce fait divers, il avait évoqué l'affaire avec Ghislaine et David.

Ghislaine était effrayée à l'idée que son mari ait pu se trouver en contact avec cet homme capable à lui tout seul de tenir toutes les polices de France en échec.

- Il ne va pas venir solliciter notre aide à la maison au moins ? avait-elle demandé.

- Bien sût que non, avait répliqué Éric. Il est déjà loin, sans doute à l'étranger. Le devoir d'un avocat ne va pas jusqu'à aider ses clients lorsqu'ils sont en cavale.

- Ah bon, avait plaisanté David. Ce n'est pas toi qui as organisé sa fuite ? C'est dommage, ce serait bon pour ta pub. Bien, j'ai compris, tu attends que j'aie terminé mes études et que je travaille avec toi pour créer le service évasions.

- Exact, avait poursuivi Éric sur le même ton de plaisanterie. Tu mettras cette prestation en place. Les clients nous seront très reconnaissants de ce service après-vente. Si nous ne vous avons pas fait acquitter ou relaxer, nous vous faisons évader. Cette action ultime répond à des règles particulières. Payements en espèces exigés. Défiscalisation obligatoire. Sociétés en commandite avec les complices de l'évadé. Comme ça, tu seras rentable dès ton entrée dans la vie professionnelle.

- OK, avait poursuivi David. Je te fais confiance pour m'apprendre au plus vite les ficelles du métier. Sans compter qu'en montant le service évasions, j'éviterai l'aquarium.

Chez les avocats, le terme aquarium désigne le bureau où les stagiaires se trouvent confinés au début de leur stage. Les patrons de cabinets ne les laissent pas tout de suite recevoir des clients. Les collaborateurs débutants travaillent d'abord sur dossier. Ils assistent ensuite aux rendez-vous et plaidoiries des avocats expérimentés sans avoir le droit de parler, puis, lorsque leurs patrons les jugent prêts, ils gèrent leurs contacts avec des clients et commencent à plaider. La durée de l'enfermement en aquarium varie de quelques semaines à une année selon les qualités du stagiaire et les usages du cabinet. En l'espèce, David avait tort de s'en inquiéter. Éric prévoyait de lui éviter ce purgatoire en le faisant travailler avec lui d'entrée pour accélérer sa formation et lui inculquer sa stratégie en matière de conduite de négociations et de combat judiciaire. Encore fallait-il repartir vivants de ces 24 Heures de Lohéac !

Éric et David avaient plaisanté toute la journée au sujet de cette fameuse évasion d'Ambrin. Le samedi soir, la famille était passée à table vers vingt heures. La scène se déroulait au mois de février. Il faisait nuit.

- Zut, avait soupiré David au moment de s'asseoir. J'ai oublié de mettre le couvert d'Ambrin.

Éric et Arnaud, son fils aîné, riaient aux éclats. Ghislaine avait fait observer à son mari, à son fils et à David qu'elle les trouvait lourds.

Soudain, on avait frappé à la porte.

- C'est Ambrin, je vais ouvrir s'était esclaffé David en se dirigeant vers la porte.

- Non, n'ouvre pas ! avait hurlé Ghislaine, prise de panique.

Le visiteur avait frappé une nouvelle fois. Ghislaine paraissait terrorisée. Fabien, le fils cadet d'Éric et Ghislaine, n'avait que trois ans à cette époque. Il s'était mis à pleurer. David s'était arrêté, décontenancé par la frayeur qu'il avait causée à sa tante et son cousin.

Éric avait dit à sa femme de ne pas s'inquiéter et il avait ouvert la porte pendant que David prenait Fabien dans ses bras et le consolait.

Le visiteur inattendu n'était naturellement pas Ambrin. Il ne s'agissait que de Denis Grenier, le copain de David et de Nick qui venait rendre au filleul d'Éric une cassette vidéo qu'il lui avait empruntée la veille au soir. Denis était resté dîner avec eux – il espérait bien se faire inviter en arrivant à cette heure-là – et David avait dressé son couvert en précisant avec humour qu'il prenait la place d'Ambrin.

La soirée s'était poursuivie dans une ambiance familiale sereine. Un peu embarrassés malgré tout par l'effroi qu'ils avaient provoqué, Éric et David ne parlèrent plus jamais d'Ambrin par la suite. Absorbés par d'autres préoccupations, ils oublièrent le dangereux malfaiteur.

Mais dans l'esprit de Ghislaine, le nom d'Ambrin resta associé aux notions de danger et de terreur. Comme si elle avait pressenti qu'un jour, elle se trouverait confrontée à cet homme.

- Ambrin serait ici ? s'inquiéta Freddy, qui connaissait la réputation terrible de l'homme et trembla en réalisant que sa femme et celle d'Éric se trouvaient entre ses mains.

- Oui, il est ici, se désespéra Éric. Je l'ai vu vendredi matin pendant que tu tournais. Je ne l'ai pas reconnu sur le coup, mais je lui ai dit bonjour, machinalement, par réflexe. Quand David m'a demandé qui c'était, je lui ai répondu que je ne voyais pas mais que j'étais certain de l'avoir rencontré quelque part. Cette forme de visage, ce regard dur malgré les lentilles qui dissimulaient la couleur naturelle de ses yeux ne peuvent appartenir qu'à Ambrin …

- Le mec à l'allure de biker ? s'étonna David. C'est lui Ambrin ?

- Celui qu'on ne voudrait pas croiser dans un parking ? renchérit Nick.

- Oui, commenta Éric. Ambrin sait se déguiser, prendre de multiples apparences. C'est grâce à cette faculté qu'il échappe à la police. Il brouille les pistes. D'habitude, il se montre élégant. Ici, il joue les loubards. Qui le reconnaîtrait avec son crane rasé, ses tatouages, probablement faux, et son genre crade ?

Ambrin était un homme dangereux, terriblement dangereux. Les quatre garçons se remémorèrent quelques uns de ses exploits les plus spectaculaires.

- C'est lui qui a enlevé la Comtesse Von Dergarden, se souvint Freddy.

La Comtesse Von Dergarden était une muse de la Jet-set qui hantait Saint-Tropez et Hollywood ainsi que les plateaux de télévision où l'affichage de ses bijoux, de ses chapeaux, de ses fourrures et de son argent fascinait les gens, surtout les plus modestes et les plus pessimistes quant à leur avenir. Il est vrai que ses tenues extravagantes, son absence totale de sens du ridicule et son délicieux accent où se mêlaient des tonalités autrichiennes et anglo-saxonnes la rendaient irrésistiblement amusante. Surtout quand elle balançait sur ses copines devant les micros et les caméras.

- Il l'a relâchée vivante, observa David.

- Mais il lui avait tranché un doigt parce qu'il trouvait que ses proches traînaient à payer la rançon, nota tristement Freddy.

- Elle a fait un syndrome de Stockholm, ajouta Éric. Elle est tombée amoureuse de son ravisseur au point de sortir un livre sur lui quelques mois après sa libération et de prendre régulièrement sa défense sur les plateaux de télévision.

- Ambrin aussi, fréquente les plateaux de télévision, se rappela Nick. A sa façon bien sûr. Il a aussi abattu en direct un présentateur du journal télévisé de 20 heures qui l'avait traité de vulgaire désaxé. Ce soir-là, je regardais la télé tout seul dans ma chambre, comme d'hab. Ça m'avait bouleversé. Ambrin a pris la fuite en blessant grièvement six autres personnes ; une moto l'attendait devant le studio.

- Il a réussi à dévaliser les fonds secrets d'un ministère et à cambrioler le domicile privé d'un ministre de l'intérieur, poursuivit Éric. Il travaille parfois avec une véritable armée de complices et des moyens technologiques incroyables.

- Il veut se faire passer auprès des médias pour un Arsène Lupin des temps modernes, intervint David en se remémorant les termes d'une interview accordée par le bandit à une journaliste d'un grand hebdomadaire. Il prétend ne voler que les riches, distribuer une partie de sa fortune aux pauvres. Mais il peut aussi se montrer d'une sauvagerie abominable, comme quand il a exécuté ses complices après le cambriolage d'un diamantaire. Il était convaincu qu'ils l'avaient doublé en se mettant quelques pierres précieuses dans la poche avant le partage.

Le braquage d'un diamantaire, un coup qui rappelait les casses de bijouteries, les infractions qu'Éric pardonnait le moins parce qu'il avait peur que son père en soit victime un jour !

- Ambrin n'est pas un saint, articula David en pâlissant. On dit qu'il met du cyanure sur ses balles pour être sûr qu'elles tuent même s'il rate un centre vital en visant. Certains journalistes prétendent qu'il aurait assassiné des victimes en mettant du mercure dans leur whisky, ce qui provoque la mort dans des convulsions abominables.

- Sans compter que gâcher un bon whisky avec du mercure, c'est déjà un crime en soi, proféra Éric. Il ne respecte même pas la tradition du dernier verre du condamné ; il lui sert une saloperie.

- Au début de sa carrière de gangster, il braquait les

banques comme d'autres font un retrait au distributeur automatique, se souvint Nick qui avait vu cette anecdote dans un reportage.

- Sauf que quand quelque chose foirait, il tirait sans hésiter sur les employés de banque et les clients pour se barrer, dit David. Un fou furieux.

- Oui, capable de péter les plombs et de violences inouïes, conclut tristement Éric, qui retrouvait le sens des réalités après son trait d'humour.

La perspective de savoir Ghislaine et Daniéla entre les mains d'Ambrin n'avait rien de réjouissant.

Que voulait Ambrin ?

- Il ne joue pas les hommes de main au service d'affairistes véreux ni de la belle-mère de David, assura Éric. Il n'accepterait pas ce rôle subalterne. Ambrin veut que la France entière admire ses faits d'armes.

- Il était peut-être venu en touriste, suggéra Nick. Et il a pris peur en croyant que tu l'avais reconnu.

- Non, objecta Éric. S'il était venu en touriste, il serait reparti vite fait. Même lui n'aurait pas pu réunir autant de complices et de moyens en quelques heures. S'il est là, c'est qu'il prépare une opération commando.

- Il ne s'intéresse qu'aux gros coups, précisa David. Beaucoup de pognon plus des retombées à la télé, à la radio et dans les journaux.

- Une rançon pour nos femmes ? murmura Freddy.

- Non, commenta Éric. Il aurait pu les enlever n'importe où ailleurs en prenant beaucoup moins de risques. Et si l'enlèvement de nos femmes avait été son objectif, il se serait emparé de Daniéla plus tôt. Nous aurions déjà reçu la demande de rançon, et il aurait sans doute prévenu la presse pour montrer sa puissance. Comme il avait fait avec la Comtesse.

- Les voitures ! s'exclama David en bondissant du lit, les voitures du musée, c'est ça qu'il veut.

Tout excité, il poursuivit son raisonnement.

- Le musée est ouvert tous les week-ends, sauf les jours de course. Quand il ferme en semaine, il reste des employés qui travaillent à la restauration des voitures. Certaines autos exposées valent plusieurs millions de francs. Des Ferrari, des Maserati, des Groupe B prestigieuses, d'anciennes Formule 1. Il existe des collectionneurs dans les émirats ou ailleurs tout disposés à payer une fortune pour se les approprier par n'importe quel moyen, quitte à les enfermer dans un sous-sol blindé une fois qu'ils les possèdent. Plein d'œuvres d'art finissent comme ça, pourquoi pas des voitures d'exception ? Ambrin emploie des moyens technologiques très évolués. Nous en avons fait les frais. Avec ses complices, il va neutraliser les systèmes d'alarme et s'emparer de quelques voitures au nez et à la barbe de tout le monde. Avec sa bande, ils les embarqueront dans des camions déguisés en camions ateliers. Ils quitteront le circuit en toute discrétion, comme les camions d'une équipe dont les voitures ont abandonné.

- Ça se tient, le félicita Éric. Tu as trouvé la solution. C'est évident maintenant. C'est ça, le plan d'Ambrin.

- Et nos femmes ? interrogea Freddy.

- Dans cette hypothèse-là, je pense qu'il va les relâcher, réfléchit Éric. Son besoin de reconnaissance médiatique s'accommoderait mal du meurtre de deux femmes innocentes.

- Sauf si son esprit torturé lui dicte de les buter pour l'exemple, déclara Freddy.

- Non, ça ne cadre pas avec le personnage, reprit Éric,

tout en s'avouant secrètement que l'idée lui était aussi venue à l'esprit.

David remarqua une expression fugace de détresse sur le visage de son parrain. Il échangea un regard discret avec Nick, et comprit qu'ils éprouvaient tous la même la même peur.

Qu'allait faire Ambrin après s'être emparé des voitures les plus chères du musée ? Lâcher les deux jeunes femmes, s'en servir pour obtenir une rançon, les violenter, les tuer ? Les enlever ne faisait pas partie de son plan initial. Mais quelle idée sinistre naîtrait dans l'esprit de cet homme dangereux, assoiffé de gloire médiatique, irrésistiblement attiré par la violence et le sang ?

Les quatre garçons gardaient le silence. Une angoisse terrible les saisissait.

David réagit le premier.

- C'est un gangster. Il ne va pas faire de mal à une femme d'avocat. Il sait bien que les autres avocats n'apprécieraient pas et il n'a pas intérêt à se mettre toute la profession à dos. S'il se faire arrêter, il ne tient pas à ce que ses avocats lui en veuillent a priori. Il veut se la péter bandit au grand cœur. Donc il ne prendra pas non plus le risque de faire quelque chose à Daniéla qui a un public qui l'aime. Il va les relâcher saines et sauves.

- Je pense comme toi, intervint Éric. J'espère. C'est certainement ce qu'il prévoit de faire. Le tout, c'est qu'il ne disjoncte pas.

Éric marqua une pause, puis reprit le fil de son raisonnement.

- J'aurais préféré avoir affaire à un vrai truand avec ses valeurs, ses principes, son code d'honneur. Un seigneur du milieu, quoi ! Le genre de types que tout avocat rêve de défendre, le client qui lui donne l'occasion de faire des plaidoiries mémorables. Alors qu'Ambrin, c'est un marginal, sans foi ni loi, très intelligent, mais aux pulsions de violence imprévisibles. Il peut déraper. Ce n'est pas un mec fiable.

-Est-ce qu'il fait partie des tueurs d'Ille et Vilaine ? interrogea Nick. Quel est le lien entre les meurtres du début de la semaine et le cambriolage du musée ?

- Aucun lien, dit David. Ce sont deux affaires qui se superposent par hasard, c'est tout. Ambrin n'est pas assez bête pour braquer un camion de caméscopes à six kilomètres d'un musée qu'il s'apprête à cambrioler.

- Nuance tempéra, Éric. Je dirais volontiers qu'il n'est pour rien dans ce qui s'est passé à Maure. Mais je le vois très bien buter quelques personnes et organiser ensuite les découvertes de leurs corps sur la Côte d'Émeraude pour balader les flics sur de fausses pistes. Ce qui montre à quel point il est impitoyable.

- Ambrin fait partie du milieu, non, questionna Nick. Il doit respecter certaines de ses lois.

- Pas vraiment, objecta David. Ambrin travaille selon ses propres règles. De temps en temps, il s'associe avec des caïds pour monter sur un casse, mais la plupart du temps, il travaille avec des mecs marginaux qu'il a recrutés parce qu'ils n'ont rien à perdre et sont prêts à tout. Il les forme au boulot qu'il va leur faire exécuter en en faisant des bêtes fauves. Il est plus proche des milieux terroristes que des vrais truands. C'est ça qui est dangereux. D'autant qu'il a la gâchette facile. Au moindre pépin, il fera un carnage.

- Ambrin n'a peur que d'une chose, approuva Éric, c'est de retourner en quartier de haute sécurité dans une centrale. Il préfère la mort au QHS.

- Et si on le laissait faire, proposa Freddy. On s'en fout au fond qu'il vole des voitures tant qu'il ne fait pas de mal à nos femmes. Le musée est assuré de toutes façons. Hommel sera indemnisé. Est-ce que ça ne serait pas la meilleure solution. Il cambriole le musée tranquille. Il libère Daniéla et Ghislaine après…

- Non, contesta Éric. On ne sait pas ce qui peut se passer après le cambriolage. Imagine qu'il s'engueule avec ses complices et que l'altercation dégénère comme c'est arrivé après l'attaque du diamantaire ! Celui qui voulait s'en prendre à David a l'air de s'opposer à lui. S'il y a conflit et si c'est ce gars-là qui a le dessus, il réagira mal avec les filles. Il a été humilié par Ambrin ou un de ses lieutenants à notre sujet puisque quelqu'un lui ordonnait de se taire. Il doit nous en vouloir et pourrait passer sa colère sur les filles. Suppose encore que la bande soit arrêtée à l'occasion d'un banal contrôle routier. Avec ces mecs là, on ne sait pas ce qui peut arriver. Ils sont trop violents, trop instables ; ils dégainent trop facilement leurs armes. Il faut que des policiers d'élite les neutralisent. C'est encore la solution la moins périlleuse.

Freddy approuva en soupirant. Éric avait raison, il en convenait. Mais avec des hommes de la trempe d'Ambrin et ses complices, le risque zéro n'existait pas…

Chapitre 16

- Il faut faire quelque chose, signifia Éric. On n'a pas la choix.

A la place d'Éric et de Freddy, beaucoup d'hommes seraient restés prostrés, paralysés par la peur et l'anxiété. Pas eux. Ils ne prétendaient nullement être des surhommes. Tout au plus avaient-ils acquis grâce à la pratique du sport automobile et de leurs autres activités une grande maîtrise de leurs émotions et de leur concentration. C'était un atout dans les moments difficiles. La vie leur avait appris que lorsqu'on veut quelque chose, il convient de se battre sans merci pour l'obtenir.

- La Formule 1, c'est un combat de rue, déclarait souvent Freddy. Tu y entres en prenant la place d'un autre et une fois que tu y es, tu te bats comme un fauve contre tous ceux qui essaient de te piquer ton baquet.

- Un tribunal, c'est comme un ring de boxe, affirmait pour sa part Éric. Il y a quelques règles, et à la limite de ces règles, tu appliques une stratégie afin d'en mettre plein la tête à l'adversaire sans qu'il arrive à t'ébranler.

Inutile de geindre sur son sort, les jérémiades apitoient rarement le destin. Elles tendraient plutôt à l'énerver. David et Nick partageaient pleinement les convictions de leurs aînés. Tous les quatre entendaient résoudre le problème Ambrin comme on remporte une victoire en sport ou dans la vie professionnelle, en comptant d'abord sur leur intelligence et leur énergie.

- Ghislaine et Daniéla sont près d'ici, expliqua Nick. Je le sens quand j'essaye d'entrer en communication avec elles.

Éric et Freddy émirent leurs doutes quant à l'efficacité des techniques psychiques employées par Nick.

- Et si c'était vrai, suggéra David. Moi aussi j'ai douté des prémonitions et des impressions de Nick, parce qu'on ne peut pas les expliquer rationnellement. Mais d'un autre côté, rien ne prouve non plus qu'elles ne soient pas fondées. La supposition que Ghislaine et Daniéla se trouvent tout près de nous correspond à une certaine logique. Ambrin et ses complices disposent de camions pour emmener les voitures qu'ils vont voler. Sans doute ont-ils loué une maison où ils se logent pendant la préparation du casse. Les filles y sont probablement détenues.

Éric se souvint tout à coup des semi-remorques qu'ils avaient suivis en arrivant sur le circuit.

- Les camions jaunes aux couleurs Dary Cars, s'écria-t-il ! Personne ne connaît cette écurie et on ne les a pas vus dans le parc fermé. Ce sont les camions d'Ambrin. En attendant, il s'est installé aux alentours.

- Les camions doivent attirer l'attention, protesta Freddy.

- Pas du tout, reprit Éric. Certaines écuries n'ont pas fait entrer tous leurs véhicules dans le paddock. Les gens qui voient les camions Darcy Cars sont convaincus qu'ils appartiennent à une équipe qui possède un autre camion atelier et que ces deux véhicules-là ne servent qu'à transporter les voitures et du matériel d'un circuit à l'autre.

- Logique admit Freddy.

- Deux camions jaunes avec une marque voyante peinte sur les remorques, ça se remarque, intervint David. Les camions stationnent sûrement dans un jardin ou au fond d'une cour. De toute façon, à l'extérieur. Ils sont trop grands pour entrer dans un garage et il y a peu de hangars inoccupés dans le coin.

- C'est certain approuva Éric.

- Donc, si nous trouvons le moyen d'alerter la police, elle n'éprouvera aucune difficulté à les repérer, poursuivit David.

- Probablement en effet, constata Éric. Maintenant que nous avons résolu l'énigme, notre problème devient de trouver le moyen de prévenir la police sans qu'Ambrin et ses complices ne s'en rendent compte.

- Pas facile, convint Nick, compte tenu du fait qu'ils captent les conversations téléphoniques et nous surveillent de très près. Nous en avons fait l'expérience tout à l'heure quand ils ont enlevé Daniéla. Si on prévenait un des copains pilotes, Didier Caradec ou Yannick Glet, ou un des fils de pilotes avec qui on a joué au foot l'autre jour, le petit Pailler par exemple.

- Trop risqué, trancha Éric. Les copains accepteraient de nous aider, mais Ambrin va se méfier s'il nous voit parler à d'autres pilotes ou à leurs proches. Je suis convaincu qu'il y a toujours un de ses complices à proximité qui écoute ce qu'on dit dès qu'on sort du motor-home. On mettrait les personnes contactées en grand danger et on ferait courir un péril supplémentaire à nos femmes. On cherche autre chose.

Freddy émit une proposition.

- Laurent Pêcheur, le journaliste de l'agence *Sport d'abord*. Il couvre l'épreuve pour plusieurs médias. On le connaît bien. On le prévient en douce, sous couvert de lui accorder une interview.

- Trop dangereux, coupa Éric. Laurent est sympa. On le connaît, c'est vrai. Mais c'est un gars qui a commencé sa carrière en presse people. Il a la culture du scoop à tout prix. Nous nous exposerions à plusieurs dangers. Il risque de sous-estimer la situation et de se montrer imprudent. De plus, il va mener son enquête avant d'appeler les flics, ne presque que pour être en place avec appareil photo et caméra lorsqu'ils interviendront. S'il commet la moindre maladresse, Ghislaine et Daniéla sont mal.

- J'ai une autre idée, affirma David. Armand et plusieurs de ses amis qui sont venus à notre cocktail jeudi soir sont postés au virage qui précède la ligne de départ. J'espère qu'ils y sont encore à cette heure-ci. Enfin, ils avaient l'air de s'être installés pour toute le nuit, avec des couvertures, des glacières, des sandwiches, en gros tout ce qu'il faut quand veut tenir un siège. Quand vous allez prendre le départ de la prochaine manche, personne ne s'étonnera que Nick et moi venions regarder la course. Après tout, Ambrin et ses complices exigent qu'on fasse comme si rien n'était et que l'équipe poursuive la compétition. Nous allons écrire un mot expliquant notre situation et leur demandant de prévenir la police très discrètement. Je glisserai le mot dans la poche d'Armand.

- Ça peut marcher, reconnut Éric. Mais glisse le mot dans la poche d'un de leurs copains. Ils ont peut-être repéré la famille d'Isa et ils se méfieront moins si tu t'approches de quelqu'un d'autre.

- D'accord, répondit David. Mais je crois peu probable qu'ils aient repéré Armand au cocktail. Il y avait trop de monde.

- Je pourrais dessiner un portrait d'Ambrin sous son apparence actuelle, proposa Nick. Ça pourrait aider la police quand elle interviendra.

- Tu va arriver à faire un portrait fidèle ? demanda Freddy.

- Nick a une mémoire visuelle fantastique et il dessine comme un pro, s'enthousiasma David.

- Je sais, reprit Freddy. Je ne mets pas le talent de Nick en doute. C'est juste que Nick n'a vu Ambrin que quelques secondes, et que je me demandais s'il avait eu le temps de mémoriser ses traits.

- Oui précisa Nick. Je me souviens bien de lui parce que son air cruel m'a surpris. Quand on l'a croisé, j'ai fait remarquer à David qu'on n'aimerait pas le croiser la nuit dans un parking désert.

- On y va, on rédige le mot et tu fais ton dessin, commanda Éric.

David prit une feuille de papier et commença à écrire sous la dictée d'Éric.

« Ambrin, l'ennemi public numéro un, l'homme que toutes les polices de France recherchent est ici. Il s'apprête à voler des voitures au Manoir de Lohéac. Nous l'avons reconnu et il a enlevé les épouses d'Éric et de Freddy pour faire pression sur nous et nous empêcher de divulguer ses plans. Il les détient sans doute à proximité du bourg. Il dispose de deux semi-remorques jaunes décorés en véhicules d'écurie de course et qui portent les couleurs Darcy Cars. Il a placé des micros dans notre motor-home et capte nos communications téléphoniques. Ses complices surveillent tous nos faits et gestes. Il faut prévenir discrètement la police, de préférence l'inspecteur Luc Jaffret en poste à Rennes, qu'Éric connaît bien. Agissez sans téléphoner à proximité du circuit, car Ambrin dispose d'un matériel sophistiqué qui lui permet d'écouter les communications. Ne commettez aucune imprudence, ne nous contactez pas, vous mettriez la vie des otages en danger. Nous savons que l'histoire paraît incroyable, mais elle est hélas véridique. C'est à cause des menaces d'Ambrin que nous avons écarté Isa et Marine – elles le confirmeront - et que nous avons fermé l'auvent du motor-home. Il faut nous croire, c'est une question de vie ou de mort. Merci de nous aider. Ci-joint un portrait d'Ambrin sous son apparence actuelle dessiné par Nick. Il est très ressemblant et il pourra aider la police. David »

Nick joignit le portrait d'Ambrin qu'il avait établi. Ses amis le jugèrent parfait.

Il était une heure trente.

- Il faut qu'on s'approche de la voiture, observa Freddy. Il est presque l'heure de se mettre en pré-grille.

- Oui, approuva Éric. Qui prend le départ de la manche ?

- Ce devait être toi, mais on peut inverser si tu veux, proposa Freddy.

- Non, on continue comme prévu, réfléchit Éric. Nous ne devons rien faire qui puisse provoquer des suspicions chez Ambrin.

Le plan se mit en place. Éric monta dans la voiture, et Freddy partit au stand pour le relayer au moment du changement de pilote. David resta à côté d'Éric jusqu'à ce qu'il soit appelé sur la grille de départ. Nick suivait David comme son ombre. Les quatre amis ne changeaient rien à leurs habitudes.

Les voitures se rangèrent aux ordres du starter. Éric partait en première ligne à côté de Didier Caradec. Les deux pilotes firent grimper les moteurs dans les tours. Plus nerveux qu'à l'habitude, Éric fit patiner les roues et concéda un mètre cinquante à la Porsche. Les deux voitures se présentèrent à l'entrée du premier droite, la Vivia une demi-longueur derrière la Porsche. Très rageur, Éric s'infiltra à l'intérieur, mettant deux roues dans le bas-côté. La Porsche plongea à son tour vers le point de corde. Didier crut qu'Éric, légèrement en retrait, allait céder le passage et se préparer à l'attaquer au freinage suivant. Il fut stupéfait de sentir un choc brutal sur le côté droit de sa Porsche. La Vivia passait en force et l'expulsait de sa trajectoire.

- Qu'est-ce qui lui prend ? s'étonna Didier. Il veut me sortit ou quoi ?

Denis Vaillant, le manager du Team Hervieux, suivait la scène depuis le toit du semi-remorque de son écurie.

- Avec l'avance qu'il a au classement général, Éric n'a pas besoin de faire des coups pareils, surtout au premier tour, protesta-t-il.

Éric pilotait sous l'influence de la colère. Il enrageait de ne pas pouvoir agir directement contre les salauds qui détenaient sa femme et son amie Daniéla. Il n'avait pas contenu sa rage lors de cette manœuvre de dépassement.

- J'ai été limite sur ce coup-là, regretta-t-il en voyant les phares de la Porsche déséquilibrée zigzaguer dans son rétroviseur.

Au même moment, David et Nick couraient se placer au virage où ils espéraient trouver le groupe des amis d'Armand.

- Armand est bien là avec ses copains, murmura David.

Suis-moi, et dis à celui à qui je vais glisser les papiers d'attendre quelques minutes après qu'on soit partis pour les regarder.

David se faufila dans le groupe des amis d'Armand tout en restant à distance de celui-ci. Il fit mine de vouloir s'approcher au plus près possible de la piste. Lorsqu'il fut arrivé contre les barrières, il estima que ses gestes étaient dissimulés par ses voisins. Il tira les papiers de sa poche et les glissa dans celle d'un ami d'Armand dont il ne connaissait même pas le prénom, mais qui lui avait paru sympathique le soir du cocktail. Il tournait ostensiblement la tête au frère de son amie afin de ne pas engager la conversation.

Au même moment, Nick chuchota quelques mots à l'oreille du garçon. L'obscurité ne permettrait pas à ceux qui les espionnaient de repérer leur manège.

- On a des ennuis, c'est pas une blague. Attends qu'on soit partis pour lire les papiers. On nous surveille.

David et Nick regardèrent le premier passage d'Éric, puis ils partirent en courant vers le motor-home. Ils grimpèrent tout de suite sur le toit du véhicule, feignant de suivre la manche avec attention.

Le complice d'Ambrin n'y vit que du feu.

- Bel âge, pensa-t-il. Quoiqu'il arrive, ces gamins ne se soucient de rien et s'intéressent d'abord à la course.

Gaël, l'ami d'Armand à qui David avait glissé son message d'appel à l'aide, fut très surpris de l'attitude des deux garçons. Il pensa d'abord à une plaisanterie, mais la mise en scène lui suggéra une détresse réelle qui l'inquiéta. Il suivit donc les recommandations de Nick et attendit trois minutes avant de sortir les papiers de sa poche. Il emprunta un briquet à un de ses copains et lut la lettre écrite pas David.

Il s'adressa à Armand.

- Dis donc, le copain de ta sœur et son pote, ils sont sérieux ou ce sont des marioles ?

- Il sont sérieux, répondit Armand, surpris par la question. Pourquoi ?

- Regarde ce que l'un m'a glissé dans la poche pendant que l'autre me murmurait qu'ils avaient des ennuis et qu'on les surveillait.

- Merde, s'exclama Armand ! Il faut bouger et tout de suite. On fonce tous chez moi et on réveille le père. Consigne : on ne parle à personne avant d'avoir décidé quelque chose à la maison.

Réveillé en sursaut pas son fils, Raymond ne mit pas longtemps à comprendre l'extrême gravité de la situation.

- Je leur avais bien dit de prendre garde à la vision d'Anicet, et aussi qu'on ne dérange pas un chat noir qui dort sur une voiture, grogna-t-il. Ils ne m'ont pas écouté. Maintenant, il faut trouver une solution.

Raymond avait été officier pendant la guerre d'Algérie. Il savait mener des hommes et organiser une opération.

- Il faut repérer la bande avant de prévenir la police, ordonna-t-il. On met tout le monde sur le pont. Gaël, tu vas servir d'officier de liaison.

- Qu'est-ce que je fais ? interrogea le jeune homme.

Les instructions ne tardèrent pas. Gaël se vit confier une liste de personnes à réveiller et à prévenir. Il fallait trouver les camions jaunes, recueillir des informations sur la composition et les mouvements de la bande, et réunir tous les amis chez Raymond.

- Personne n'utilise le téléphone, ajouta Raymond. Ce serait un arrêt de mort pour vos amis.

Réveillées par l'agitation, Isa, Marine et leur mère

étaient descendues. Elles furent terrifiées lorsqu'Armand leur expliqua ce qui arrivait.

- C'est pour ça qu'il faisaient la gueule, comprit Marine. Ils voulaient nous éloigner.

- Ils nous protégeaient en fait, compléta Isa. Les pauvres, ils doivent vivre des moments abominables.

- On va les sauver, promit Armand, très protecteur vis à vis de ses jeunes sœurs.

Sur le circuit, Éric et Freddy avaient une nouvelle fois dicté leur loi à leurs adversaires. Didier n'avait pas porté réclamation contre Éric. Ce dernier lui avait d'ailleurs demandé de l'excuser à la fin de la manche.

D'un caractère naturellement pondéré, Didier ne s'était pas fâché. Il avait mis le comportement d'Éric sur le compte de l'excitation de faire équipe avec un pilote de Formule 1. De toute manière, il ne croyait pas beaucoup en ses chances de battre les pilotes Vivia à la régulière. Il n'allait pas se brouiller avec quelqu'un qu'il appréciait pour un dépassement hasardeux. S'il voulait se faire pardonner, Éric en serait quitte pour payer un pot aux pilotes Hervieux et à leur team manager.

Éric, Freddy, David et Nick s'étaient une nouvelle fois réunis dans la chambre qu'ils savaient à l'abri des micros.

- Mission accomplie, affirma David.

- Ils vous ont pris au sérieux ? interrogea Freddy.

- Nous ne pouvons être certains de rien, avança Nick. Mais du toit du motor-home, on voit qu'ils ne sont plus là. Donc, on peut raisonnablement en déduire qu'ils sont partis prévenir la police.

- Il ne nous reste plus qu'à attendre et espérer, constata Éric.

- J'ai confiance maintenant, conclut David.

Une heure plus tard, une vingtaine d'hommes décidés étaient assis dans la salle à manger de Raymond. Ils avaient repéré Ambrin et ses complices. Les bandits avaient loué une maison meublée à un kilomètre du village, tout près de la route de Maure. Une voisine avait vu une femme brune dont la description correspondait à Ghislaine entrer dans la maison, entourée par plusieurs hommes. Ces locataires ne paraissaient pas sympathiques à la voisine ; elle avait hâte qu'ils déguerpissent.

Cinq hommes étaient restés cachés à proximité de la planque de la bande. Ils surveilleraient tous leurs fait et gestes.

- Maintenant, il faut mettre une tactique au point, décréta Raymond.

- On est assez nombreux pour donner l'assaut, proposa Armand qui aimait bien David et se sentait prêt à une action d'éclat pour sauver ses proches.

- Oui, on rentre en force dans la baraque et on leur casse la tête, poursuivit Gaël.

D'autres hommes s'affirmèrent favorables à cette option, surtout parmi les plus jeunes.

- Pas si vite, intervint Raymond. On a affaire à l'ennemi public numéro un et à un commando trillé sur le volet. On ne va pas s'en débarrasser comme ça avec nos fusils de chasse. Le mieux est de prévenir la police qui va envoyer des forces spéciales.

- Et nous alors ? s'impatienta Armand. On ne va pas rester là à attendre que ça se passe.

- Bien sûr que non, reprit son père. On continue à les surveiller en attendant que la police arrive, et on se tient prêts à intervenir s'ils essaient d'amener les femmes otages ailleurs.

- Comment prévient-on la police ? questionna Gaël.

- On envoie ma femme à Rennes, en voiture, décida Raymond. On n'utilise pas le téléphone. Ils pourraient intercepter la communication s'ils sont aussi bien équipés que le craignent vos amis. Ambrin étant un criminel audacieux et organisé qui aime les gadgets techniques, je suis tout disposé à croire qu'ils le sont.

Le plan de David fonctionnait. La contre-attaque s'organisait.

La Vivia d'Éric et Freddy reprit la piste à quatre heures. Cette fois, Freddy assura le premier relais. David et Nick l'accompagnèrent au départ, puis ils revinrent au bord de la piste, à la recherche d'un signe leur indiquant que le frère d'Isa et ses amis avaient bien pris leur message au sérieux.

Bientôt, cinq garçons qu'ils ne connaissaient pas les entourèrent. Leurs cœurs se mirent à battre plus fort. Allaient-ils être agressés, enlevés, poignardés ? Le souvenir de la bagarre survenue au début de la nuit restait présent dans leurs mémoires.

Non. David sentit qu'on glissait un papier dans la poche de son jean. Les cinq garçons s'écartèrent, comme des spectateurs normaux qui faisaient le tour du circuit. Armand avait compris que David et Nick s'inquiétaient et qu'ils tenteraient peut-être de provoquer un nouveau contact. Il avait chargé des copains qui n'étaient pas avec lui sur le circuit de leur transmettre un mot rassurant. Le mode opératoire garantissait la discrétion. Les ennemis du clan Vivia ne remarqueraient rien.

David et Nick rentrèrent au motor-home. La main de David trembla au moment de déplier le morceau de papier transmis par l'inconnu.

« Nous avons localisé la bande à Ambrin. Elle se cache dans une maison auprès du village avec les

otages. La police est prévenue et attend le bon moment pour intervenir. Ne vous inquiétez pas. Tout ira bien. Armand. »

- Ouf, soupira David, les choses commencent à aller mieux.

Ambrin se croyait encore le maître du jeu qu'il organisait à Lohéac. Il ne savait pas que la réaction de ses victimes le transformait en une bête traquée.

Chapitre 17

David entraîna Éric et Freddy dans la chambre du pilote de Formule 1 dès qu'ils revinrent au motor-home.

Au sourire du jeune homme, Éric comprit qu'il avait de bonnes nouvelles à leur annoncer. Nick brandit fièrement la lettre d'Armand.

- Ils ont l'air sûrs pour nos femmes, se réjouit Éric.

En fait, la voisine des ravisseurs n'avait aperçu que Ghislaine. Les amis d'Armand et Raymond avaient simplement déduit que Daniéla se trouvait détenue au même endroit. Ils n'avaient pas rapporté cette ambiguïté dans leur message, ce qui évita à nos amis de s'inquiéter.

- Pourvu que tout se passe bien au moment de l'assaut de la police, espéra Freddy.

- Ils savent ce qu'ils font, le rassura Éric. Dans de telles situations, la police agit d'abord avec le souci de protéger la vie des otages.

En vérité, Éric s'inquiétait autant que Freddy. Il se rassurait en prônant une thèse dont il tentait de se convaincre lui-même. Car il savait très bien que les forces de l'ordre font tout pour sauver les otages, mais qu'un accident pouvait toujours arriver, surtout avec un fou furieux tel qu'Ambrin.

- J'ai quelque chose d'important à vous dire, intervint Éric. Nous controns les plans d'un criminel très dangereux et très intelligent. Ses complices nous guettent. Nous ne savons pas quand la police va intervenir. Elle va étudier le site, attendre le moment le plus propice. Ghislaine et Daniéla ne sont pas encore sauvées. Nous non plus d'ailleurs. Une réaction d'extrême violence de complices d'Ambrin qui échapperaient aux forces de l'ordre reste possible. Nous devons rester très vigilants, et d'abord, ne pas laisser transparaître un changement d'attitude qui amènerait Ambrin à se demander ce qui nous arrive, c'est à dire à comprendre qu'on l'a doublé. En résumé, on garde des têtes d'enterrement.

- Ça ne sera pas très difficile, précisa Freddy. Tant que Daniéla n'est pas libérée et que je ne sais pas ce qui se passe, je n'aurai pas de mal à afficher la tête des mauvais jours.

- D'accord, dit David. J'avais pensé à ce risque moi-aussi.

- Ne t'inquiète pas, on ne fera pas de bêtises, appuya Nick.

- J'en suis convaincu, reprit Éric. J'insiste simplement sur le fait que nous devons contrôler nos expressions. Vis à vis des ennemis qui nous observent, nous sommes toujours accablés de tristesse, nous ne savons pas ce qui nous arrive, et nous sommes désespérés. Maintenant, on essaye de se reposer un peu. Les heures qui viennent seront difficiles.

Tous s'allongèrent sur leurs lits respectifs, mais personne ne trouva le sommeil.

Le repos que s'accordaient Éric, Freddy, David et Nick ne durerait que trois quarts d'heure, car dès cinq heures quarante, la Vivia revenait en pré-grille.

Cette huitième manche se déroula mal pour les pilotes Vivia. Éric creva à la cinquième minute. Il s'arrêta pour faire changer sa roue, mais le règlement ne lui permettait pas de passer le volant à Freddy avant la huitième minute. Il dut redémarrer, parcourir deux tours, et revenir au stand. Freddy repartit le couteau entre les dents. Dans le contexte d'horreur de ce week-end, la course ne représentait pas un objectif majeur pour les deux pilotes Vivia, mais l'ardeur qu'ils mettaient à piloter les aidait à surmonter leur angoisse et à tromper leur attente du dénouement. Freddy attaqua tant qu'il fit un tête à queue dans une courbe à deux cents kilomètres heures. Le pilote se Formule 1 fit preuve d'un sang froid extraordinaire. Il garda le pied sur l'accélérateur, effectua un trois cent soixante degrés complet, et repartit dans le sens de la piste sous les applaudissements des spectateurs présents à cette heure matinale. L'équipage Vivia termina huitième de la manche. Cette contre-performance ne mettait pas leur position de leaders du classement général en danger.

Freddy, Éric, David et Nick tentèrent à nouveau de se reposer durant l'heure qui suivit. Ils étaient partagés entre l'espoir et la peur. La fatigue commençait à faire ressentir ses effets. Le plan d'attaque des forces de l'ordre se mettait sûrement en place.

- Pourvu qu'ils ne ratent pas leur coup songeait Éric. Et pourvu qu'Ambrin ne leur ait rien fait.

Il se disait aussi que Ghislaine et Daniéla ignoraient tout des préparatifs de la police. Elles devaient se sentir à la merci des truands. Pensaient-elles au viol, à la mort ? Probablement. Quel otage n'évoque pas sa fin funeste au cours de sa détention ?

- Pourvu qu'elles soient ensemble au moins,

s'inquiétait encore Éric. Elles auront moins peur et elles se sentiront moins seules.

Pour sa part, Freddy redoutait que la police, obsédée par le danger que représentait Ambrin, ne mène une action trop brutale au cours de laquelle les deux femmes seraient blessées, voire abattues, soit par les malfaiteurs, soit par des balles perdues dans la fusillade.

David et Nick se sentaient plus confiants que leurs aînés. L'optimisme de la jeunesse les incitait à s'attacher aux bons côtés de la situation. Ghislaine et Daniéla seraient bientôt sauvées. Ils n'imaginaient pas sérieusement un échec de l'assaut des forces de l'ordre.

A huit heures, Éric et Freddy disputèrent une nouvelle manche, qui ne se déroula pas au mieux. Alors qu'Éric et Stéphane Dréan étaient à la lutte en tête et rattrapaient des attardés, ceux-ci s'accrochèrent, forçant la Vivia et la Porsche à partir dans un bac à graviers dont elles éprouvèrent quelques difficultés à s'extraire. Pierre-Yves Prié et Daniel Ricard profitèrent du faux pas des favoris et remportèrent brillamment la manche au volant de leur Ford Sierra Cosworth 4X4.

L'attente devenait insoutenable. Les quatre garçons n'éprouvaient aucune difficulté à faire une tête d'enterrement, comme le conseillait Éric.

L'avocat espérait que Luc Jaffret prenait l'affaire en main personnellement. C'était un bon flic, raisonnable, très psychologue, plus proche d'un Navarro en plus jeune – le personnage incarné par Roger Hanin était le modèle de Luc – que d'un cow-boy amateur d'armes et d'actions d'éclat. Les avocats ne collaborent pas souvent avec les flics. Éric, passionné par son métier et méfiant par nature vis à vis de l'autorité policière, n'avait jamais imaginé qu'un jour, la vie de sa femme dépendrait du succès d'une opération de police. Certes, l'avocat avait téléphoné au commissariat lorsqu'un adversaire avait menacé sa famille quelques mois plus tôt, mais d'habitude, Freddy et lui faisaient plutôt appel à leur ami Mario lorsqu'ils se croyaient en danger. Les services de sécurité du Marseillais avaient déjà assuré la protection de Freddy et de Daniéla lors de nombreuses manifestations ainsi que celle d'Éric pendant des procès difficiles.

Ici, ils s'étaient fait piéger. Impossible de contacter Mario et de le faire intervenir. Il ne restait que la police.

- Tant qu'à se résoudre à faire confiance à des flics, autant que ce soit Luc qui mène la danse, pensait Éric. Le préfet et les huiles vont faire intervenir des forces spéciales. Tant mieux. Avec Ambrin, pas d'autres solutions. Un flic intello comme Luc n'aurait pas le dessus dans une intervention contre lui. Mais je pense qu'il saura analyser la situation et briefer les autres. Enfin, j'espère...

De fait, les policiers n'avaient pas chômé depuis l'arrivée de la femme de Raymond dans les locaux du SRPJ de Rennes.

Dans le contexte perturbé des meurtres d'Ille et Vilaine, l'officier de police judiciaire de permanence s'attendait au pire cette nuit-là. La découverte d'un nouveau cadavre mutilé ne l'aurait pas étonné. Mais qu'une brave dame vienne lui annoncer qu'Ambrin, l'ennemi public numéro un, se trouvait à trente cinq kilomètres de Rennes, ce fut tout de même un choc. Quand sa visiteuse lui demanda d'appeler l'inspecteur Jaffret, il ne se fit pas prier.

Au moment où Luc Jaffret décrocha le téléphone,

encore à moitié endormi, il pensa naturellement à un nouveau meurtre.

- Quoi, Ambrin ? hurla-t-il en bondissant du lit et en faisant sursauter sa femme.

L'OPJ de permanence craignait une mauvaise blague. Il s'en ouvrit à son collègue.

- Pas de danger, le rassura Luc. Èric Trélor est bien là-bas. Je l'ai vu au début de la semaine. On est sur le coup du siècle, mon vieux ! On va arrêter l'ennemi public numéro un et sans doute résoudre cette putain d'affaire des tueurs d'Ille et Vilaine. Ambrin et des cadavres dans le même coin, c'est trop énorme pour être une simple coïncidence. J'arrive fissa ; appelle le proc, le commissaire principal et le préfet. Il n'y a pas une seconde à perdre.

Jamais Luc Jaffret ne roula aussi vite que cette nuit-là entre son appartement de l'avenue Fréville et l'Hôtel de police, boulevard de la Tour d'Auvergne.

Jamais non plus Chantal, son épouse, n'éprouva une telle terreur. Car elle avait compris que Luc se lançait à l'assaut du criminel le plus redouté de France. Elle se leva, alluma une cigarette, et but un café en pleurant. Comme elle était croyante, elle se mit à prier Dieu de lui ramener son mari. Chantal pensait à leurs trois enfants, âgés de neuf, sept et quatre ans. Ils étaient si jeunes. Ce serait trop injuste qu'un tueur les prive du père qui les aimait et s'occupait si gentiment d'eux dès que son sale boulot de flic lui laissait quelques heures à passer avec sa famille. Pour l'épouse de Luc, Ambrin n'avait rien d'un Robin des Bois, c'était une ordure qui tuait des maris, des filles, des fils, des pères.

- Je préférerais qu'il aille arrêter un caïd de la mafia, enragea Chantal. Les vrais truands ne tirent pas sur les policiers. Ils ont trop peur des conséquences. Ils préfèrent se laisser arrêter et demander à leurs avocats de les sortir de taule. Après tout, c'est le jeu. Alors qu'avec un type comme Ambrin, chaque confrontation se transforme en carnage…

Luc s'était montré convaincant auprès de son supérieur et du procureur. Compte tenu de la dangerosité d'Ambrin, la décision avait été prise de faire intervenir les forces spéciales. L'inspecteur avait habilement souligné qu'une des otages était une comédienne célèbre, épouse d'un pilote de Formule 1, et que l'autre était la femme d'un avocat médiatique et renommé. Dans un tel contexte, il convenait d'intervenir au plus vite et d'éviter toute bavure. Il avait aussi suggéré que l'arrestation de la bande à Ambrin apporterait vraisemblablement la solution de l'affaire des meurtres d'Ille et Vilaine.

Maintenant, les hommes du GIPN de Rennes se mettaient en place. Ils préparaient leur intervention. Les renseignements fournis pas les amis de Raymond et Armand leur avaient fait gagner du temps. Les policiers aboutissaient aux mêmes conclusions qu'Éric et David. Ambrin et sa bande se préparaient à cambrioler le Manoir de l'Automobile. Ils s'étaient répartis en deux groupes. Le premier s'était posté aux abords du musée, tandis que le second se cachait derrière une haie jouxtant le jardin de la maison louée par les malfaiteurs.

Leur plan consistait à attendre que la bande s'attaque au musée. Le plus gros des troupes quitterait ainsi la villa. Une équipe de policiers appréhenderait les truands en flagrant délit au moment où ils entreraient dans le musée. Au même instant, l'autre équipe pénétrerait dans la maison et libérerait les otages. La synchronisation des équipes conditionnait le succès de l'action. Les gangsters restaient probablement en relation par radio ou par téléphone. L'intervention des forces de police devait les surprendre à la même seconde. Sinon ceux qui bénéficieraient d'un sursis se prépareraient à riposter, ce qui compliquerait la tâche des forces de l'ordre. En outre, les policiers ne prononceraient qu'un mot codé à la radio au moment de passer à l'attaque. S'ils parlaient avant, les gangsters risquaient de les repérer.

Ils savaient qu'ils jouaient une partie serrée. Ces hommes trillés sur le volet, surentraînés, constituaient l'élite des troupes d'assaut. Ils en tiraient une légitime fierté. Ils s'étaient engagés parce qu'ils cherchaient les poussées d'adrénaline que procurent l'action et la danger. Aujourd'hui, ils allaient être servis. Ambrin représentait un adversaire à leur mesure. Tous ne reviendraient peut-être pas de cette mission, la plus dangereuse qui leur ait été confiée. Ils en étaient conscients. Pourtant, les mains ne tremblaient pas, même si les cœurs battaient un peu plus vite que d'habitude.

Des hommes en civil, avec à leur tête l'inspecteur Luc Jaffret, complétaient le dispositif. Quatre d'entre eux avaient repéré le camion radio des bandits. Leur mission consistait à appréhender les complices qui y avaient pris place. Ils interviendraient en même temps que leurs collègues. Les autres se tenaient à distance et attendaient les ordres qui suivraient l'attaque.

Le break Peugeot de Luc et de ses collègues stationnait devant l'ancienne usine Bridel, dont Michel Hommel fit plus tard l'unité de construction de ses voitures de sport.

Moins rodé à l'action que les membres du GIPN, Luc se sentait nerveux. Ses mains devenaient moites. Sa gorge se serrait. Il aurait bien bu un verre d'eau. Trop tard, il fallait se préparer à foncer. Si Éric n'avait jamais imaginé faire appel à l'aide de la police, Luc ne pensait pas davantage se trouver confronté à une opération où il fallait sauver un ancien camarade de fac et ses proches. La situation lui causait une pression supplémentaire. Il éprouvait une sensation désagréable.

- Et si on avait négligé quelque chose ? Si un truc foirait ?

Engoncé dans son gilet pare-balles, Luc respira plus fort et se concentra sur l'attente du signal. De toute façon, il n'était plus temps de modifier les plans. Il fallait faire ce qui était prévu, en faisant confiance aux collègues du GIPN qui étaient des pros sur le terrain.

Armand et Raymond redoutaient un cafouillage dans la conduite des trois attaques simultanées. Ils s'étaient organisés en conséquence. Dix hommes, menés par Raymond et armés de fusils de chasse, restaient cachés derrière les haies qui bordaient le jardin de la maison louée par les truands. Ils interviendraient en renfort si la police ratait son assaut ou si une partie des truands tentaient de fuir avec les otages. Les gars du GIPN leur avaient demandé de s'en aller. Ils avaient refusé. Une brève négociation s'était engagée, à voix basse. Les policiers avaient fait promettre aux hommes du village de rester en retrait, en leur expliquant qu'ils constitueraient la seconde vague au cas où les premiers assaillants seraient mis en difficulté par les hommes d'Ambrin. Un langage qu'avait compris et respecté Raymond !

Quatre jeunes, menés par Gaël, attendaient dans une voiture garée à quelques mètres du fourgon espion. Eux aussi avaient amené des armes de chasse, des gourdins et des masses. Quant à Armand, il patientait au volant d'un énorme tracteur agricole dans le champ situé en face de l'entrée du parc concurrents, où stationnaient les camions ateliers et les motor-homes des équipes. La machine n'attirait pas l'attention. Les organisateurs faisaient en effet appel à plusieurs conducteurs d'engins de ce type. Ils tractaient les tonnes d'eau afin d'arroser le circuit entre les manches. Sans arrosage régulier de la piste, des nuages de poussière auraient volé à chaque passage des voitures et les spectateurs n'auraient pas bénéficié du spectacle de la compétition.

Raymond n'avait pas jugé utile de poster des hommes à l'entrée du musée.

- Ce ne sont que des bagnoles, avait-il décrété. Elles sont belles et elles coûtent cher, mais il ne s'agit que d'objets. Ce qu'il faut, c'est sauver les femmes qui sont entre les mains d'Ambrin si la police merde et empêcher ceux qui sont dans le fourgon de faire feu sur David et les autres s'il y a un pépin.

Raymond ne manquait pas de bon sens.

Il était huit heures quarante cinq.

Armand se tenait prêt. Il s'inquiétait de ne pas apercevoir de policiers à proximité et sentait intuitivement que le plus petit incident se transformerait en bavure. Il pensait à ses deux jeunes sœurs qu'il adorait. Il ne pourrait plus jamais se regarder dans une glace si leurs amis David et Nick se faisaient fusiller. Armand était champion de lutte bretonne. Dans ce sport, le respect de l'adversaire fait partie des principes des tournois. Dans quelques minutes, il ne s'agirait pas d'un affrontement amical où les participants partagent tous le mouton gagné par le meilleur d'entre eux lors d'un méchoui, mais d'un vulgaire combat de rue, peut-être à mort. Armand se sentait prêt pour la bagarre, bien qu'il détestât la violence.

Sous l'auvent du motor-home, Éric, Freddy, David et Nick buvaient un café. Ils ne parlaient pas. A cet endroit, leurs conversations auraient été captées par les micros, et ils n'avaient pas le cœur à évoquer la course ni un autre sujet. Nick fermait les yeux ; il faisait visiblement des efforts de concentration immenses. David lui lançait régulièrement des regards interrogateurs, auxquels il répondait par des signes de tête négatifs. Éric et Freddy observaient le manège des deux garçons. Après tout, Nick avait bien senti la présence de Ghislaine et Daniéla à quelques centaines de mètres d'eux. Pourquoi ne percevrait-il pas le moment où les policiers passeraient à l'attaque ?

Soudain, Nick ouvrit les yeux. Son visage exprimait de la gravité et une véritable angoisse. Ses mains tremblaient légèrement. Il fixa David dans les yeux et fit un signe affirmatif de la tête. David lui répondit de la même manière de façon à lui faire comprendre qu'il avait saisi le message. Il regarda à son tour Éric et Freddy. Les deux hommes se levaient. A cet instant, personne ne doutait plus des prémonitions de Nick.

Les quatre garçons grimpèrent sur le toit du motor-home, à la recherche de signes indiquant le commencement de l'action.

Une imprudence, dictée par l'impatience, le besoin d'essayer de deviner ce qu'il advenait de Daniéla et Ghislaine.

Ambrin et ses hommes sortaient de la villa. Ils montèrent dans les camions, mirent les moteurs en marche, les laissèrent tourner quelques secondes. Puis les chauffeurs enclenchèrent la première vitesse. Les deux semi-remorques démarrèrent lentement, l'un derrière l'autre, sous les yeux des hommes du GIPN et de la troupe menée par Raymond.

Deux bandits occupaient le fourgon espion. A l'annonce de la mise en route de l'opération, l'un, plus nerveux que son complice, alluma une cigarette. L'autre se mit au volant, prêt à démarrer au cas où un problème inattendu surviendrait.

En voyant le voyou regagner l'habitacle de son fourgon, Armand comprit que la bande d'Ambrin entrait en action. Il jeta un regard sur le motor-home de l'équipe Vivia et frémit en voyant David, Nick, Éric et Freddy sur la terrasse aménagée sur le toit.

- Ils font une cible idéale, s'inquiéta-t-il.

Il mit le moteur de son tracteur en route, et vérifia machinalement le fonctionnement de la boite de vitesses et de l'embrayage.

Les camions aux couleurs Darcy Cars vinrent se garer derrière le musée. Les spécialistes engagés par Ambrin commencèrent leur travail. La serrure du portail fut ouverte en quatre secondes, et la porte de l'atelier à peu près dans le même temps. Les bandits n'eurent pas le temps de neutraliser le système d'alarme. Les hommes du GIPN, vêtus de noir, protégés par des gilets pare-balles et des casques à visières lançaient l'assaut.

A la même seconde, leurs collègues enfonçaient la porte de la maison qu'occupait la bande. Il ne restait plus qu'un seul homme pour garder les otages. Il leva les mains immédiatement lorsque les policiers du GIPN surgirent dans la villa.

Ghislaine et Daniéla étaient assises dans le canapé du séjour. Les bandits leur avaient lié les mains dans le dos, mais personne ne les avait maltraitées.

Au musée, les deux chauffeurs envisagèrent un bref

instant de fuir avec leurs véhicules. Voyant les voitures de police bloquer la route, ils y renoncèrent et virent leur salut dans une fuite à pied à travers champs. Erreur ! Ils se trouvèrent face à une rangée d'hommes en noir qui avaient anticipé leur manœuvre. Ils cherchèrent une issue. Ils n'en trouvèrent pas. Les hommes du GIPN les tenaient en joue. Ils se laissèrent appréhender.

Ambrin et ses six autres complices opposèrent davantage de résistance. Ils sortirent leurs armes. Les policiers durent faire feu. Deux complices d'Ambrin tombèrent à terre, blessés par les balles. Les autres laissèrent tomber leurs revolvers et levèrent les mains.

Rapide comme l'éclair, Ambrin se coucha, et tira sur les policiers en roulant sur le sol à une vitesse incroyable. L'homme justifiait sa réputation de gangster surentraîné et dangereux. Ses projectiles atteignirent les policiers. Ils furent stoppées par les gilets pare-balles, sauf deux. Un traversa le bras d'un homme et l'autre lui blessa la cuisse.

Cinq rafales de pistolets mitrailleurs atteignirent simultanément l'ennemi public numéro un. Ambrin fit un dernier soubresaut et s'immobilisa. Son blouson beige se tâcha de rouge. Une mare de sang gicla de son crâne. Sa main droite lâcha son arme. Il ne s'évaderait plus. Il ne tuerait plus.

Du toit du motor-home, Éric, Freddy, David et Nick entendirent la fusillade. Ils la situèrent derrière le musée, mais le bâtiment leur masquait la scène.

- Ça y est ! cria David.

Éric serrait les poings. Il porta sa main droite devant la bouche et se mordit l'index sans s'en rendre compte.

Freddy chercha à repérer les mouvements des forces de police aux alentours. D'abord, il ne vit rien.

Puis ses yeux saisirent une scène terrifiante.

Sur la route qui jouxtait le parc, un fourgon Peugeot blanc démarrait très lentement, au pas. Le canon d'un fusil sortait par la vitre côté passager. L'homme qui tenait l'arme la pointait vers la terrasse aménagée sur le toit du motor-home.

- A terre hurla-t-il !

Comme tous les rois de la Formule 1, Freddy avait développé une appréciation visuelle et des réflexes hors du commun. Il vit en une fraction de seconde que la trajectoire du projectile atteindrait David en pleine tête. Il se jeta sur le filleul d'Éric afin de l'entraîner avec lui dans sa chute et de le mettre hors de portée de l'arme.

En plongeant, il perçut une dernière image incroyable. Un tracteur fonçait sur le fourgon.

L'engin agricole, sorti à plein gaz du champ où il était garé, percuta le côté gauche du fourgon au moment où le tireur qui y était embusqué appuyait sur la gâchette. Entraîné vers l'arrière par l'effet du choc, l'homme tira plus haut qu'il ne le souhaitait.

Freddy et David entendirent le sifflement de la balle quelques centimètres au-dessus de leurs têtes.

Éric et Nick, qui avaient compris le danger instantanément, se couchaient à leur tour.

Les quatre garçons ne voyaient plus rien. Ils rampèrent jusqu'à la trappe du toit afin de descendre se mettre à l'abri à l'intérieur du motor-home.

Ils ne surent que plus tard ce qui venait d'arriver.

Les policiers en civil qui prévoyaient d'intervenir en même temps que leurs collègues furent bloqués par un incident stupide. Des spectateurs, à bord d'une Renault 5, voulurent se garer derrière eux. Il s'agissait de jeunes gens, qui avaient passé une nuit arrosée en boite et poursuivi la fête par un after. Intelligemment, ils avaient confié le volant à une capitaine de route qui était restée sobre. Seule ombre au tableau, la jeune fille n'avait jamais conduit la Renault 5 de son copain auparavant. Elle ne possédait son permis que depuis six semaines et manquait encore d'assurance, surtout dans les manœuvres. Elle cala au niveau de la voiture des policiers. Ces derniers actionnèrent le klaxon, lui firent signe de dégager la route. Elle paniqua et resta immobile, incapable de faire quoi que ce soit.

Luc s'éjecta du break Peugeot et se mit à courir en direction du fourgon. Il entendit les coups de feu tirés au musée et comprit qu'il arriverait trop tard. Ses collègues avaient hésité. Ils étaient encore dans la voiture.

Armand aussi entendit les coups de feu. Il vit le fourgon démarrer. Il n'hésita pas. Il mit son tracteur en action et décida de percuter le véhicule des bandits. Le premier choc immobilisa le fourgon Peugeot. Armand ne s'en tint pas là. Il accéléra à fond, libérant les quatre cents chevaux de son engin. La cloison métallique du véhicule des truands se tordit dans un bruit de ferraille torturée. Les pneus crissèrent sur le sol. Le fourgon bascula dans le fossé dans un dernier gémissement de tôles martyrisées. Son moteur s'arrêta.

Armand bondit du siège de son tracteur. Gaël et ses trois copains l'avaient rejoint.

Gaël donna un coup de masse dans le pare-brise du fourgon, qui vola en éclats. A l'intérieur, le tireur essaya sans succès de dégager son arme. Le canon s'était planté dans la terre.

Armand ne lui laissa pas le temps de renouveler sa tentative. Il le saisit par le col de son pull-over et le tira hors du véhicule.

- Là, derrière, commanda-t-il à ses copains, l'autre se taille, rattrapez le, vite !

Le conducteur avait réagi très vite. Il était sorti du fourgon par la porte arrière et courait à toutes jambes. Il découvrit avec rage que trois jeunes gars costauds le poursuivaient et qu'un autre homme lui barrait la route, un revolver à la main. Le bandit sortit un poignard de sa ceinture.

L'homme qu'agrippait Armand était tout aussi dangereux. Il balança un coup de pied qui obligea le frère d'Isa à bondir en arrière pour l'éviter. Puis il se remit sur pieds à la vitesse de l'éclair. Armand découvrit alors une brute aux yeux injectés de sang. Il remarqua que l'homme avait l'arcade gauche ouverte et qu'il s'était posé un pansement sur le nez.

C'était le ravisseur avec qui David s'était battu au cours de la nuit. L'individu haïssait tant David qu'il avait décidé de l'abattre avant de s'enfuir.

Occupés à courir après le conducteur, Gaël et les autres ne voyaient rien de ce combat.

Le truand tira un cran d'arrêt de sa botte droite. Les hommes d'Ambrin aimaient décidément tuer à l'arme blanche. D'un geste rapide, il tenta de le planter dans le cou d'Armand et de lui sectionner la carotide. Le frère d'Isa et Marine devina son intention. Il fit un bond de côté. Sa main gauche saisit le poignet du criminel lorsqu'il se trouva en fin de course et le stoppa net.

Cette fois, l'homme avait trouvé un adversaire à sa taille. Furieux, Armand lança son poing droit sur le menton du bandit. Il le toucha à l'endroit que les boxeurs appellent le point de K.O. L'homme s'effondra, inconscient.

Lorsque Luc vit trois hommes courir après le hors-laloi qui se précipitait vers lui, il ne tira pas, de peur de les blesser. Il se trouva face à un fauve qui avait compris qu'il ne ferait pas feu. Le complice d'Ambrin tenta de le poignarder. Il était gaucher. Luc leva son bras droit, poussa un cri de douleur et lâcha son arme. La lame lui avait ouvert les chairs de l'avant-bras jusqu'à l'os. De la main gauche, Luc eut le réflexe de cramponner le bras de son adversaire. Il ne lâcha pas prise lorsqu'un coup de genou lui tortura l'estomac et les côtes, mais il se dit qu'il ne tiendrait pas longtemps contre son agresseur.

Puis il sentit le bras de son adversaire mollir. L'homme s'effondra par terre. Quelqu'un soutint Luc. C'était Gaël qui, plus rapide à la course à pied que ses copains, venait de rejoindre le lieu de la bagarre. L'ami d'Armand avait assommé le bandit en lui assénant de toutes ses forces un formidable coup de poing sur la nuque.

Luc était très pâle. Gaël releva la manche de son pull-over et découvrit une entaille de quinze centimètres le long de l'os. Luc demanda à être conduit au motor-home de l'équipe Vivia.

Ses collègues en civil arrivèrent alors, arme au poing, penauds d'avoir manqué leur intervention. Il ne leur restait plus qu'à menotter les deux malfaiteurs.

La bande à Ambrin était terrassée.

Les inspecteurs voulaient interroger Armand et ses amis.

- Plus tard, coupa Armand.

Il leur faussa compagnie et se précipita au motor-home Vivia. Il entra sous l'auvent, et ne vit personne. Armand avait aperçu le bandit se préparer à tirer au moment où il allait heurter son véhicule. Son cœur se serra.

- Pourvu que ce salaud n'ait touché personne, pensa-t-il.

- C'est moi, Armand, cria-t-il d'une voix où perçait son émotion. Tout est fini, la bande à Ambrin est KO.

David fut le plus prompt à réagir. Il bondit sous l'auvent.

- T'es sûr ? Et les filles ?

- Je ne sais pas encore, reconnut Armand. Mais c'est au musée qu'on a tiré, pas à la maison où la bande les tenaient prisonnières.

Luc et les autres inspecteurs arrivèrent à leur tour. L'un d'eux tenait un talkie-walkie à la main et s'était entretenu avec ses collègues affectés aux autres sites d'intervention..

- Et nos femmes ? demanda Freddy.

- Tout va bien, répondit le collègue de Luc. Elles sont libres. Aucun mal ne leur a été fait, ajouta-t-il, conscient des inquiétudes de Freddy et Éric

Éric, Freddy, David et Nick dirent simplement merci, sans rien trouver d'autre à ajouter. Ils étaient soulagés, libérés, leurs nerfs se relâchaient après les heures de cauchemar qu'ils venaient de traverser.

- Tu es blessé, constata Éric en voyant le bras ensanglanté de Luc. Il faut que tu ailles à l'hôpital. J'appelle une ambulance.

- Ce n'est pas grave, assura l'inspecteur. Juste une grosse coupure. Je vais me faire soigner sur place.

- Il y a des médecins sur le circuit, déclara Éric, qui reprenait ses esprits. Ils vont pouvoir s'occuper de toi.

- Oui, répondit Luc, mais avant, je voudrais appeler ma femme pour la rassurer.

Éric lui prêta le mobile de son Coupé Vivia qu'il avait installé dans le motor-home. Il pouvait resservir maintenant qu'Ambrin était hors d'état de nuire. Puis Luc, qui refusait toujours de quitter le circuit, fut pris en charge par le médecin de la course. Une piqûre antitétanique et quelques points de suture suffirent à réparer les méfaits du complice d'Ambrin. Il avait eu beaucoup de chance.

Chapitre 18

Dès leur libération, Ghislaine et Daniéla exigèrent d'être conduites auprès de leurs maris. Conscients de l'épreuve qu'elles venaient de subir et sensibles aux recommandations de l'inspecteur Luc Jaffret avant l'intervention, les policiers acceptèrent de les amener au motor-home avant de les interroger.

A neuf heures cinq, elles rejoignirent l'équipe.

- Ça va ? demanda Éric à Ghislaine en l'embrassant et en la serrant très fort dans ses bras.

- Oui, ça va, expliqua Ghislaine. Je me sens délivrée d'un poids. Depuis qu'on avait parlé d'Ambrin, j'étais persuadée qu'un jour ou l'autre, je le trouverais sur ma route. C'était mon destin. C'est arrivé, je suis saine et sauve. Je suis soulagée.

- Tu n'as pas eu trop peur ? insista Éric.

- Pas tant que ça pour moi, avoua Ghislaine. Je n'ai pas compris ce qui se passait au début. Je dormais à la maison. Tout à coup, je me suis réveillée. J'ai vu Ambrin dans notre chambre. Il m'a dit de ne pas avoir peur, qu'il ne me ferait pas de mal, mais que la gestion de ses affaires l'obligeait à m'enlever pour le week-end. Ceci dit, Ambrin a fait des choses horribles, monstrueuses, la semaine dernière.

- Ambrin s'est comporté comme un gentleman avec

nous, ajouta Daniéla, la tête posée sur l'épaule de Freddy. Il s'est excusé de nous avoir enlevées. Il nous a dit qu'il devait contraindre nos maris et nos amis à ne pas le dénoncer, mais qu'il ne nous ferait aucun mal, quoi qu'il arrive. Il a affirmé qu'il était un homme courtois et raffiné et qu'on n'avait rien à redouter. Mais ses yeux étaient très durs, inhumains. D'un côté, je l'ai cru. D'un autre, j'avais peur qu'il disjoncte.

- Quand a-t-il décidé de s'attaquer à nous ? questionna Freddy.

- Il savait qu'Éric courait et ça l'inquiétait car il a eu peur qu'il le reconnaisse, reprit Daniéla.. Il s'est posé des questions quand il a vu la Vivia derrière ses camions. Il s'est dit qu'Éric saurait que l'écurie Darcy Cars n'existait pas et qu'il risquait de se douter de quelque chose. A partir de ce moment-là, il a fait surveiller l'équipe sans cesse. Un homme vous a suivis au musée. Un autre est venu poser des micros dans le motor-home. Il disposait en plus d'un appareil qui captait les conversations des téléphones mobiles. Il a eu peur en voyant Éric bavarder avec un policier et lui dire qu'il voulait l'entretenir de quelque chose. Il s'est vraiment inquiété quand il l'a croisé sur le circuit. II était persuadé qu'il resterait sur la ligne de départ et qu'il ne risquait pas de le rencontrer le long de la piste.

- Pourtant, je ne l'avais pas reconnu, intervint Éric.

- Il a carrément paniqué quand ses micros ont capté que tu avais dit à David qu'il fallait que tu lui parles d'un truc qui allait le surprendre et qui était en rapport avec ce tu avais découvert au début du séjour à Lohéac. Il a pensé que tu allais annoncer que tu l'avais reconnu. A partir de là, il s'est dit qu'il lui fallait un moyen de pression, d'où l'enlèvement de Ghislaine, puis le mien. Il croyait que tu avais compris ce qu'il préparait dès le vendredi matin. Il nous a quand même tout le temps rassurées sur notre sort. Il affirmait vouloir nous relâcher douze heures après le casse. L'un des hommes qui m'a enlevée voulait tuer David. Ambrin lui a promis une balle dans la tête s'il essayait. Il était là pour voler des voitures de collection et faire parler de lui à la télé quand son forfait serait découvert, rien d'autre.

- Son complice a quand même essayé de tirer sur David, précisa Armand, comprenant que l'homme qu'il avait maîtrisé était certainement celui qui souhaitait abattre le petit ami de sa sœur.

- Celui-là, c'était une brute épaisse, un vrai malade, commenta Ghislaine.

- Je l'ai mis K.O., dit fièrement Armand.

- Tant mieux, se réjouit David.

- Ce sale type, déclara Ghislaine la mine sombre, c'était Jean Python, l'ex-amant de la belle mère de David.

-Quoi ? s'écria le filleul d'Éric. Il était là pour me buter ? C'est un coup de cette morue de Pierret !

- Non, répondit Ghislaine. Il ne savait pas qu'il te trouverait à Lohéac. Il s'est disputé à ton sujet avec Ambrin après l'enlèvement de Daniéla. Il a commencé par hurler comme un hystérique en disant que sa Soizick avait bien raison à ton sujet, que tu était une vraie saleté, qu'un gamin normal n'aurait jamais réussi à le mettre dans l'état où il était.

- Je ne suis plus un gamin, l'interrompit David. Et Nick m'a aidé.

- Il s'en moquait, il n'a vu que toi. Il a affirmé ne plus être en contact avec ta belle mère et le regretter, parce qu'il l'aimait toujours, tout en sachant qu'il ne pouvait pas lui imposer une vie en cavale, surtout maintenant qu'elle avait trouvé un pigeon bourré aux as. Par contre, il a aussi dit qu'il lui aurait volontiers offert ton cadavre comme dernier cadeau. Il s'est arrêté là parce qu'Ambrin lui a mis deux baffes qui l'ont envoyé par terre. En fait, c'est à ce moment-là qu'Ambrin lui a dit que s'il te touchait, il lui collait une balle dans la tête.

- Ambrin a été très poli et nous a protégées de lui, confirma Daniéla. Il nous a même tenues au courant du déroulement de la course Nous savions que vous étiez en tête. Il avait l'air de souhaiter sincèrement votre victoire, et il s'est affirmé désolé de troubler notre week-end. Il nous a offert du caviar, du foie gras, de la langouste, du Champagne. Mais on y a à peine touché. On n'avait pas faim et on n'avait pas envie de sympathiser avec lui. On s'est juste efforcées de ne pas le vexer, question de sécurité.

- Nos hommes ont été forcés de l'abattre, déclara le commissaire principal qui était arrivé avec Ghislaine et Daniéla. Il ouvrait le feu sur eux.

- Je n'en suis pas surpris, dit Éric. Ambrin était un homme ambigu. Il revendiquait un rôle de justicier et de bandit au grand cœur, mais il a tout de même commis des crimes abominables.

- Pire que tu ne crois encore, soupira tristement Ghislaine. Les meurtres d'Ille et Vilaine, c'est lui.

Ils se turent tous. Ghislaine commença son récit, une histoire terrifiante qui la troublait.

- Tout a commencé lundi dernier. Ambrin était déjà installé à Lohéac avec ses complices, onze hommes et une femme, qui était la petite amie d'un de ses complices.

- Ils étaient treize à table, alors, souligna Nick ; qui

sait si ça ne leur a pas porté malheur ?

- Sûr, confirmèrent Armand et Gaël d'une même voix.

- Ils n'ont pas été treize à table longtemps, reprit Ghislaine. Ambrin m'a raconté tout ce qui s'est passé depuis son arrivée à Lohéac. Naturellement, comme s'il avait raconté une journée au bureau.

- Il y avait un Juda parmi eux, comme à la table des treize apôtres ? interrogea Gaël.

- Si on veut, approuva Ghislaine. L'homme et la femme qui formaient un couple avaient monté parallèlement un autre coup, moins ambitieux. Voler un camion de caméscopes à Rennes, le planquer dans un hangar à Hennebont quelques jours, et s'en occuper après le casse du musée. Ils avaient une filière. Tout était prévu. L'homme attaquait le chauffeur à Rennes au moment où il sortait de chez sa maîtresse, rue de Vern. Lundi soir, Ambrin s'est inquiété de ne pas voir son treizième compagnon au dîner. Sa compagne lui a avoué qu'il volait le camion à Rennes et qu'ils se retrouvaient à Maure. Elle devait ensuite amener le camion à Hennebont et revenir avec une voiture qu'ils avaient cachée là-bas.

« Ambrin était furieux. Il entendait que ses complices soient à sa disposition, pas qu'ils montent des opérations minables de leur côté. Surtout pas à proximité de sa cible, le musée de Lohéac. Il a accompagné la fille au rendez-vous de Maure. Avec un autre complice, je crois. Il a commencé à dire au voleur du semi ce qu'il pensait de lui. Il a vu une petite vieille qui baladait son chien. Il s'est méfié. Il a ordonné à son complice de redémarrer et de s'arrêter au premier lieu de parking qu'il trouverait en dehors de la ville. Il le suivait en voiture. Ils verraient comment arranger les choses sans prendre de risques.

Ils sont sortis de Maure. Le complice s'est arrêté à un carrefour, sur la route de Guer.

« Ambrin a fini par convenir que le mieux, c'était encore d'amener le semi à Hennebont comme convenu. Il a décidé qu'un de ses complices ferait la route avec la fille et reviendrait avec elle. Je crois que c'était Python, l'ex-amant de Pierret.

- Pourquoi les choses ont-elles dégénéré ? interrogea Nick.

- A cause d'un problème supplémentaire, expliqua Ghislaine. En montant dans le camion, le complice a découvert un homme ligoté et bâillonné sur la couchette derrière les sièges.

- Le conducteur, intervint David.

- Exactement. Le couple de voleurs pensait lui faire avaler une grosse dose de somnifère, puis le balancer en pleine nature du côté de Redon. Il ne se serait réveillé que le lendemain matin. A ce moment-là, il n'avait pas encore pris de produit. Il avait tout entendu. Il en savait trop.

« Ambrin a vu rouge. Il ne pouvait pas se permettre de laisser un témoin derrière lui. Il lui a tiré une balle dans la tête. En s'excusant, d'après ce qu'il m'a confié. Il lui a assuré qu'il n'avait rien contre lui, que ça n'avait rien de personnel, qu'il était vraiment désolé, mais que la sécurité de ses affaires le contraignait à le tuer. Il a mis le feu au camion afin de faire disparaître toute trace d'empruntes digitales.

- Tu parles d'une consolation pour le chauffeur, s'indigna Nick. Je meurs sous les balles d'un tueur désolé de m'abattre. Saint-Pierre ne va pas le croire s'il raconte ça en arrivant là-haut.

- Ce n'est pas fini, poursuivit Ghislaine. Il a aussi exécuté le couple. Puis il les a mutilés. Il voulait éloigner les enquêteurs de Maure. Il a donc déposé le corps de la fille dans une R 5 volée, et celui du gars dans sa propre voiture, une BMW série sept maquillée qu'il a abandonnée à Dinard avec les clés en se disant que quelqu'un finirait par la voler. Quand il a su que la BMW avait été seulement empruntée et que les policiers n'attribuaient pas le meurtre de la victime qui était dans son coffre aux jeunes qui s'étaient fait arrêter, il a décidé de commettre un autre meurtre au hasard à Saint-Malo. Il voulait absolument que les enquêteurs dissocient l'affaire du camion et celle des cadavres mutilés et qu'ils orientent leurs investigations vers la Côte d'Émeraude. D'où l'idée de tuer une personne de plus à Saint-Malo et de mutiler son corps comme les autres.

- Abominable, commenta David. La dernière victime, c'était un étudiant qui travaillait dans un resto d'intra-muros pendant les vacances, histoire de gagner un peu d'argent. Il n'avait rien à voir avec les sales coups d'Ambrin. Il rentrait chez lui à vélo après le boulot.

Des larmes coulaient sur les joues de Ghislaine.

- Ambrin m'a demandé un service, gémit-elle. Les têtes et les parties de corps prélevées sur les trois victimes sont dans le congélateur de la maison qu'il a louée. Un sac pour chacune. Ambrin m'a demandé d'en informer la police dès que je serais libérée. Pour qu'elle remette les morceaux aux familles, trois têtes, plus les pieds et les mains d'un des morts, que les défunts aient des sépultures décentes.

- Est-ce qu'il a torturé ses victimes avant leur mort ? questionna le commissaire.

- Non, il a déclaré les avoir tuées d'abord et mutilées

après, en expliquant que ce qu'il voulait, c'était se servir de l'état des cadavres, pas faire souffrir les gens. Il a raconté s'être servi d'un sabre japonais de samouraï à la lame affûtée, une arme fétiche qu'il a dérobée il y a cinq ans par vengeance chez un ministre de l'intérieur collectionneur d'objets asiatiques. Selon lui, un coup bien appliqué suffit à couper un bras, deux tranchent une jambe, et trois tranchent le cou. Les brûlures auraient été faites avec un Havane. Il s'est vanté de savoir vivre et de ne jamais renoncer à ses goûts raffinés.

Ghislaine s'arrêta, très pâle, au bord de la nausée. Éric la serra contre lui.

- Je ne savais pas tout ça, bafouilla Daniéla. Il était si poli et si attentionné. Ses yeux me faisaient peur bien sûr, mais de là à imaginer une telle sauvagerie.

- Ce type jouait avec les vies comme d'autres avec des balles de tennis. Un simple jeu, sans importance particulière, sans émotion. Il m'a raconté toute l'histoire avant ton enlèvement, Daniéla, après avoir sabré une bouteille de Mumm Millésimé et m'en avoir servi une coupe. Je n'ai pas cru utile d'augmenter ton angoisse en te la répétant. Et puis, on n'a jamais été seules. Je ne voulais pas prendre le risque d'énerver Ambrin. On ne sait jamais. Moi-aussi j'ai craint qu'il disjoncte, bien que je ne me sois jamais sentie vraiment en danger.

Blottie contre Éric, elle paraissait maintenant beaucoup plus fragile qu'à sa sortie de la maison des ravisseurs.

- Je sais que c'est pénible, mais nous devons prendre vos dépositions sur toutes les circonstances de l'affaire, reprit le commissaire.

- Bien sûr, déclara Éric. Nous allons répondre à vos questions, mais nous devons aussi continuer notre course. Nous reprenons le volant dans quelques minutes. Je vous propose de nous interroger le plus brièvement possible entre la prochaine manche et la suivante. Ensuite, si vous avez besoin de précisions complémentaires, nous nous rendrons dans vos locaux à Rennes demain matin. Je suis avocat et je vous garantis que tous les témoins présents vous apporteront leur concours.

De retour du poste médical avec le bras en écharpe, Luc intervint dans le sens de cet arrangement que les policiers acceptèrent.

A midi, Freddy et Éric pouvaient se consacrer à leur course, l'esprit libre.

Un visiteur inattendu se présenta au motor-home.

- Grand-père ! se réjouit David en l'embrassant. Tu as pu venir ?

- Oui, j'ai entendu ce qui est arrivé à Auto-Moto. J'ai sauté dans ma voiture et j'ai pris la route de Lohéac.

- Éric va être content, nota David. Et Grand-mère, je suppose qu'elle n'a pas voulu t'accompagner ?

- Tout juste. Elle s'est lancée dans son chapelet de jérémiades habituelles… Elle est à l'article de la mort parce qu'elle a un petit bouton sur le nez… On s'en fout. Elle n'aura qu'à passer la journée à se plaindre de nous au téléphone avec Mireille, ta mère.

David sourit tristement. Il était heureux que son grand-père, donc le père d'Éric et de Mireille soit là. Mais décidément, rien ne changerait l'égoïsme de sa mère et de sa grand-mère, même pas des menaces de mort sur leur famille.

Éric ne prit pas la peine de s'enquérir du motif de l'absence de sa mère. Il devinait sa réaction. Sa figure s'était allongée de dix centimètres en entendant les noms de son fils, de sa belle-fille et de leurs amis à la télévision. Elle s'était mise à bouder en enrageant intérieurement parce que quelqu'un risquait de lui parler de l'affaire, ce qui voulait dire que ses connaissances s'intéresseraient à autre chose qu'à elle pendant quelques instants. Elle, encore elle, toujours elle et ses petites histoires à elle. Crime de lèse-majesté orchestré par son fils qui aurait encore voulu se mettre en avant à ses dépens ! Éric n'éprouvait aucune envie de voir sa mère. Il ne supportait pas ses lamentations perpétuelles, et encore moins son hostilité farouche vis à vis de Ghislaine. Après le stress des deux derniers jours, il aurait explosé à la première réflexion désobligeante. Il n'aurait pas essayé de se contenir. Par contre, il était très ému que son père soit venu le soutenir.

- Je finirai peut-être par le sortir des griffes de ma mère, espéra-t-il.

Avant le départ des policiers, Éric et Luc eurent une conversation à l'écart des autres.

- Tu voulais me parler de quelque chose au début de la semaine, observa Luc. Un rapport avec l'affaire Ambrin ?

- Je ne le savais pas quand j'ai abordé le sujet. Aujourd'hui, je me demande. Je n'avais rien remarqué concernant Ambrin. Les camions Darcy Cars pouvaient très bien appartenir à un team que je ne connaissais pas. Ambrin s'est fait un film. Il existe des tas de disciplines dans le sport auto. Je ne connais pas toutes les écuries de France et de Navarre. Je n'ai pas mis de nom sur la tête d'Ambrin quand je l'ai croisé. S'il n'avait pas fait sa crise de paranoïa, il menait son plan à terme sans que je me doute de quoi que ce soit.

- Alors ?

- Je voulais te parler d'un des complices d'Ambrin. Ce jour-là, je ne savais pas qu'il travaillait avec lui. Par contre j'avais appris que Jean Python, celui qu'Armand a mis KO, avait été l'amant de Soizick Pierret, devenue depuis Madame Grégoire Sarel, la seconde épouse du père de David. Compte tenu de la haine que cette horrible femme voue à son beau fils, je m'inquiétais de ses relations avec un tueur. Tu connais le passé de ce Python ?

- Oui. J'ignorais par contre que son ex était devenue la femme du plus gros promoteur du département. Comment as-tu eu l'info ?

- J'ai diligenté une enquête privée, répondit l'avocat.

- Rappelle toi à l'avenir qu'il existe une police. J'ai compris depuis la fac que tu n'as pas une grande confiance dans les forces de l'ordre. N'oublie pas qu'il existe des flics comme moi, qu'il n'y pas que des faschos ou des ripoux dans la police. Enfin, merci du tuyau. Je vais l'exploiter, tu peux me croire.

- Quand j'ai commandé l'investigation, je ne savais pas ce que les détectives trouveraient, précisa Éric. La police ne peut pas se mettre en action sur de simples suspicions, sans savoir si une infraction a été commise ou se prépare.

- C'est vrai, concéda Luc. Et ce que tu m'apprends va m'amener à passer cette madame Soizick Pierret-Sarel sur le grill. Il va falloir qu'elle me raconte tout ce qu'elle sait sur son ancien compagnon et qu'elle m'explique pourquoi il voulait tuer ton filleul.

- Une garde à vue serait-elle envisageable ? demanda Éric. J'ai vraiment peur qu'elle ait l'idée de s'en prendre à David et j'aimerais qu'elle reçoive une bonne leçon. Si elle passe quelques heures dans les locaux de la police, elle se dira qu'elle est en première ligne en cas d'accident louche arrivant à mon filleul, et j'espère qu'elle se tiendra tranquille.

- Je vais la mettre en garde à vue, promit Luc. Je veux savoir si elle a aidé Python dans sa cavale. Elle va passer un sale quart d'heure. Quarante huit sales heures, plus précisément. Je vais aussi cuisiner Python. S'il avait l'intention de profiter du casse pour attaquer David, je vais le secouer.

- Il ne parlera pas, c'est un vrai dur. Elle le sait et elle se taira aussi.

-Sans doute, reprit Luc. Mais ne t'inquiète pas trop. Python va en prendre pour trente ans aux assises. Ses crimes précédents ne sont pas prescrits. Et elle, elle va ressortir de l'usine bien ébranlée. Elle se tiendra à carreau un bon moment après.

Luc qualifiait l'hôtel de police d'usine, comme Navarro, son héros de fiction préféré.

- Merci, Luc.

- Je fais mon boulot, Éric, c'est normal. Tu veux que Grégoire Sarel apprenne tout sur sa femme ?

- Pas nécessairement. Laissons le mener sa propre enquête et découvrir tout seul les petits secrets de sa chère et tendre épouse. Qu'il ait des soupçons mais pas de certitudes fragilisera cette morue de Pierret.

- Un dernier conseil, Éric.

- Je t'écoute.

- Ta femme et son amie ont subi un traumatisme sérieux. Ce n'est pas rien d'être pris en otage et de se trouver prisonnières d'un criminel. Il faudrait qu'elles voient un psy, à titre préventif. Crois en mon expérience de flic. Les personnes qui vivent ce genre d'expériences ont du mal à les oublier.

- Tu as raison, je vais en parler avec Freddy et les convaincre de consulter avant qu'un traumatisme durable s'installe.

Les deux hommes échangèrent une poignée de main franche et chaleureuse..

Sur le toit du motor-home, Isa, Marine, Armand et Gaël avaient rejoint Ghislaine, Daniéla, David, Nick et le père d'Éric. La compétition reprenait ses droits. La fête ne serait pourtant pas complète. Les épisodes de violence et d'horreur perpétrés par Ambrin depuis son arrivée à Lohéac laisseraient des traces. Comment profiter totalement de la course en sachant que quelque part, à Saint-Malo, une famille pleurait un jeune homme assassiné tout simplement parce qu'il se trouvait au mauvais endroit au mauvais moment ?

Epilogue

Il restait trois manches. Stéphane Dréan et Didier Caradec en gagnèrent une au volant de la Porsche du Team Hervieux. Éric et Freddy remportèrent les deux autres. Le public leur fit une véritable ovation lorsqu'ils montèrent sur la première marche du podium. Leurs concurrents aussi. Les deux pilotes jouissaient d'une grande estime dans le monde de la compétition automobile.

Ils n'eurent plus un moment à eux avant la fin de la soirée. Dès qu'ils apparaissaient, la foule les entourait. Les spectateurs, mis au courant de l'aventure des pilotes Vivia, manifestaient leur sympathie à l'équipe. Les journalistes demandaient des interviews, prenaient des photos, faisaient tourner les caméras. Freddy Vivien, Daniéla Merle et leurs proches victimes de l'ennemi numéro un, voilà un événement qui ferait de l'audience sur les chaînes et promettait de vendre des tonnes de papier chez les diffuseurs !

Stéphane Paulin, le PDG de la biscuiterie Ker Etel, sponsor des Vivia à ces 24 Heures de Lohéac, exultait.

- On a gagné, s'enthousiasmaient ses invités en se désaltérant au réceptif de l'équipe et en arborant fièrement les posters Vivia signés par les pilotes et leurs épouses.

Non seulement ils se prenaient vraiment pour des VIP

grâce au traitement privilégié qui leur était réservé sur le circuit, mais il se trouvaient au cœur de l'actualité aux côtés des vedettes du week-end dans l'actualité nationale.

En outre, les cameramen des chaînes de télévision et les photographes de la presse d'information comme des magazines people braquaient leurs objectifs sur la Vivia des vainqueurs, sur ses pilotes, Éric et Freddy, sur leurs femmes, sur David et Nick et sur leurs amis qui avaient tous revêtu des chemisettes et des casquettes aux couleurs Ker Etel. Stéphane fit un rapide calcul mental et évalua les retombées en termes de visibilité de sa marque à l'antenne et dans la presse à quinze millions de francs (aujourd'hui plus de deux millions deux cent quatre vingt six mille euros). Une affaire en or !

- Je suis content de vous avoir suivis sur coup, avoua-t-il à Éric et Freddy. On refera d'autres opérations ensemble.

- Avec plaisir, avait plaisanté Éric. Mais on ne peut pas te promettre la participation de l'ennemi public numéro un dans tes plans médias à chaque course..

Les autres pilotes Vivia quitteraient le site satisfaits, eux-aussi.

Yannick Glet et Luc Crillon terminaient deuxièmes en catégorie deux roues motrices derrière Jean-Luc Pailler et Bernard Hainry, intouchables au volant de leur BX 16 S. Quant à André Lebreton et Patrice Caron, ils finissaient huitièmes en quatre roues motrices, une performance très honorable compte tenu de leur faible expérience de la course à ce niveau. Ils auraient sans doute fait un peu mieux sans Ambrin, car dans un contexte normal, Éric et Freddy les auraient conseillés et soutenus tout au long du week-end. Les leaders de l'équipe présentèrent d'ailleurs leurs excuses aux autres pilotes Vivia ainsi qu'aux mécaniciens. Sous les menaces d'Ambrin, ils s'étaient isolés du reste de l'équipe et n'avaient parlé à personne jusqu'au dimanche matin, ce qui ne correspondait ni à leurs habitudes, ni à leurs souhaits, ni à leur conception de le gestion des relations humaines au sein d'une équipe. Ils se rattraperaient lors d'une prochaine course.

L'attachée de presse de Daniéla appelait sans cesse sur le téléphone mobile. L'actrice accepta de répondre immédiatement aux télévisions nationales, à *FR 3 Bretagne*, à *TV Breizh*, à *France Bleu Armorique* et à quelques radios locales, toutes soumises à des contraintes de diffusion très rapide, ainsi qu'au *Télégramme*, à *Ouest France*, *à Presse Océan* et à quelques quotidiens nationaux. Elle exigea que les hebdomadaires et la presse people attendent le lendemain après-midi.

Lors de toutes les interviews, les vedettes du jour s'attachèrent à mettre le rôle d'Armand, de Gaël, de Raymond et de leurs amis en évidence ainsi qu'à souligner le courage et la présence d'esprit de l'inspecteur Luc Jaffret.

Accoutumés aux bains de foule à la fin des grandes courses automobiles, David et Nick ne s'étonnaient pas de l'engouement du public et des médias. Armand, Isa, Marine et Gaël ne comprenaient pas ce qui arrivait. Armand et Gaël étaient stupéfaits que les interviewers les présentent comme des héros, les photographient, les filment, leur demandent de raconter leur histoire. Ils répondirent patiemment, sans se sentir pour autant l'âme de vedettes. Ils avaient agi pour sauver des personnes qu'ils estimaient, pas pour faire la une des journaux.

A vingt heures, Éric et Freddy décidèrent de mettre

fin aux sollicitations. Les camions ateliers reprenaient la route. Les pilotes des autres Vivia aussi. Ils s'isolèrent sous l'auvent pour un dernier dîner de détente. Invités à la fête, Raymond et son épouse avaient décliné l'invitation. Il leur fallait s'occuper des hôtes de la ferme auberge. La famille était représentée par Isa, Marine et Armand. Gaël avait également répondu présent à l'invitation. Michel, seul membre de l'équipe à avoir été mis au courant de la situation au moment de l'enlèvement de Ghislaine, était resté aussi.

Éric et Freddy comptaient bien organiser une réception de remerciement à Lohéac dès la fin de la saison. Ils inviteraient tous ceux qui avaient répondu à l'appel d'Armand et de Raymond, ainsi que Luc Jaffret son épouse. Ils réserveraient une salle au Chèvrefeuille. Le dîner serait suivi d'une soirée dansante. Une belle fête. Tous ceux qui s'étaient mobilisés pour sauver leurs femmes le méritaient.

- Mon père vous avait bien dit de faire attention au chat noir, s'exclama Armand. Et le vieil Anicet avait vu juste, comme d'habitude.

Michel et Gaël abondèrent dans son sens.

- Moi-aussi je leur avais conseillé de se méfier, rappela l'ingénieur du team.

- Je ne suis toujours pas convaincu que ton chat et le vieil Anicet aient quelque chose à voir avec ce qui nous est arrivé ce week-end, plaisanta David, avant de porter un toast à Nick, Armand et Freddy, dont le courage et le sang froid lui avaient sauvé la vie.

- Est-ce que tu me croiras, maintenant, quand je te parlerai de mes prémonitions ? demanda Nick à David.

- J'en tiendrai compte et je me poserai des questions, c'est sûr, répondit sérieusement David

- Nous sommes tranquilles dans l'immédiat, poursuivit Nick. Mais je sais qu'on traversera d'autres épreuves.

- On s'en tirera toujours, parce que nous sommes tous unis, répondit David.

L'actualité internationale était calme en cette fin de mois d'août. Les journaux télévisés de vingt heures accordèrent une grande place à l'affaire Ambrin.

Nos amis ne connurent pas les réactions de certains téléspectateurs à la vue des reportages. Heureusement !

Mireille, la sœur d'Éric, appela sa mère au téléphone depuis Arcachon où elle séjournait chez son ami.

- Maman, tu as vu à la télé ? Éric a encore réussi à se mettre en avant !

- Ma pauvre Mireille. Ton père est parti les rejoindre dès qu'il a entendu la nouvelle à la télé, ce matin. Avec son Coupé Vivia, parce qu'il roule avec ça, histoire de faire plaisir à son fils. Moi, je refuse de monter dedans, mais c'est pas grave. Il n'achètera pas une voiture qui me plairait pour autant. Enfin, ton père est sur place. Pourtant, je lui ai dit que j'avais un bouton sur le nez, que c'était peut-être bien un cancer qui se déclarait et que j'irai voir le docteur dès demain matin. Rien à faire, il a voulu aller voir son fils et son petit fils plutôt que s'occuper de moi…

- Papa n'est pas gentil. Il se laisse toujours mener par le bout du nez par Éric.

- Tu as raison ma Mireille. Quand je lui ai ordonné de rester à la maison, il a levé les yeux au ciel et m'a dit qu'il se demandait si je ne préférerais pas voir mon fils et mon petit fils morts qu'à la télévision et qu'en ce qui concerne ma belle-fille, il ne se le demandait plus depuis longtemps.

- Ça, la Ghislaine, je la déteste, comme sa copine la

Daniéla. Elles vont encore se faire de la pub, persifla Mireille. Si ça se trouve, c'est un coup monté leur enlèvement.

- Sûr, grogna la mère. Ton frère, en sa qualité d'avocat, aura négocié un accord secret entre Ambrin et le gouvernement. Ambrin fait semblant d'être mort, il va rendre un service au gouvernement en faisant un sale coup que la police ne peut pas exécuter et en contrepartie, il va partir à l'étranger impunément avec des valises de billets et une identité toute neuve. Et la presse parle de ton frère et de son ami Freddy Vivien.

- Tu crois aussi ? Comment ils ont fait avec ces histoires de meurtres d'Ille et Vilaine ?

- Il n'y a jamais eu de morts d'Ille et Vilaine. C'est un coup monté avec les services secrets, une vulgaire mise en scène. Tiens, une idée de la Ghislaine qui est scénariste et doit bien écrire des cochonneries policières de temps en temps. Ton frère a rajouté dans le deal entre Ambrin et le gouvernement que sa pouf et la Daniéla fassent semblant d'être enlevées de façon à ce qu'on parle d'elles. Avec les avocats… Tu sais comment est ton frère. Tu le disais toi-même à l'instant, toujours à se mettre en avant. Si tu savais ma pauvre Mireille comme j'aurais aimé avoir un fils tout simple, tiens, ouvrier horloger dans l'arrière-boutique, ça aurait été mon rêve.

- Qu'est-ce que tu vas faire, maman ?

- Ton père reste dormir à Lohéac ce soir. Moi, je compte pour du beurre. Demain quand il rentrera, je serai couchée, moi, épuisée, inquiète à cause de mon bouton sur mon nez. Je lui dirai que le docteur m'a conseillé de faire des analyses très vite, que j'ai bien vu qu'il croit que j'ai un cancer, moi. Tant qu'il le croira, il sera obligé de s'occuper de moi. Je ne retournerai pas au magasin avant au moins quinze jours, moi. J'aurais bien trop peur que quelqu'un me parle d'Éric. Comme quand il plaide une grande affaire qui passe à la télé. Les gens croient me faire plaisir en me disant qu'ils l'ont vu. Tu parles. C'est un comble. Je préférerais qu'ils me demandent comment je vais, moi ! En annonçant un cancer à ton père, j'éviterai à coup sûr qu'il me parle de son Éric, de la Daniéla, de la Ghislaine, de leurs petites histoires, et je justifie de m'enfermer à la maison pendant quinze jours. J'éviterai qu'on me parle de ton frère plutôt que de moi.

Mireille abonda dans son sens.

- Tu as raison. Si David m'appelle, je ne vais pas le laisser parler. Je vais lui dire que j'ai mal au ventre et que mon ami a peur que ce soit un cancer des intestins.

- Ajoute qu'avec tous les soucis qu'il te donne avec ses courses de karting et son obsession de devenir avocat, une profession de complices des gens malhonnêtes, sa volonté d'aller travailler avec son parrain en plus, ce n'est pas étonnant que tu sois malade.

- Oui, maman, c'est une bonne idée. Si je dis ça, il n'osera pas me parler de leurs petites histoires.

- Vivement que tu t'installes définitivement à Arcachon avec ton ami, ma Mireille, reprit la mère. J'irai te voir souvent. On sera bien là-bas.

- Oh oui, maman. Mon ami n'est pas comme Éric et David. Il ne parle jamais de lui, il dit que moi, je suis sa princesse et qu'il est content d'avoir fait médecine juste pour moi. Comme ça, il peut bien s'occuper de moi, y compris quand je suis malade, moi. Il fait les courses avec moi. Il se préoccupe toujours de moi. Quand il s'achète quelque chose, c'est avec moi et en fonction de mes goûts à moi. Tu t'entendras bien avec lui, comme moi, tu verras. En attendant, il faut que je raccroche, moi. Je ne veux pas le laisser tout seul trop longtemps. Il est tellement gentil, toujours attentionné avec moi.

La conscience des dangers courus par Éric, David et les autres ne les avaient pas effleurées – ou en tous cas pas émues - une fraction de seconde, tant elles vivaient égoïstement enfermées dans le petit univers censé tourner autour d'elles.

Encore pire, à Rennes, l'ennemie jurée de David entrait dans un état de fureur.

- Dire que c'est passé si près, et qu'ils pourraient être tous morts, rugit Madame Soizick Pierret-Sarel !

Elle éclata en sanglots. Elle n'avait plus revu Jean Python depuis deux ans. Il ne lui servait plus à rien depuis qu'elle avait mis le grappin sur Grégoire Sarel. Jean devenait très dangereux à fréquenter. C'était un criminel recherché. Elle avait espacé les contacts peu à peu, tout en se disant qu'un jour, elle pourrait avoir besoin de lui… Elle éprouva un vague chagrin. Elle l'aimait bien au fond. Beaucoup plus que Grégoire en tous cas. Et c'était gentil de sa part d'essayer de tuer David avant de se faire arrêter.

Soizick Sarel frémit.

- Jean va être interrogé… Ce salaud de Trélor ne manquera pas de leur dire que j'ai été la maîtresse de Jean Python. Il ne parlera pas, j'en suis sûre. C'est un type bien et il m'aime encore. Les flics vont me questionner si ça se trouve. Oh, je n'ai qu'à me taire. Personne ne pourra rien prouver contre moi. Je ne lui avais même pas encore demandé de tuer David. Si Grégoire l'apprend ? Bof, je n'ai rien à craindre. J'en fais ce que je veux de ma petite tirelire sur pattes, mon petit sou à la crème d'oseille. Tiens, je vais m'amuser un peu.

- Vous avez entendu, Grégoire, ils ont failli y passer cette fois, David et son parrain. Ça finira bien par arriver. Ils ne m'embêteront plus.

Monsieur Sarel baissa la tête et tira sur sa pipe, sans approuver ouvertement, mais sans exprimer la moindre réprobation non plus. Lorsque Soizick ne l'excitait pas, il ne souhaitait pas de mal à David. Qu'il vive sa vie dans le clan d'Éric ne l'aurait pas dérangé si sa Soizick chérie n'en avait pas pris ombrage. Mais si le bonheur de Soizick passait par la mort de David, alors Grégoire considérerait candidement la disparition de son fils comme la meilleure chose possible dans le meilleur des mondes possibles.

A Versailles, dans son fauteuil de cuir, un homme d'affaires tirait nerveusement sur son cigare.

- Ça ne nous arrange pas du tout, songea ce financier qui planchait sur la décentralisation de l'usine Vivia. Cette affaire va encore renforcer leur popularité. Ce sera plus dur de les évincer. Il va falloir jouer serré, très serré. Ils ont gagné deux ans de délai avant qu'on les oblige à passer la main.

- Elle vit encore cette salope d'actrice, persifla quelque part un homme mal rasé aux cheveux hirsutes et gras en jouant avec sa salive en respirant. Elle mérite pourtant de mourir.

Il cracha rageusement sur une photo de Daniéla découpée sur un hebdomadaire spécialisé dans les programmes de télévision.

A Lohéac, sous l'auvent du motor-home, Daniéla pensa soudain aux différentes hypothèses émises lorsque le groupe s'efforçait de découvrir l'identité et les mobiles de leurs ennemis.

- Nous nous sommes fait des films, dit-elle.

- Normal, dans l'environnement d'une actrice et d'une scénariste ! lança Nick.

- L'anxiété et nos préoccupations nous ont conduits sur de fausses pistes, reprit l'épouse de Freddy. Je préfère ça au fond.

Freddy observa sa femme. Ses yeux exprimaient de la crainte. Pensait-elle vraiment les mots qu'elle prononçait ou cherchait-elle à chasser la peur de nouvelles épreuves ?

David tourna la tête vers Éric. Les regards des deux garçons se rencontrèrent. Une lueur d'inquiétude apparaissait dans leurs yeux. L'aîné adressa un sourire rassurant au cadet. Tous deux savaient que les dangers qu'ils avaient évoqués n'étaient pas illusoires…

Certains périls ne s'écartent jamais tout à fait, même lorsqu'un joyeux banquet à la campagne conclut un épisode de vie, tradition armoricaine oblige !

Site Editions Astoure
http://astoure.site.voila.fr

Site auteur
www.TLBpresse.com

Site Jean-Luc Pailler
www.pailler-competition.com

Site Rallycross de Lohéac
www.rallycrossloheac.net

Dépôt Légal 4ème trimestre 2005
ISBN : 2-84583-116-1
EAN : 9782845831162
Imprimerie de Guingamp